大統領の料理人③

春のイースターは卵が問題

ジュリー・ハイジー　赤尾秀子 訳

Eggsecutive Orders

by Julie Hyzy

コージーブックス

Eggsecutive Orders
by
Julie Hyzy

挿画／丹地陽子

娘たちに
そして、母の思い出に

謝辞

バークリー・パブリッシング・グループのみなさん、わけてもナタリー・ローゼンスタインとミシェル・ヴェガに、この場を借りて心からお礼申し上げます。そしてコピーエディターのエリカ・ローズにも。マーティ・グリーンバーグ、ジョン・ヘルファーズ、デニス・リトルをはじめ、テクノ・ブックスのみなさんにも心からの感謝を捧げます。

また、いつもわたしの作品の最初の読者である娘のセーラへ、特別版の「ありがとう」を。登場人物をいかに効果的に殺害するか、その方法をわたしとともに練ってくれたのはダイアン・スプリンガーです。ヴィクター・J・アンドルー高校のマーチングバンド大会があるにもかかわらず力を貸してくれたダイアンには、感謝の言葉もありません。手法や経緯、結果に関する間違いは、すべてわたしの責任です。

『厨房のちいさな名探偵』の誤りを指摘してくださったバーバラ・チャコウスキーには心からお礼を申し上げます。今回オリーは、貴重なご指摘を心に刻んだうえで、お母さんやおばあちゃんをナショナル・モールに案内しました。

アメリカ探偵作家クラブ、シスターズ・イン・クライム、アメリカ・スリラー作家協会のみなさんの友情と支援に感謝します。そして何より、時間を割いてオリーの物語を読み、その感想を聞かせてくださる読者のみなさん、ほんとうにありがとう。

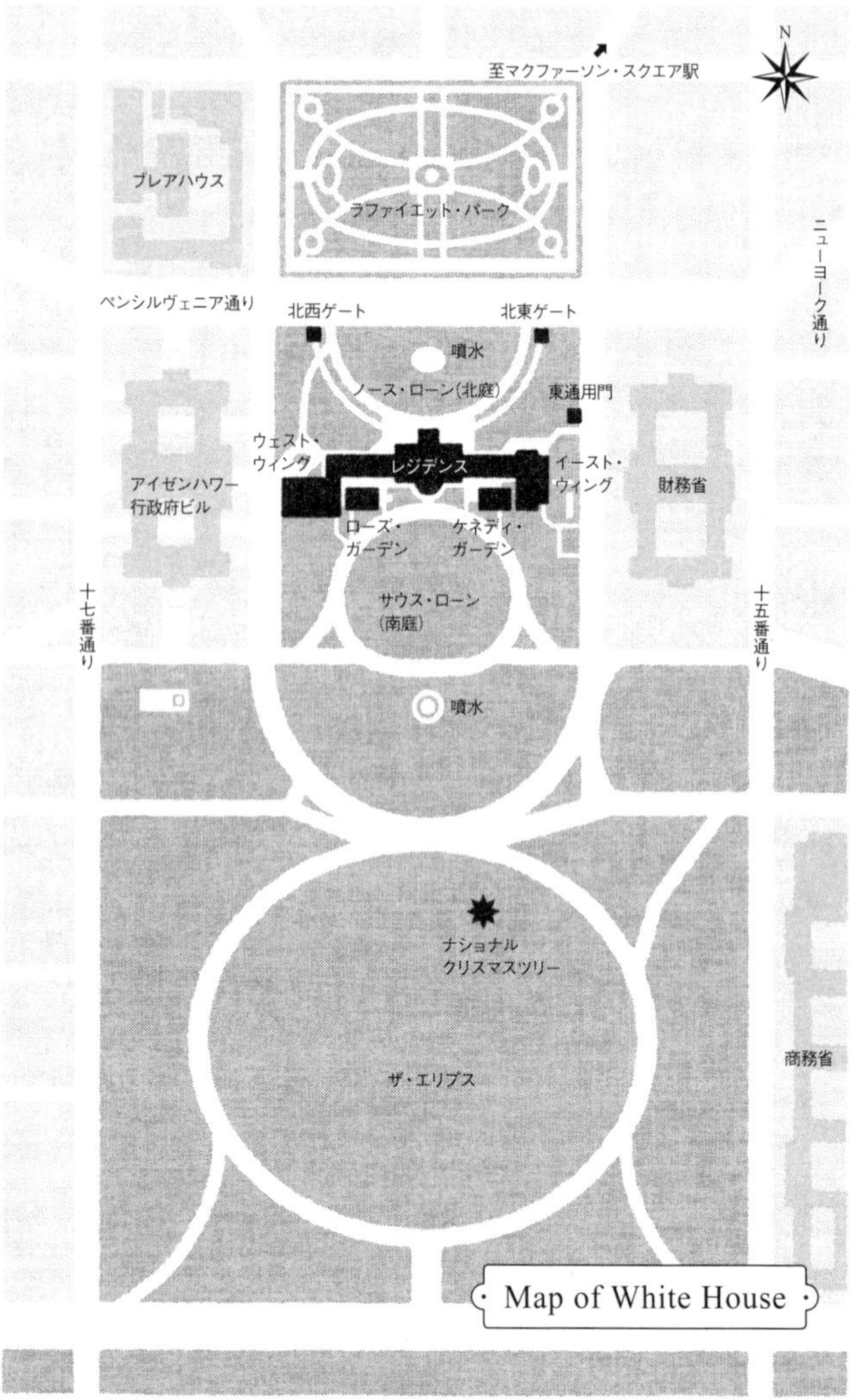
N
至マクファーソン・スクエア駅
ブレアハウス
ラファイエット・パーク
ニューヨーク通り
ペンシルヴェニア通り
北西ゲート
北東ゲート
噴水
ノース・ローン(北庭)
東通用門
ウェスト・ウィング
レジデンス
イースト・ウィング
アイゼンハワー行政府ビル
財務省
ローズ・ガーデン
ケネディ・ガーデン
サウス・ローン(南庭)
十七番通り
十五番通り
噴水
ナショナルクリスマスツリー
ザ・エリプス
商務省
Map of White House

春のイースターは卵が問題

主要登場人物

オリヴィア（オリー）・パラス……ホワイトハウスのエグゼクティブ・シェフ
コリン・パラス……オリーの母
ナナ（おばあちゃん）……オリーの祖母
シアン……アシスタント・シェフ
バッキー……アシスタント・シェフ
スージー……料理番組のパーソナリティ
スティーヴ……料理番組のパーソナリティ
カール・ミンクス……国家安全保障局の高官
ルース・ミンクス……カールの妻
ジョエル・ミンクス……カールの息子。下院議員
カプ（ゼノビオス・カポストゥロス）……カールの親友。コンサルタント
フィル・クーパー……国家安全保障局のカールの直属の部下
フランシーン・クーパー……フィルの妻
ハワード・リス……記者
ジャック・ブルースター……シークレット・サービスの副部隊長
トーマス（トム）・マッケンジー……シークレット・サービス。オリーの恋人
クレイグ・サンダーソン……シークレット・サービス。トムの上司
ポール・ヴァスケス……総務部長
ヘンリー・クーリー……もとエグゼクティブ・シェフ

1

歯を磨いていると、電話が鳴った。朝の四時にかかってくる電話が、よい知らせとは思えない。

急いで口をゆすぎ、不安な思いで小走りで寝室に向かった。

ホワイトハウスのエグゼクティブ・シェフとして、わたしは毎日、太陽が昇るまえに出勤するようにしている。だから体調をくずしたスタッフが、わたしがまだ自宅にいるうちに病欠の連絡をしてきたのかもしれない――と、自分に言い聞かせた。でなきゃ何か問題があって、母と祖母が飛行機に乗れなくなったとか？　ホワイトハウスの厨房は、来週の復活祭卵《イースター・エッグ》転《ロール》がしが無事終了するまで大忙しだけど、それでもこの電話はスタッフの病欠連絡であってほしいと思った。どうか、〝ワシントンＤＣには行けなくなった〟という母たちからの連絡ではありませんように。

受話器に手をのばしながら、着信番号に目をやる。

母ではなかった。スタッフでもない。

ディスプレイの番号は２０２。

これは〝ホワイトハウス〟だ。

「はい、オリヴィア・パラスです」

「やあ、ポールだ」ホワイトハウスの総務部長ポール・ヴァスケスが自宅にまで電話してくるなんて、よほどの緊急事態だと思った。

「何かあったんですか？」

「アパートの下で車を待たせてある」

「アパートの下？」起きてから一時間ほどたっているけど、まだ頭が働かない。「うちのアパートの？」

「ああ、そうだ。きょうは護衛官が二名、きみをホワイトハウスまで送っていく」

「どうしてそんな……。何があったんですか？」

「説明は到着してからだ。ともかく急いでほしい。車はすでに下で待っている。彼らの指示に従ってくれ」

「でも、どうして――」

「オリー」語気の強さに、わたしはその先をつづけられずに「はい」とだけいった。

「くれぐれも、誰にも何もいわないように」

わたしがその意味を尋ねる間もなく、電話は切れた。

エレベータを降りると、ロビーにシークレット・サービスがふたりいた。どちらも男性で、がっしりしたからだにネイビーのズボン、グレーのスポーツコートという、まったく同じ格好をし、髪型も似たようなスポーツ刈りだった。こんな状況でなければ、『鏡の国のアリス』のトゥイードルディーとトゥイードルダムみたいね、と冗談をいうところだけど、ふたりとは初対面だし、軽口をたたけるような雰囲気はまったくなかった。

わたしに近いほうの護衛官が、いかめしい顔で会釈し、「パラスさんですね？」といった。

わたしはうなずいた。

「こちらへ」自分についてくるよう腕を振り、護衛官は正面玄関へ歩きだした。彼の大きな背中にさえぎられて前が見えない。でも横に一歩ずれようとしたら、もうひとりがわたしの背後にぴたりとついた。わたしはサンドイッチ状態だ。

「いったいこれは――」

護衛官に尋ねかけたとき、アパートの外で大声がした。

「彼女だ！」

外の湿った空気を頰に感じたとたん、興奮した叫び声がいっせいにあがった。人の群れが駆け寄ってきて、わたしたちを取り囲む。まぶしいライトが炸裂し、わたしの前の護衛官がシルエットでしか見えなくなった。

「パラスさん、パラスさん！」あまりの熱気と大声に、わたしはひるんだ。

もっとよく見ようと、前にいる護衛官Aの横に出ようとしたら、後ろにいるBがわたしの肩に手をのせ、「そのまままっすぐ歩いてください」といった。

って前方に押された。

何が起きているのかを訊こうとして、首を後ろに回しかけたら、肩をつかむ手に力がこも
顔の真ん前にマイクがつきだされ、わたしが歩きつづけても、マイクは離れずついてくる。

背後の護衛官Bが、マイクの持ち主を払いのけた。

甲高い、すがるような女性の声がした――「パラスさん！　きのうの夕食の何がいけなかったんですか？」

わたしは反射的にふりむいた。肩の手に力がこもったけど、それで耳までふさぐことはできない。

「カール・ミンクスが食べた料理に、何が入っていたんですか？」

右足が前の護衛官Aにぶつかり、わたしはつんのめった。Bが肩をつかんでいたおかげで、なんとかころばずにすむ。

「失神したぞ！」誰かが叫んだ。

「してません！」わたしは叫び返した。

「してない？」また誰かが叫ぶ。「自分に落ち度はないということですか？」

つづいて女性の声――「だったらカール・ミンクスはなぜ死んだんですか？」

わたしの足が止まった。

「え？　カール・ミンクスが亡くなった？」

護衛官AとBがわたしを強引に前に進ませ、待機している黒い大型車のそばにいた三人め

が後部ドアを開けた。Aが脇に寄り、三人の大男に囲まれて、わたしが進む先はただひとつとなる。わたしは車の後部座席へ這うようにして乗りこんだ。開いた後部ドアへマスコミの一団が押し寄せ、護衛官が追い払い、大声が飛び交う。そのうち、ひときわ甲高い声がこういった――「彼の料理に何が入っていた？　誰がつくったんだ？」

Aも後部座席に乗りこみ、わたしは奥の窓側へずれた。記者たちは窓ごしにこちらをのぞきこむ。マイク片手に目を見開いて、窓ガラスを叩く者までいた。

隣のAがドアを閉め、喧騒はぴたりと聞こえなくなった。そこでこれは防弾車なのだと気づき、わたしはまごついた。車はゆっくり発進するとスピードを上げ、立ちすくむマスコミの群れから離れていった。

やわらかい革張りシートでくつろぎたいのをこらえ、わたしは身をのりだして隣のAの顔を見た。

「カール・ミンクスが亡くなったの？」

運転するのはBで、Cは助手席にすわっている。

Cはほかのふたりよりやや若く、からだも小さめだった。そしてわたしが質問しても、AとBは眉ひとつ動かさないのに、彼だけは目をしばたたいた。

わたしはCに訊いた。

「何があったの？」

彼のきりりとした顎のライン、そして整った顔だちは、どこかトムを思わせた。といっても、もちろんトムよりは若く、たぶん新人の護衛官だろう。

彼がもう一度目をしばたたいて、こちらをふりむいた。すると、Aが口を開いた。

「ホワイトハウスに到着したら、事情説明があるかと思います」

Cは唇をなめ、正面を向いた。

わたしは座席の背にもたれ、考えをめぐらせた。カール・ミンクスの正確な肩書きは思い出せないけど、国家安全保障局《NSA》の大物で、称賛されると同時に恐れられてもいた。果敢にテロと闘い、これまでにテロ容疑で摘発した数は千人を超えるといわれる。最近では国内に目を向けて、危険行動をとるアメリカ市民を糾弾。なかには著名人もいて、完全に失脚した者もひとりではない。そのためカール・ミンクスのことを、過激なまでの反共産主義で知られたマッカーシー上院議員になぞらえ、〝テロのジョゼフ・マッカーシー〟と評する人もいるほどだ。そしてきのうの夜、ミンクスはキャンベル大統領の夕食会にゲストのひとりとして列席していた。大統領が彼を招待した理由が叱責なのか称賛なのかは、わたしにはわからない。五十代半ばのミンクスは、はばかることなく堂々と共和党を支持していた。

背筋がぞくっとし、湧き上がる不安を必死で抑えた。車内が薄暗くてよかったと思う。顔が火照《ほて》っているのを感じ、それもたぶん、熟れたトマトくらい真っ赤になっているはずだ――。ゆうべ、ミンクスはホワイトハウスで夕食を食べ、その後亡くなり、さっきの記者たちはわたしと厨房を責めるような言い方をしたのだ。

まさか……よね？　わたしたちのつくった料理が原因だった？

こめかみを揉みながら、きのうの献立をおさらいした。ミンクスは最近、菜食主義になったけど、それ以外の食事制限はとくになかった。アレルギーもなし。それに純粋菜食《ビーガン》ではなかったから、乳製品や卵は食べる。

ゆうべ、使ってはいけない食材を使っただろうか？　と、そこでわたしは考えるのをよした。自分で自分を叱る。ホワイトハウスの厨房は、ゲスト一人ひとりの嗜好にこれ以上ないほど配慮するのだ。ミンクスに食べられない料理を出すはずがなかった。それにたまたま肉類を口にしたところで、それが原因で命をおとすなどありえない。

心ではそう断定したけど、膝の震えは止まらなかった。ミンクスは静脈瘤とか何か、病気を抱えていたにちがいない。うん、そうとしか考えられない。自覚症状はなくても心臓が悪かったとか、不測の事態を招く可能性がある健康状態だったのだ。最近、菜食主義になったのは、コレステロール値を抑えるためだったのかもしれない。医者に体重をおとせといわれたのだろう、きっと。食べたものが原因で死亡したはずはない。少なくとも、わたしたちがつくった料理で——。

ホワイトハウスへ急ぐ車中の護衛官三人の顔を見ていく。ひとりとして、わたしのほうに目を向けない。

「ホワイトハウスに着けば、説明してもらえるのよね？」

前の座席のひとりがうなずいた。

気持ちをおちつけようとしても、声が一オクターブ高くなる。

「ミンクスさんは、わたしたちのつくった料理が原因で亡くなったと考えられているのね？」

これに関しては、三人とも反応なし。

「だったら……」わたしは腕を組み、椅子に深くすわって自制心をかき集めた。「事情説明してもらったらすぐ、厨房の徹底調査をするわ」

運転している護衛官と、バックミラーで目があった。

「すでに調査にとりかかっています」

そうか、当然そうだろう。わたしはしかめ面で、座席の背にもたれかかった。やわらかくて快適な革張りシートが、このときばかりは石のように感じられた。

2

ホワイトハウスがいやに遠く感じた。車がスローモーションで動いているようだ。一刻も早く着いて、一刻も早くすべてをはっきりさせたい。いますぐにでも。と、いくら願ったところで、車のスピードが速くなるわけもなかった。

この時間、あたりはまだ暗く、夜通しの大雨で道は濡れている。路傍には深い水たまりができて、車がカーブをきるたび、汚水が跳ね上がった。わたしは防弾ガラスの窓に指を当て、この嵐で飛行機の到着が遅れませんようにと祈った。母と祖母がワシントンDCにやってくるのだ——それも初めて。ホワイトハウスで働きはじめた初日からこれまで、くりかえし遊びに来てと頼んだけど、そのたびに母たちは言い訳をこしらえた。母の飛行機嫌いは知っているし、祖母は一度も乗ったことがない。未知のものへの恐怖心からシカゴを離れたくないのはよくわかる。それでもなんとか説得して、初めて来てくれることになったのだ。だからきょう、わたしはうきうきしながら出勤するはずだった。

でも現実には、ほとんどパニック状態だ。よりによって、きょうという日に。予定では、大統領一家の昼食の準備を終えてから、母と祖母を迎えに空港に行くはずだった。それなのに、いまは防弾仕様の車でワシントンDCの通りを走っている。理由はゆうべ、ゲストのひとりがわたしたちのつくった料理を食べたあとに亡くなったから――。

防弾ガラスの窓ごしに、空を見あげる。どうか、飛行機が問題なく飛びますように。出航遅延というだけで、母たちはこの旅をとりやめてしまうだろう。

「そうだ、携帯電話！」

わたしの突然の大声に、隣の護衛官がびくっとした。

わたしはバッグをひっつかみ、ポケットを片端から見ていった。やっぱり――。早朝のポールの電話でうろたえ、充電中の携帯電話をそのまま置いてきてしまった。

母から電話があったらどうしよう？

両手を握りしめ、ぎゅっと目をつむる。このままでは母との連絡手段がない。

「アパートに引き返してもらえないかしら？」

隣の護衛官は首を横にふった。

「携帯電話がないの」彼もわたしのあわてぶりに気づいたはずなのだ。「アパートに忘れてきたのよ」

「なくてもなんとかなるでしょう」

「でも、母が――」

「申し訳ないですが、パラスさん、できるだけ速やかにあなたをお連れするようにとの指示ですので」

助手席の護衛官が無線で何か話しはじめたけど、わたしには耳をそばだてる余裕がなかった。大失敗だ。よりによって、こんな日に携帯電話を忘れるなんて。これから何が起きるかわからないうえ、母と祖母のようすも知りようがない。シークレット・サービスが解放してくれないかぎり、外界とは遮断されてしまう。なんとか、母たちと連絡がとれる手段を考えないと。でも当面、そんな手段はひとつも思いつかなかった。

ひとりで考えこんでいたせいで、運転している護衛官が何かいったけど聞きとれなかった。するとつぎの瞬間、周囲で閃光《せんこう》が炸裂し、マスコミの一団が群がってきた。まぶしい怪物たちが爪をむきだし、腕をのばし、カメラやマイクを防弾ガラスに突きつける。光線が車内を照らし、わたしはシートのなかで縮こまった。大雨が降りつづけていればよかったのにと思う。そうすれば百匹以上の怪物が集まることもなかっただろう。

ホワイトハウスのエグゼクティブ・シェフになってからこちら、わたしとマスコミとの関係はかならずしも良いとはいえなかった。彼らは料理人としてのわたしの受賞歴や料理専門家による評価には目もくれず、暗殺事件に巻きこまれたこと、クリスマスのイベントを台無しにしたこと（結果的には称えてくれたけど）ばかりとりあげる。売上部数や視聴率アップのために、わたしを現政権のお守り的存在、大統領一家の食事をつくる合間に暗殺者を撃退するお騒がせ料理人として描くのだ。

マスコミはほんとうのわたしを知らない。でも、大統領一家はわかってくれている。そしてわたしは母に、真の姿を見てもらいたかった。ひとりの料理人であるだけでなく、ホワイトハウスの栄えある職員でもあることをわかってもらいたいのだ。

額をこすりながら考えていると、車はセキュリティ・ゲートを通過した。まさか母が来る日に、こんなことが起きるなんて——。夕食会のゲストが死亡するなど、シェフにとってはあってはならない最悪中の最悪の出来事だった。

3

護衛官ふたりに連れられて入ったのは、東棟《イースト・ウイング》の二階にある、まったく飾り気のない部屋だった。広さは九×十メートルほどで、天井が高く、置いてある調度も質素なので、がらんとした洞窟みたいだ。壁は白、窓には青いカーテン。そして男性がひとり、デスクで何か書きものをしていた。彼の左右に、護衛官がひとりずつ立っている。

トムに会えるかも、と思っていたけど、彼の姿はなかった。立っているふたりも、顔見知りではない。

ここまでいっしょに来た護衛官たちは部屋を出ていき、デスクの向こうの大柄な男性が、机の上の書類から目も上げず、こちらに来なさいと腕だけ振った。

「ミズ・パラス?」うつむいたまま「どうぞ」と椅子を指さす。「おすわりなさい」

わたしは腰をおろした。

彼はあぐら鼻をこすりながら書類を読みつづける。「わたしのことは知っているね?」

「はい」シークレット・サービスの副部隊長ジャック・ブルースターとは一度会ったことがあるけど、彼のほうは覚えていないだろう。

ブルースターは視線も上げずに顔をしかめた。

「報告書に、きみの名前が頻繁に登場するんだけどね」眉間の皺《しわ》が深まり、かぶりを振る。まるで、きのうの食べ残しの魚のにおいでも嗅いだかのように。「どうしてここに呼ばれたのか、理由はわかってるね？」

「カール・ミンクスは……」言葉がうまく出てこない。「ほんとうに亡くなったんですか？」

ブルースターはようやく、腫れぼったい目でこちらを見た。白目は黄色く、しかも充血している。足りないのは睡眠か、あるいは心の安らぎか。たぶん、その両方だ。ひとつ咳払いをしたけど、唸り声にしか聞こえなかった。

「ああ、ほんとうだよ。カール・ミンクスは亡くなった。遺体は昨晩、ホワイトハウスから運び出された」

「きのうの夜は、わたしもここにいました。どうして誰も教えて――」

「どうして、きみに教えなくてはならない？」

わたしは目をぱちくりさせた。「どうしてって……それは……」

「ミズ・パラス、きみは自分で思うほど、ホワイトハウスのことを何でも知っているわけではないのだよ」

これには傷ついた。唇を噛んでいると、彼は話をつづけた。

「マスコミがきみのふざけた振る舞いを騒ぎたてるせいで心得違いしたのだろうが」小声でぶつぶつ。「きみをやめさせる権限がわたしにあれば――」

「ミスター・ブルースター」わたしは声に力をこめた。

彼が顔を上げる。

「わたしは自分が何でも知っているなんて思っていません」怒りがふつふつと湧いてくる。「わたしはただ、ミンクスさんが倒れたとすぐに知らされていたら、きのうの夜のうちに状況を調べることができた、といいたいだけです」〝きのうの夜〟を強調する。「そうすれば、いまごろはもう、厨房が彼の死にどう関係したか――あるいは、関係しなかったかがわかっていたと思います」

彼は太い腕をどすんとデスクに置き、身をのりだした。

「きみには手を焼いた、という話を聞いたよ」

わたしは頬の内側を噛んだ。「自分なりに、よかれと思ったことをやっただけです」

「まあ、なんとでもいいなさい」彼はまた鼻をこすった。あんまりこするから、あぐら鼻になったのかも。「今回の件で、厨房の過失の有無を調べる調査班を編成した。彼らに協力するように。全面的にね。わかるかな？」

「もちろんです」思わずむっとした。「ですが、ミンクスさんは厨房でつくった料理のせいで亡くなったのではないと断言できます」

「いずれわかるだろう」

ブルースターはそういうと、わたしがホワイトハウスに就職した状況についていくつか質問した――個人ファイルを見ればすぐにわかることばかりだ。それから、昨夜の夕食会でミンクスに出した料理についても質問された。わたしが何かいおうとするたび、彼は片手を上げ、〝訊かれたことにだけ答えなさい〟といった。

ようやく質問が終わり、額を撫でるとうっすら汗をかいていた。ブルースターに質問されたら、きっと誰でもこうなるだろう。

とくに呼ばれたわけでもないのに、わたしをここまで連れてきた護衛官のひとりが、すっと部屋に入ってきた。

「ガジー護衛官」と、ブルースター。「ミズ・パラスはこれから、ワシントン首都警察の取り調べを受ける。一階へお連れしろ」

取り調べ？　いままでの質問は何だったの？

わたしはガジーからブルースターに視線をもどし、その目をまっすぐ見ていった。

「いますぐは無理です」指で腕時計を示す。「大統領ご夫妻に、朝食を用意しないといけませんから」

ブルースターは何度かまばたきした。退屈している牛みたいだ。

「それに厨房のスタッフも」わたしはつづけた。「なぜわたしが出勤してこないのか、疑問に思うでしょう。状況をきちんと説明しておかないと」ブルースターのほうへ身をのりだす。「おわかりいただけないかもしれませんが、わたしの話をもっと真剣に受けとめてくれるかもしれない。距離が近ければ、わたしの話をもっと真剣に受けとめてくれるかもしれない。ただけないかもしれませんが――」

「いや、ミズ・パラス」ブルースターはゆっくりといった。「わかっていないのはきみのほうだ。ミンクスの急死の原因が判明するまで、ホワイトハウスの厨房でつくった料理は、いっさい出してはならない。とくに、大統領とそのご家族には」

わたしは椅子に深くすわりなおした。「まさか、ほんとうに──」

ブルースターはぶ厚い唇を舐め、またゆっくりとしゃべった。

「調査班に、全面的に協力するように」

反論したいけど、言葉が浮かんでこない。

ブルースターは恐ろしい目でわたしをにらみつけた。

「さて、もう一度訊こう。わかったかね？」

わたしは額をこすった。「だんだんわかってきました」

ブルースターはガジー護衛官をふりむいた。

「きみの弟に、バックミンスター・リードを連れてこさせなさい」

バッキーのことだ。厨房のわたしの右腕。スタッフはひとりずつここに呼ばれるのだろう。おそらく、ソムリエや給仕も。

起きたことの重みをずっしりと感じた。夕食会のゲストが、食事後に亡くなった。こんなことは初めてだ。なぜ──どのようにして──亡くなったのかを解明する必要があるのは当然だろう。だけどいうまでもなく、厨房スタッフがそんな恐ろしいミスをおかすはずがない。わたしたちの料理が死を招いたなんてことは、ありえないのだ。自然死か、もしくは料理以外の何かが原因だ。

ブルースターが顔をこちらにぐっと寄せて、わたしは現実に引き戻された。

「退室してよろしい」

ガジー護衛官といっしょにドアに向かいながら、ふと、あることを思い出した。急いでブルースターのデスクにもどる。

「きのうはゲストがいらっしゃいました」

ブルースターはゆっくりと目を見開いた。まぶたの重さが何十キロもあるかのようだ。

「そうだよ。そしてそのひとりが亡くなった。その点はきみも承知していると思ったが」

「いえ、そうではなくて、厨房のゲストです」いかにも退屈そうなブルースターの顔が、早く話せといっている。「厨房の誰も、何も間違ったことはしていないと証明できます。きのうはカメラを回していましたから。一日じゅうずっとです。ゲスト・シェフがいたので――」

ブルースターは片手を上げた。「ゲスト・シェフ？」

「テレビ番組の収録で、スージーとスティーヴが来ていたんです」厨房では何もおかしなことをしていないのが、これで証明できる。きのう録画した映像を見てもらえばいいのだ。

「スージーと――」ブルースターはどうでもよさそうに名前をくりかえした。「スティーヴだね」

「〈シズルマスターズ〉というコンビはご存じですよね」

ブルースターは鼻をこすり、デスクの上の紙に何かメモした。そしていらついた目でまたわたしを見てから、ガジー護衛官に顔を向ける。「このスージーとスティーヴについて情報を集めてくれ。それから身柄の確保もするように」

「身柄の確保？」わたしはぎょっとした。

ガジー護衛官がわたしの肘をつかむ。

「誤解です。ふたりが何か悪いことをしたとはいっていません。ただ、証拠として――」

「きょうはずいぶん誤解が多いようだな、ミズ・パラス」ブルースターはドアを指さした。

「情報提供には感謝するよ。また疑わしい人物を思いついたら、知らせてくれたまえ」

4

ガジー護衛官に連れられて隣の部屋に入ると、シアンが白い折りたたみ椅子にすわってい
た。なんだか小さくなって、震えているようだ。

「シアン！」わたしは駆け寄った。

「オリー！」はじかれたように立ち上がる。

「私語は禁止です」

ふたりともびくっとして、その場に凍りついた。これではまるで犯罪者だ。ほんとうに、わたしたちのせいでミンクスは亡くなったと思われているの？

シアンの隣の椅子に腰をおろしながら、あらためて現実を突きつけられた気がした。

ガジー護衛官は部屋の奥に進んだ。そこでは彼そっくりの、あのもうひとりの護衛官がまっすぐ前を見つめて立っている。ブルースターは、ふたりが兄弟のような言い方をした。ということは、〝トゥイードルディーとトゥイードルダム〟だと思ったのも、あながち間違っていなかったわけだ。ガジーAがガジーBに低い声で何かいうと、Bは部屋を出ていった。

椅子がぐらつく。じっとすわっていなくては、静まりかえった部屋で妙なきしみ音が響い

てしまう。だけどここはずいぶん寒くて、じっとしているのはつらい。なんとかがんばって震えをこらえる。気持ちを何かに集中できたらいいのだけど、周囲は簡素な白壁で、それ以外には護衛官しかいない。その彼だって直立不動で、たまにまばたきするくらいだ。

シアンと目が合い、彼女は首をすくめた。私語は禁止だから、ほかにやることもなく、起きた出来事を頭のなかで整理していくことにする。カール・ミンクスの死は不幸だし、痛ましいとは思うけれど、彼に対する個人的感情はなかった。直接話したことは一度もなく、せいぜい姿を見かける程度で、いちばん近くで見たのは彼がホワイトハウスにゲストとして招かれたときだ。それも過去に二度しかない。

そして、三度めがこれだ。

〝三度めの幸運〟という諺《ことわざ》を思い出し……ため息が出た。

「いつまでここにいなくちゃいけないの？」わたしはガジーAに尋ねた。

彼はわたしの顔を見たけど、返事はない。

シアンがひそひそ声でいった。

「お母さんが来るのはきょうじゃなかった？　おばあちゃんもいっしょでしょ？」

わたしはうなずいた。「そうなの、だからいつまでもここには――」

「私語は禁止です」と、ガジーA。

するとドアが開き、ガジーBがバッキーを連れて入ってきた。ブルースターは、アシスタント・シェフにはそれほどたくさん質問しなかったらしい。

「ずいぶん早かったわね」わたしがバッキーに声をかけると、彼は護衛官の手をふりほどいた。

「いったいどうなってるんだ？」

ガジーBが注意する。「私語は禁止です」

バッキーとシアン、わたしは〝こんな扱いを受けるなんて信じられない〟と目顔で語り合った。ガジー兄弟のどちらともこれが初対面だから、たぶん大統領護衛部隊《PPD》に入って間もないのだろう。ひょっとするとPPDではなく、きょうだけ駆り出されたのかもしれない。ホワイトハウスの夕食会がゲストの死で終わるなんて、めったにあることではないのだから。

そこへ、今朝リムジンを運転していた三人めの護衛官が入ってきた。わたしは彼が仲間と合流するまえに、軽くほほえんで尋ねてみた。

「こんにちは。お名前を教えていただける？」

彼は一瞬うろたえたけど、返事はしてくれた。「スナイアバーです」

ガジー兄弟が顔を見合わせ、わたしは立ち上がった。

「スナイアバー護衛官、最初の出会いがこんなかたちで残念だわ」

彼は逃げるようにしてガジー兄弟のほうへ行き、兄弟は左右に別れて真ん中に彼を迎えた。小柄な料理人が大柄なシークレット・サービスに防衛態勢をとらせたようだ。

「パラスさん、どうか椅子にもどってください」ガジーAがいった。「まもなく取り調べが始まると思うので」

「こんなことをする必要が、ほんとうにあるの？」

わたしが尋ねても、三人の護衛官は聞こえなかったかのように、まっすぐ前を向いたままだ。そのようすに、わたしはひるみ、不安が増した。バッキーもシアンもわたしも、信頼されるホワイトハウスの職員なのだ。少なくとも、きのうまではそうだった。でもいま、ここまでされると、自分でも自信がなくなってきた。スパイスと食材との、あるいは飲みものとの組み合わせの何かが、カール・ミンクスの体調によくなかったの？　そしてそれを、わたしもスタッフも事前に察知することができなかった？

シークレット・サービスの防衛態勢に挑んでみようか。と思っていたら、ドアが開いてピーター・エヴェレット・サージェント三世がつかつかと入ってきた。

「ここにいたのか」

どんな理由であれ、彼がわたしを探していたなんてありそうもないと思った。ピーター・エヴェレット・サージェント三世とわたしはじつに相性が悪く、つねに反発しあっている。厄介なのは、わたしたちの身長がほぼ同じという事実だろう。ピーターは男性としてはとても背が低いのだ。そして権力のある人には追従し、下の者は見下して傲慢な態度をとる。わけても、自分より少しでも背が低い職員に対しては。つまり——このわたしだ。

「何かご用ですか、ピーター？」

シークレット・サービスの三人は、驚いたことに〝私語禁止〟とはいわなかった。スタッフ同士は禁止でも、不機嫌な式事室の室長とならかまわないらしい。

サージェントはからだの前で手を組み、シアンとバッキーのほうへ歩いていった。

「いやはや、まったく、困ったものだ」

わたしは腕を組んだ。

「どうしてですか？」

護衛官たちはからだをもぞもぞさせ、ガジーAは首を伸ばしてドアのほうを見た。

サージェントの小さな目が、わたしに近づくにつれ細くなる。

「みんなが、あちらで――」漠然とレジデンスのほうを指さす。「対処に追われているのを知らないらしいな。きみが引き起こした問題だ」

わたしはむっとした。「厨房がカール・ミンクスの死にかかわったという証拠は、まだありません。はっきりするまでは、犯人扱いしないでください」

彼は口の端をゆがめた。「ところが、ミズ・パラス、ちょっと小耳にはさんだことがあってね」

たぶん、わたしの表情が（無意識のうちに）変わったのだろう、サージェントの顔に冷笑が広がった。

「そうなんだよ、ミンクスは料理のことで何かいってから倒れたらしい」

人がひとり亡くなったというのに、サージェントは嬉々として説明しているように見えた。

「食べたものに問題があったのはたしかだ」と、サージェント。「さして時間がかからずに、きみが犯人だと断定されるだろう」彼は鼻で笑った。笑いながらシアンとバッキーに目をやる。「きみたち全員がね」

「ミンクスさんはなんといったんですか?」訊かずにはいられなかった。

部屋の反対側のドアが開き、わたしの名前が呼ばれた。

サージェントは質問に答えない。もう一度訊くまえに、ガジーAがわたしの前に立った。

「パラスさん、行きましょう」

「でも……」

「さあ」と、ガジーA。軽くわたしの肘をつかみ、ドアのほうへ向ける。

だけどサージェントとの話が終わっていない。わたしをいたぶりたいだけだろうけど、どうしても確認しておきたかった。

「ミンクスさんは、料理のことで何かいったんですね?」

「ああ、はっきりとね」サージェントの目がきらりと光る。

この人は、他人を苦しませることに楽しみを見いだしているらしい。

彼は片手を上げ、中指を少しだけ立てて卑猥な仕草をした。

「あとで聞かせてやろう。わたしはずっとここにいるから」そしてにやりとし、こう付け加えた。「運がよければ、きみはもうホワイトハウスにはいないだろうが」

5

ガジーAに連れられ、イースト・ウィングからレジデンスへ入って、階をひとつ上がった。これまで何百回となく、壮麗なエントランスを抜けてホールを横切ったけど、きょうはいつものように気持ちが安らぐことはない。いまはただ、自分の靴が大理石の床を踏む音と、隣の護衛官のきびきびした足音が聞こえるだけだ。

総務部長ポール・ヴァスケスの執務室に行くとばかり思っていたら、そうではなく、向かった先はステート・ダイニング・ルームだった。たぶんそこに、捜査本部が置かれたのだろう。きのうの夕食会は、その隣のファミリー・ダイニング・ルームで開かれた。ただ、この名称は誤解を招きやすい。ファースト・ファミリーが家族団らんで食事をするのは、ここではなく上階のダイニング・ルームだからだ。この階の〝ファミリー・ダイニング・ルーム〟はあくまで、大統領夫妻がお客さまを招く、内輪のビジネス・ディナーの場だった。きのうの夕食会がそうだったように。

ステート・ダイニング・ルームには十人を超えるシークレット・サービスがいた。折りたたみ式のテーブルがいくつか運びこまれ、コンピュータが置かれている。ＰＰＤだけでなく、シークレット・サービスの制服組もいた。わたしは室内をざっと見まわし、トムを探した。

こういうとき、背が低いのはとっても不利で、肩幅の広い護衛官やせわしなく動きまわる職員たちに埋もれてしまう。わたしは仰向いて背の高いトムを探しながら、ガジーに引っぱられ、南西側のパントリーに近い場所まで行った。

「ポール!」総務部長の姿が目に入り、わたしは声をあげた。

たぶん切羽詰まった声だったのだろう、ポールは護衛官の集団から離れ、急ぎ足でわたしのところにやってきた。

「オリー、大丈夫か?」

ガジーの手からなんとか逃れる。「わかりません」

ポールの顔が曇り、「今回は厄介だな」というと、ガジーを見てうなずいた。「もういいぞ」

ガジーは面食らったようだった。ポールの命令に従うべきかどうかがわからないらしい。総務部長にPPDの指揮権はないものの、ベテラン護衛官との間には暗黙の了解がある。レジデンス内はポールが監督するので、彼がエグゼクティブ・シェフに対して責任をもつなら、ガジーはお役御免なのだ。

「しかし、総務部長——」

「退《さ》がってかまわない」

ガジーは部屋の騒がしさに負けないよう声を張りあげた。「ですが——」またこちらに腕をのばしたので、わたしは肘をつかまれないよう、脇にずれた。

背後から馴染みのある声がした。

「かまわない、ガジー。ぼくが引き受ける」

みんながそちらをふりむいた。

「トム！」わたしは声をあげ、ポールは目をくるりと回した。トムとわたしは交際中であることを公表していなかったけど、ホワイトハウスの職員のあいだでは〝知らないのは大統領と夫人だけ〟というのがジョークになりつつあった。でもどうやらガジーも知らないらしい。

これまでほとんど無表情だった巨漢の彼が、いまはあっけにとられている。そして先輩に対する敬意をもって、「しかしマッケンジー護衛官……」といった。

「あとはぼくが引き受けるから」トムはわたしと彼の間に立った。

わたしは背伸びをしてトムにささやいた――「バッキーとシアンがいるわ」

トムはわたしを見下ろしてほほえんでから、顔をもどしてガジーにいった。

「パラスさんのアシスタント・シェフ二名が図書室に案内されたかどうか、確認してくれないか」

ガジーはうなずいた。「ただちに」

彼がその場を去ると、トムはわたしをふりかえってポールと同じことを訊いた。

「大丈夫だったかい？」

わたしは当面、いちばん気がかりなことを口にした。

「母が心配なの。この騒ぎで、携帯電話を家に忘れてきたから」

ポールは何のことかわからず、きょとんとしている。

トムは髪をかきあげた。「きょう到着なんだよな？」

「飛行機は朝の八時五十分に着く予定なの」

彼は腕時計を見た。ここワシントンＤＣはようやく五時を過ぎたところだ。ということは、シカゴでは四時。

「早いな。空港にはもう行ったのかな？」

「たぶん」わたしは首をすくめた。「でも、わからないわ」

ポールが咳払いをした。「オリーには捜査協力してもらわなくてはいけない」

そこでトムについてパントリーに入った。ここなら静かだろうと思ったら、とんでもない、紙の足カバーとラテックスの手袋を着けた専門捜査官たちが数センチ刻みで徹底的に調べていた。頭から足先までタイベック製のジャンプスーツで、さらに顔にはマスク、頭はシャワーキャップですっぽり覆っている。ここでこれなら、厨房はもっと悲惨だろう。わたしはうめき声をもらした。

「標準的な捜査手順だからね、オリー」トムがいった。「隅々まで調べないといけない」

この捜査が終わるころには、厨房はひっかきまわされ目も当てられない状態だろう、いまのわたしの胃のように。

ファミリー・ダイニング・ルームに通じるドアは開け放たれ、その向こうに、もっと大勢の完全装備した捜査官たちが見えた。そして、キャンベル大統領もいる。階段とポールの執務室につづくドアのそばで、護衛官のクレイグ・サンダーソンと何やら話しこんでいた。

するると、大統領が顔を上げ、わたしと目が合った。唇を引き結び、落胆しているのがわかる。あんなにつらそうな大統領の顔を見ると、わたしが招いた事態でないとはいえ、胸が苦しくなった。大統領はわたしに向かって小さくうなずき、視線をそらしてまたクレイグとの話をつづけた。

「それで状況はどんな感じなのですか?」わたしはポールに尋ねた。

ポールはパントリーの中央へわたしを急かし、みんな静かにしてくれ、といった。専門捜査官たちは仕事の手を止め、わたしたちに顔を向ける。後ろにトムがいてくれてありがたかった。

「こちらはエグゼクティブ・シェフのオリヴィア・パラスだ」ポールがよく通る声で紹介する。「何か質問があれば、彼女は図書室にいる」まったく同じ作業服で区別がつかない捜査官のうち、三人は男性でふたりは女性だとわかった。男性のひとりはめがねの上に安全ゴーグルをつけている。どうしてこれほどまでの装備を? ミンクスの死因は、空気感染する何かだと考えている? もしそうなら、ほかのゲストも感染してるの? 不意にこの部屋が狭苦しく、空気が重くよどんでいるような気がして、すぐにでも逃げ出したくなった。

「全面協力してくれるね、オリー」わたしを前に押し出しながらポールがいった。

「はい」彼の言外の思いを察し、きっぱりといった。「部長はお忙しいと思うので、何かあれば直接わたしにお尋ねください。もちろんわたしだけでなく、スタッフも全面協力させていただきます」

ポールはうなずき、わたしたちはステート・ダイニング・ルームにもどった。捜査官たちは熱心に作業し、わたしがふと立ち止まりかけると、トムとポールに先を急かされた。

「きみはここにいてはだめだ」ポールが小声でいった。「ここには首都警察がいるからね、漏れないともかぎらない」

「漏れる?」わたしはポールとトムについてイースト・ルームの横の階段をおりながら訊いた。「漏れるって、いったい何が?」

「それが政治の世界だよ」と、ポール。「共有する必要のない情報まで聞かせたくはない。たいていは曲解されるからね」

行き先は図書室だと思っていた。さっきポールがそういったからだ。でも階段をおりきると、ホールを横切ってチャイナ・ルームに向かった。

チャイナ・ルームには、あのスナイアバー護衛官のほかに首都警察の刑事もふたりいた。どちらも警察バッジをわたしにしっかりと見せる。男女のコンビで、フィールディングとウオラートンという名前らしい。わたしはトムとポールに促されて奥に進み、ウィングチェアを勧められた。でもひとりだけすわるのはいやだったから、断わる。

するとまたドアが開いてクレイグ・サンダーソンが入ってきた。クレイグは長身でハンサム、動きも機敏だ。彼はトムのスーパーバイザーということもあり、わたしとトムの関係も知っているけど、トムに配慮し、表向きは知らないことになっていた。

　クレイグとは気心が知れていて、彼のアパラチア訛りを聞くとうれしくなる。もちろん、この状況でもそれは同じだ。

「パラスさん」彼はゆっくりといった。「こんな悲劇に巻きこまれたきみを見ても、さして驚かなくなったよ」

「こんにちは、クレイグ」精一杯、砕けた調子でいう。そのほうが会話も深刻にならないだろう。と、少なくともわたしはそう願った。

「さあ、すわって、パラスさん」

　今度はすなおに腰をおろした。

　クレイグはわたしの向かいのウィングチェアにすわり、刑事が彼の両側に立つ。ふたりとも小さな手帳を開き――クレイグも同じような手帳をとりだした――わたしの話を待っている。でも、わたしにいったい何が話せる？

　トムとポールはそれぞれ、わたしの右と左に立った。椅子のネップヤーンの座面に、からだがむずむずする。ひじ掛けを汚さないよう、両手をパンツの表面でこすった。きょうはキャンバス地の白いパンツと白いTシャツで、薄いグレーのフードつきパーカをはおって家を出た。いくら寒い日とはいえ、ここではパーカを脱ぎたくてたまらない。横の暖炉に火は入っていないけど、まるで電気椅子にすわっているような気分だった。

「さっき、ブルースター副部隊長と話したわ」わたしから先に口を開く。そういえば〝先に話したら負け〞という諺があったような気がするけど、もう手遅れだ。

「それで、彼は何といっていた？」と、クレイグ。

「とくにこれといったことは」どうしてこんな話題をもちだしたのか、自分でもよくわからない。「彼は厨房が……わたしが、ミンクスさんの死に関係していると思ってるみたい」

「関係しているのか？」

わたしは目をぱちくりさせた。「とんでもないわ」

クレイグは口をゆがめた。彼は何もメモしていないけど、ふたりの刑事は熱心にペンを走らせている。女性のほう――ウォラートンだ――は四十代で背が高く、やつれているといってもいいくらい、細くてがりがりだ。髪も薄いブロンドだから、その印象が強くなる。男性のほう、フィールディング刑事は彼女より年上で、若いころにいろんなことをさんざん目撃したという顔つきだった。といっても、お腹のでっぷりしたベテラン刑事の典型ではなく、よぶんな脂肪はついていないし、なかなかハンサムだ。黒髪は、こめかみが少し白くなりはじめたところ。そして男女とも、表情は硬い。

クレイグは椅子の背に軽くもたれた。

「検死官から仮報告書をもらったよ」

「こんなに早く？」

ばかなことを訊いてしまった。ここはホワイトハウスなのだ。何事も迅速に処理され、手に入れたいものがあれば遠慮などしない。

「結果は？」身をのりだして訊く。「心臓発作とか？」

クレイグの口もとが引き締まり、わたしの心臓も縮んだ。

「心筋梗塞の類ではないよ」

からだが固まる。

刑事たちはちらっと目を上げてわたしを見ると、すぐまたペンを走らせた。

「だったら何だったの？」

「一日か二日すれば、さらに詳しいことがわかる」

「いいから教えて！」と叫びたいのをこらえ、膝の上で両手をぎゅっと握りしめた。「でも、厨房は無関係なことがわかったでしょ？」

クレイグはまた唇を引き結び、わたしは内臓がとろとろのフィリングになった気がした。ポーランド系のパン屋さんが揚げパン〝ポンチキ〟に詰める温かいフィリングのような。

「いや、それはない」と、クレイグ。

わたしの声は小さく、かすれた。「それはないって、どういうこと？」

肩に手が置かれるのを感じた。ポールなのかトムなのかわからない。視界が万華鏡のようにくるくる変わったけど、険しい顔つきのクレイグにだけ気持ちを向ける。頭のなかを突風が吹き抜けたかと思うと、その後は静まりかえって、刑事のペンが紙をこする音しか聞こえなくなった。

「カール・ミンクスは夕食時、死に至る何かを食べた、と検死官は見ている」

わたしは息をのんだ。「死に至る何か？」クレイグの言葉をくりかえしたけど、頭はその意味を理解できていなかった。

クレイグはつづけた。「検死官は薬物中毒のスクリーニング検査を行っている。いまは結果を待っているところだが、少し時間がかかりそうだ」

わたしはかぶりを振った。これは何かの間違いだ。

「でも、だからって……わたしたちの料理が原因だとはかぎらないでしょう？　夕食ではなく、お昼に食べたものかもしれない」

クレイグは身じろぎひとつしなかった。「マイケル・イシャム医師は、国内最優秀の病理学者だ。彼の結論を待つしかないよ」

「だけど……」

「昨夜の夕食はミンクスの死に無関係だと証明されるまで、きみときみのスタッフはホワイトハウスの厨房に立ち入ることを禁じられる」

「復活祭の卵転がしはどうするの？　もう一週間後に迫っているわ」

「卵転がしは、わたしの関知することではない」

「やることが山ほどあるのよ……卵転がしは一大イベントでしょ。大統領もファースト・レディも、きっとわかってくれるわ。厨房に入れなかったら、どうやって準備すればいいの？」

クレイグは唇を舐めた。彼が何かいうまえに、わたしはつづけた。

「それに、毎日の食事の準備はどうするの！」怒りがふつふつと湧き上がった。二階にあるファミリー・キッチンを使ってどうにかやりくりできるとは思ったけど、卵転がしのような華やかなお祭りの準備まではできない。「あの厨房でなきゃだめなの」わたしはきっぱりといった。カフェテリアも選択肢のひとつだけど、わが家に等しいいつもの厨房で仕事をするほうがはるかにいい。

「潔白が証明されるまで、どんな料理もいっさい、つくることはできない」

「でも、べつのキッチンなら……」

「まだ実感がないらしい。調査しているのは厨房という空間だけではない。きみたちスタッ、ッ、ッフ全員なんだよ」

唖然とした。肩にまた手が置かれるのを感じる。これはたぶんポールだ。

「ふざけないでちょうだい」

「アメリカ合衆国大統領の命にかかわる問題だ。ふざけるわけがない」

わたしは唇を噛んだ。叫んでしまわないように、しっかりと。それからゆっくり尋ねる。

「ほかのゲストはどうだったの？」

この質問に、クレイグはとまどったらしい。刑事も同様で、メモをとる手を止め、怪訝《けげん》な顔をする。

「いまのところ、ほかのゲストに問題はない」と、クレイグはいった。「だが、カール・ミンクスのメイン・ディッシュには別メニューが用意されたと聞いている。ほかのゲストが口にしなかった食材が使われたと」

「ええ、そうよ。ミンクスさんはベジタリアンで、彼の食材指示書に厳密に従ったわ」人差し指を立て、左右に振ってその点を強調する。「ゆうべの料理に関しては、わたしが直接、確認したもの」こんなことをいえば、わたしへの嫌疑がもっと深まる。それはわかっていたけど、事実は事実だ。わたしが承認しなければ、どの料理も出されなかったのだから。「だけど、わたしたちが知らないアレルギーがあったら――」

「診療記録に、そういったアレルギーの記載はなかった」

「最近、発症したのかも」

「藁《わら》にもすがりたい気持ちはわかるが」手帳を少し見てから、また顔をあげる。「きのうはゲスト・シェフがふたり来ていたと、ブルースターに話したね」

「スージーとスティーヴよ、〈シズルマスターズ〉の」

女刑事が問いかけるような目で年上の刑事を見て、彼はそれに答えた。声を聞くのは、これが初めてだ。

「〈フード・チャンネル〉の番組だよ。スージーとスティーヴは、ステーキやバーベキューに凝るあまり、自分たちの番組をもったんだ」首をすくめる。「なかなかおもしろい番組だ」

クレイグは彼を見ずにいった。「そのふたりがホワイトハウスの厨房に来た理由は？」

「ブルースター副部隊長にも説明しかけたんだけど……〈シズルマスターズ〉の撮影よ。よくある料理対決みたいなもの。番組のパーソナリティが料理人に挑むの。ゆうべのテーマは、ディナー用のヒレ肉。三週間後に放送されるらしいわ」

ポールが補足した。「わたしが許可したんだよ。ホワイトハウスの台所の様子を市民にも知ってもらおうという、ファースト・レディの意向でね」

クレイグがまだ顔をしかめているので、わたしはつづけた。

「大統領の夕食会に料理を出しながら、〈シズルマスターズ〉の挑戦を受けたの」両手を振って反論を止める。「でも、ゲストが食べるところは撮影していないわよ。番組の審査員用に、余分につくっただけ」

「審査員？」

「給仕係ふたりに、味見をしてもらったの。番組の約束事だから」

クレイグは片手を上げた。「テレビの〝約束事〟に関心はない。関心があるのは、夕食会のゲストが死亡したという事実だけだ。著名な人物が、ホワイトハウスで食事をした後に亡くなったんだよ。そしていま、命をおとすほどの何を食べたのか、を調査している。カール・ミンクスはベジタリアンだったんだろう？」

「そうよ、でも——」

「それなら、テレビの料理対決について語り合っても意味はない。調査事項とは無関係だ」

クレイグの断定的な口調にむっとしつつ、わたしはいった。

「そのあいだずっと、カメラが回っていたのよ。DVDのコピーを送ってくれる予定だけど、制作会社に連絡すれば、すぐにもらえるんじゃないかしら」

クレイグはウォラートン刑事に目を向けた。彼女はうなずき、ポールとともに部屋を出ていく。

これで一歩前進だ。

「夕食会のゲストで、ほかにベジタリアンはいましたか？」フィールディング刑事が訊いた。

「いいえ、ひとりも。ミンクスさんに出す料理は、それだけ別立てでつくったわ」

自分が何をいったかに気づき、胃が縮んだ。

〝ホワイトハウスの厨房、カール・ミンクスに死の料理をふるまう〟という記事が新聞の一面に載るかもしれない……。

フィールディング刑事が手帳の新しいページを開いた。「付け合わせはどうでした？　サラダは？　デザートは？　ゲスト全員が食べたものはありますか？」

「もちろん」わたしは昨夜の献立をすらすら挙げていき、カール・ミンクス用の特別料理についても説明した。ゴマとナスの前菜、レモンとブロッコリの付け合わせ、自家製ドレッシングのサラダ、そしてマルセル特製のすばらしいデザートだ。「デザートについては、マルセルに訊いてください。綿菓子とアイスクリームが添えてあって、ほかには——」

クレイグがさえぎった。「彼にもいま、話を聞いているところだ」

「ほかのゲストは誰も、具合が悪くなっていないんでしょう？」わたしはすがるように尋ねた。

「いまのところはね」

「招待客の最終リストはあるの？」でしゃばりすぎ、だとは思った。でもわたしなりに、精一杯協力したいというのはわかってほしい。「間際になって、フィル・クーパーと奥さんのフランシーンが追加されたけど」

「全員わかっている」

これにフィールディング刑事は顔をしかめ、クーパー夫妻の名前を書きとめた。「こちらのリストには、その二名の名前はないですけどね」

クレイグは非難がましいことをいわれるのを好まない。フィールディング刑事に対し、ゲストの名前をひとりずつ挙げていった。

「カール・ミンクスは、妻のルースを同行した。ほかにはフィル・クーパーと妻のフランシーン、アリシア・パーカーと夫のクィンシーだ」

アリシア・パーカーの名前をいうとき、クレイグは顔をゆがめた。過激な国防長官のことを知らないアメリカ市民はいない。

「それから大統領ご夫妻もね」と、わたし。「おふたりとも、出席していたわ」

ウォラートン刑事がもどってきて、彼女とフィールディング刑事、クレイグの三人は、きのうの厨房の様子を次つぎ質問してきた。わたしは大半のことを覚えていたけど、ミンクスの料理の材料については、ファイルを見ないと正確には答えられないといった。わたしの具体的な回答を聞いてメモした刑事たちはそれなりに満足したようだ。

するとクレイグが突然トムに声をかけ、みんなちょっと驚いた。

「マッケンジー、勤務時間はどれくらいになる？」トムの返事を待たずにクレイグはつづけた。「二十四時間以上ここにいるんじゃないか。おそらく三十時間以上だろう。どうだ?」

トムはうなずいた。「はい、そうです」

「すぐ家に帰りなさい」

トムは反論した。シークレット・サービスの一員として、このような大きな事態が発生したときはホワイトハウスにいたい——。しかし、クレイグは途中でさえぎった。

「交替だ。少し眠るといい。仕事は多少なりとも睡眠をとってからにしよう」

トムはそれ以上何もいわず部屋を出ていったけど、どれほどがっかりしているかはわかる。そしてわたしも、がっかりした。黙っていても、彼がそばにいてくれるだけで安心できたのに。


同じことを何度となくくりかえし訊かれるうち、わたしの額には汗がにじんで、気分も悪くなってきた。家に帰ってシャワーを浴びたい。でも、そう、母たちはどうしただろうか。腕時計に目をやる。すでに八時三十分。ワシントン・ダレス国際空港まで二十分で行くなんてとうてい無理だ、いますぐこの部屋を出られたとしても。

「ほかに何かいいたいことは?」クレイグが訊いた。

質問攻めに疲れきり、説明する気になれない。

「いいえ、何も」わたしが迎えにいかないせいで、母と祖母がつぎの便でシカゴに帰ったりしませんように。

ようやく解放され、クレイグがドアまでついてきた。わたしは最後にひとつだけ、彼に尋ねる。

「それで、大統領一家の食事は誰がつくるの？」

クレイグは鼻を鳴らした。「シークレット・サービスが数人で担当することになった。上のファースト・ファミリーの台所とホワイトハウス・メスを使うよ」

わたしはたぶん、ぎょっとした顔をしたのだろう、彼はこう付け加えた。

「料理自慢の護衛官もいるんだよ。ひとりは大学の料理人を務めた経験もあるからね。やるべきことはちゃんとわかっている」

わたしは目を閉じた。予想を超える最悪の状態だ。

「わたしたちはどうなるの？　自宅で何もせず、身の潔白が証明されるのを待つだけ？」

クレイグは相変わらず無表情だ。

「待つ以外のことをしてもかまわないよ。ただし、いつ自宅にもどれるかは、いまのところ不明だ」

6

図書室に行くと、バッキーとシアンがいた。

「いつまでここに閉じこめられてるんだ？　仕事は山ほどあるのに」バッキーが立ち上がった。

「ないわ」と、わたしは答えた。「仕事はないのよ」

シアンが口を開きかけ、わたしは片手を上げて制した。

「許可が出るまで、厨房には入れないの」

「どういうこと？」

「いまのわたしたちは、そういう立場ってこと」わたしはバッキーがすわっていた木製の肘掛椅子に腰をおろした。「カール・ミンクスの死が、厨房の過失ではないと証明されるまで、ホワイトハウスで調理することを禁じられたわ」

バッキーはうろうろ歩きはじめた。「ぼくらのせいじゃないよ。だって……そんなことはありえない。彼の食事資料は、ちゃんと読んだんだから」手の甲で額をこすり、わたしをふりむく。その顔は青白く、声はかすれていた。「こんなこと、いままで一度だってなかったよな」

わたしは立ち上がり、彼の肩に手を置いた。意外なことに、彼はいやがらなかった。

「わたしたちは何も間違ったことはしていないわ」

バッキーは頭を振った。「ひどすぎる」

わたしは現実を冷静に見つめた。人がひとり亡くなり、それもわたしたちが出した料理が原因かもしれないのだ。踏むべき手順はきちんと踏んで調理したけど、だからといって不注意だった可能性を完全否定することはできない。もし万が一、不注意があったとしたら？そのせいで、カール・ミンクスが不慮の死を遂げたとしたら？　わたしはエグゼクティブ・シェフとして、全責任を負わなくてはいけない。

バッキーが声を絞り出すようにしていった。「ボツリヌス中毒のことは考えた？」

答えかけたところで、彼はわたしを押しのけると、口に手を当て、近くのドアの向こうに消えた。

シアンが弾かれたように立ち上がる。バッキーが駆けこんだのは男性用の休憩室だったけど、そんなことはかまわずに、ふたりであとを追いかけてなかに入った。でもバッキーはトイレの個室に飛びこんで、鍵を閉める音がした。

「バッキー、大丈夫？」わたしは木の扉を叩いた。

咳きこみ、吐く音。

「大丈夫だ」

「バッキー。あなたのせいじゃないのよ」

彼は音を立てて鼻をすすった。「わかってる」

わたしは両手でお手上げの仕草をし、シアンは首をすくめた。

「それなら出てきてちょうだい」

しばらく静寂がつづいた。近くのパイプから、かすかに水の流れる音がする以外、静まりかえっている。

ようやくバッキーがいった。「ここはぼくの生きがいなんだ」

何といえばいいのかわからないまま、わたしは個室のドアに顔を寄せた。

「みんないつも、細心の注意を払っている」悲しげに、彼はつづけた。「こんなに厳しい基準がある厨房なんてほかにないよ。それでもぼくは、その厳しさはいいことだと思っている。いつまでもここで働きたい」

「誰も追い出したりしないわよ」できるだけ明るい調子でいう。「いまのところはね」

バッキーはささやくようにいった。「全員、解雇されたら？　ぼくたちが不注意だったと――そんなはずはないのに――そういわれたら？　もう、どこにも雇ってもらえなくなる。料理人としての人生は終わりだ」

自分の言葉を強調するかのように、彼はトイレの水を流した。シアンとわたしは顔を見合わせたけど、鍵が外される音がしたので、ドアから少し離れた。

出てきたバッキーはひどく汗をかいてはいないし、顔色ももどっていた。備え付けのティッシュをひとつかみ抜きとって額を拭い、力なくほほえむ。

「ホワイトハウスで働きたくて何年もがんばったのに、失うときはあっという間だな……」

バッキーの目がうるみ、彼は背を向けるとシンクの水道の蛇口をひねった。でも、鏡は見ないようにしている。

「ねえ、バッキー」わたしが声をかけると、彼は首を横にふった。

「きみたちにはわからない。わかりっこないよ。ぼくは必死でがんばって、ようやくホワイトハウスに雇われた。人生最良の時をそのために捧げたんだ。そうして、きみたちがホワイトハウスに現われた。ぼくだって、いつかはエグゼクティブ・シェフになれると思っていたのに」

わたしは彼の右後ろに立ち、鏡を見た。バッキーの力ないほほえみは、ゆがんだ笑みに変わっている。彼はわたしをちらっと見てからいった。

「ところが、選ばれたのはきみだった」

それに関し、わたしにいえることは何もない。エグゼクティブ・シェフは〝たまたまラッキー〟でなれるものではないのだ。自分でもそのことは学んだつもりだし、ヘンリーがバッキーを越えてわたしを後継者に選んだ理由も知っていた。でも、そんなことはいえない、いまは。

「ホワイトハウス初の女性シェフなんて、すばらしいじゃないか」彼はつづけた。「それはわかるよ。ファースト・レディもそう思ったんだろう。だけどぼくには、この先どうなるかも見えてきたような気がする」そういってシアンに目をやる。「オリーがきみを仕込んでいるのは、ぼくを追い出してその後釜にするつもりだからだ。自分でもそう思うだろう？」

シアンは答えず、わたしの目を見た。でも、わたしにも答えられない。ほんとうにこの数年で、シアンは実力を発揮しはじめた。それは事実だ。でも、バッキーだって厨房の重要なメンバーなのだ。

「考えすぎよ、バッキー。わたしたちはチームじゃないの」

「この事件が収まったら、全員、解雇されるさ」

バッキーの顔がまた青白くなってゆがんだ。でも個室には駆けこまず、目をぎゅっと閉じて、洗面台の端を両手でつかむ。しばらくそうしてから蛇口をひねり、冷たい水を顔に浴びせると水を止め、そばのハンドタオルで軽く叩くようにして顔の水を拭った。

バッキーがいくらかおちつきをとりもどしたところで、わたしはシアンにふたりきりにしてほしいと頼んだ。彼女が外に出てドアが閉まる音を聞いてから、わたしはいった。

「バッキー、あなたを追い出すつもりなんてないわ。どんなことがあっても、けっして」

彼は洗面台の排水口を見つめている。「きみが厨房に来たその日から、ヘンリーはきみを特別扱いした。そしていま、きみはシアンを特別扱いしている」両手がぴくぴく震えた。「ぼくはどこにでもいる白人の中年男だ。誰にも必要とされない。たぶん、退職するのがいいんだろう。でも……どこに行けばいい？」

バッキーほどの腕と、ホワイトハウス勤務の経歴があれば、職に困るはずはない。だけどわたしは違う答えをきっぱりといった。

「あなたはどこにも行かないわ」

「いまのところまだ代わりがいないからね」

「そうじゃないわよ、バッキーったら、まったく。さあ、こっちを向いて」

わたしを見る彼の顔に、心が痛んだ。辛辣で怒りっぽくて、でもすばらしいわたしの右腕バッキーは、人生をかけた仕事を失うのではないかと怯えきっている。こんなにも弱々しい彼を見たのは初めてだった。そして初めて、彼は好きで気難しくしているわけじゃないとわかった。ほかのメンバーにうまく溶けこめないと感じ、そう感じるせいでよけい雰囲気を硬くしてしまうのだ。そしてそれは、事実だった。バッキーの発言や振る舞いが、彼とわたしたちとの間に溝をつくっている。でも、だからといって、自分はホワイトハウス・ファミリーの一員ではないと考えるなんて、とんでもない間違いだ。彼は厨房には欠かせないメンバーであり、その点でほかの者にひけはとらない。それどころか、必要不可欠な存在なのだから。

わたしは有能なリーダーではなかったらしい。ヘンリーは、バッキーがかんしゃくを起こしたり嫌味をいったりするのを大目に見ていて、わたしもエグゼクティブ・シェフになってからは、そんなヘンリーを見習ってきたつもりだったのだけど……。もしかしたらいまが、多少挽回するチャンスかもしれない。

「なんだって?」しばらくしてバッキーがいった。ただし、わたしは何も発言していない。

「ぼくの弱点を暴いて、いい気分だろう？」

わたしは低く、力強い声でいった。

「クビにされないという保証がほしいの？　でも、わたしにそれはできないわ」

もしバッキーが慰めや庇護の言葉を期待しているなら、お門違いだ。いま、彼は驚いた顔をした。自分の厄介な気性が周囲の人に警戒心を抱かせるのは承知しているはずだし、わたしがスタッフを不愉快な気持ちにさせてはいけない立場にあるのも知っている。でもわたしとしては、自分の右腕となる料理人には、本人がいちばんなじんだ、歯に衣着せぬ言い方がベストだと思った。

「大統領が替わる四年ごと、あるいは八年ごとに」わたしはつづけた。「スタッフはみんな、新政権によって仕事を失う覚悟をしなくちゃいけないのよ。それがホワイトハウスで働くということなの。その了解のもとに、契約書に署名したんじゃない？　仕事を失うときは失うの。料理人としての腕が悪いからではなく、新しい大統領一家の料理の嗜好の問題なのよ。新しいファースト・レディに辞職を願い出てあっさり了承されたって、べつに恥じることでもなんでもないわ」

そこでひと息つき、意を決して話す。「だけどゲストの死亡が理由で解雇されたら、それは恥ずべきことよね。とてつもない汚点だわ。でも、わたしたちはみんな同じボートに乗っているの。料理人としては、職歴に大きな傷がついて、どこにも雇ってもらえず、胸を張って歩くことすらできないかもしれない。一からやり直さざるをえないことになる」

「だけどきみたちはぼくより若いし――」

「たいして変わらないじゃない」というのは、ちょっといいすぎだったかも。バッキーは少なくとも、わたしより十五は歳上だ。でも年齢を重ねれば、薬味が加わるように味わい深くなるものだと思う。「ボートが沈めば、みんないっしょに沈むのよ。それにそもそも、スタッフの誰であれ、ゲストの命を危険にさらすような真似をするはずがないわ」

彼はうなずいた。

「大統領一家もその点はわかってくれてるはずよ。検死官が何を見つけようと、厨房スタッフが非難される覚えはないし、大統領もファースト・レディも、わたしたちを裏切ったりはしない」

彼は顔をしかめた。

「いい？　あなたはわたしの右腕よ。すべてが解決しないうちにこそこそ逃げ出そうとしたら――」

「逃げ出す？」

「あなたの話しぶりだと、きょうここから解放されたとたん、シェフ募集の広告を見て履歴書を出そうとしているみたいだから」

「ぼくは現実的なだけだ。誰かの首が飛ぶとしたら、それはぼくだってね」

「バッキー――」彼がまたわたしの目をまっすぐ見るのを待つ。バッキーはわたしが裏切るのではないかと怯えている。でも、あなたほど有能なシェフはいない、といったところで、さして意味はないだろう。わたしのいうことは信じないに決まっている。ただの慰めとしか受けとめないはずだ。「元気を出してちょうだい。誰もきょう、クビにはならないから」

彼は鼻を鳴らした。「カール・ミンクスが死んだのは、厨房が毒を盛ったからだと決めつけられるまではね」

「そうなったら、誰の首が飛ぶかははっきりしてるじゃない。このわたしよ」

彼は何もいわなかったけど、その顔つきを見るかぎり、わたしの気持ちはなんとか伝わったらしい。

「まな板の上にのっているのはわたしなの。エグゼクティブ・シェフなんだから、当然、料理はすべてわたしの承認のもとでテーブルに運ばれるのよ。事件が解決するまで、わたしはいくら無実を証明したくても、厨房に近づくことさえできないわ。だから料理の準備段階の細かい点について、わたしはあなたとシアンの記憶に頼るしかないの」

「シークレット・サービスの内部情報を聞き出せないかな？　つまり、その……トムの力を借りることはできない？」

わたしは首をすくめた。「彼は家に帰るようにいわれたのよ。この先どうなるかわからないわ」

まだ動揺はしていても、バッキーはそれなりに冷静になったようだ。

「だったら、思い出したことはメモしておくよ」

「そのメモを、ほかの人には見られないように気をつけてね。断片的なことだけで誤った解釈をされる可能性もあるから」

彼は唇の両端をこすった。「スージーとスティーヴは?」

「もう調査対象になってるわ」

「ふたりのうちどちらかが、やっちゃいけないことをやった可能性は?」

「それはないと思うけど……」わたしは口を手でおおい、小声で訊いた。「誰かが意図的にしたと思ってるの?」

「いや、まさか。そこまで考えたことはないよ」

ドアが勢いよく開き、ガジー兄弟が入ってきた。この狭いスペースで、ふたりはとんでもなく存在感がある。そしてどちらも、わたしたちを見て目をしばたたいた。バッキーのぎょっとした顔、わたしも彼も口に手を添えていたこと、そしてここは男性用の休憩室——。

ガジーAはとまどいつつも、素っ気なくいった。

「おふたりとも気分がよくなったら、ここから出てください」

ガジー兄弟はくるっと回れ右をして出ていった。

こんなみじめな状況でなかったら、笑える光景だったのだけど……。


また長々と、警察関係のさまざまな機関の取り調べを受けたあと、シアン、バッキー、わたしの三人はようやく解放された。そして腕時計に目をやったとたん、胃が沸騰しかけた。午後二時十五分。母と祖母の乗った飛行機は、何時間もまえに到着している。まったく、携帯電話を忘れるなんて、いくら後悔してもしきれない。ふたりが空港の硬いベンチにすわり、わたしのアパートに電話をかけ、携帯電話にもかけているのに、応答するのは留守番電話のメッセージだけ……。その光景が目に浮かぶようだった。朝の十時くらいまでなら、まだなんとか良い方向に考えられるだろうけど、いまはただ悲しく、忘れられたと思っているはずだ。

東門に向かっていると、ガジー兄弟が近づいてきた。あちらはふたり、こちらは三人なのに、体格の違いと堂々とした雰囲気のせいで、自分たちは小さく、逃げ場がないように感じた。

ガジーAが片手を上げた。「そんなに急がないでください」

これまでの苛立ちと不満で神経はすりへり、わたしは愛想よくどころか、ひどくつっけんどんにいった。

「帰ってもいいといわれたんだけど」

「外には記者が大勢います」

「だったらここでひと晩、何もせずに過ごせというの？」

ガジーBが頭を振った。「車で家までお送りします」

「シアンとバッキーも？」

「はい、みなさんを」

わたしはふたりをふりかえった。バッキーは首をすくめ、シアンは硬い笑みを浮かべていった。

「電車を待たずにすむわね」

　黒いリムジンに向かっていると、フェンスの向こうから大勢のわめき声が聞こえてきた。夜のニュースで自分の顔の映像が流れないよううつむきたい気もしたけど、わたしはそうしなかった。シアンとバッキーも同じだ。ガジー兄弟はわたしたちの先頭としんがりにつく。

　シアンは母たちのことを気にかけてくれ、ガジーBにいった。

「オリーをいちばん先に降ろしてあげて。早く家に帰らなきゃいけないの」

「できません。命令ですから」

「命令は、わたしたちを家に帰すことでしょう？」シアンはくいさがった。「順番も関係あるの？」

「できません」ガジーBはくりかえした。「ルートを指定されています。パラスさんが最後です」

　諦めるしかなかった。「ありがとう、シアン」わたしは小声でお礼をいった。

　シアンとバッキーがリムジンの居心地のいい後部座席に乗りこんだところで、わたしはガジー兄弟がシアンとの会話以外、まったく無言なのに気づいた。そして瓜二つながら、兄弟の違いもぼんやりとわかった。Bのほうは髪の色がわずかに濃く、ほんの少し舌足らずだ。そしてどうやら、Aよりは会話をする気があるらしい。

「名前を教えてちょうだい」車に乗りこむまえに、Bに話しかける。「ファースト・ネームは?」

「ジェフリーです」

「で、ご兄弟は?」

ジェフリーはためらい、相方に目をやったけど、彼はすでに運転席にいたから、こちらの話は聞こえていない。

「あっちはレイモンドです」

どういうわけかわたしは、マークとマイケルとか、ダンとドン、ジョンとジョーのような、音の似た名前だろうと勝手に思いこんでいた。

「悪いんだけど」と、わたしはいった。「できるだけ急いでアパートまで送ってもらえないかしら? 家族がDCに来たんだけど、もしかすると帰ってしまったかもしれないの。携帯電話を家に忘れたから、連絡のとりようがないのよ」

運転席のレイモンドが顔を少しこちらに向け、かけたばかりのサングラスの上まで両方の眉を上げた。ジェフリーはわたしに車に乗るよう身振りで示し、「できません」とだけいった。

取り調べのあいだ、シアンとバッキーの携帯電話は没収されていた。わたしは返却されたばかりのシアンの電話を借り、走る車のなかで母の電話にくりかえしかけてみたけど、いっこうにつながらない。運転しているレイモンドに、ずいぶんブレーキ・ペダルが好きなのね、と嫌味をいいたい気分になる。今朝は光の速さでホワイトハウスに向かったのに、午後はずいぶんのろのろ運転だ。通りの桜の開花まで見られそうだった。

　わたしはシアンの家にもバッキーの家にも行ったことがない。だからシアンがDCのずいぶん郊外に住んでいることを知って、あせった。時間節約のため、とりあえずふたりをわたしのアパートに招待しようか、とも考えたけど、そこからまたそれぞれの家に帰るとなると、やはりフェアではないだろう。

　リムジンの後部座席がわたしひとりになったところで、もう一度ジェフリーに話しかけてみたけど、むなしい結果に終わった。

　クリスタル・シティに向かう長いドライブのあいだ、会話もなく静かにすわっているだけだ。窓の外をゆっくりと通りすぎる風景をながめても、春の芽生えに心がわきたつこともない。でもカール・ミンクスは、この新緑をもう楽しむことはできないのだ。

　バッキーとの会話を思い出し、誰かが故意にカール・ミンクスを死に至らしめたのだろうかと考えた。シークレット・サービスも首都警察も、同じ疑いをもっているにちがいない。

　考えるのはよそう。

　カール・ミンクスに出した料理のことだけで、頭はいっぱいだ。それに、月曜日の卵転がしのことも心配だし、母と祖母には、ワシントンで楽しく過ごしてもらわなくてはいけないし。ふたりはいま、どこにいるのだろう？　居場所すらわからないことに、わたしは身もだえしそうになった。

　明け方の大雨から一転、空は雲ひとつなく晴れわたり、飛行機が飛ぶのに問題はない。

すると、真っ青な空を南へ向かって一機、飛んでいくのが見えた。方角からいって、たぶんアトランタかオーランドを目指しているのだろう。だから少なくとも母と祖母は、あれには乗っていない。わたしは少しだけほほえんだ。〝どんな小さなことにも喜びを見いだせ〟と自分に言い聞かせる。

するといと飛行機は方向転換し、西に向かった。

わたしは運転席のレイモンドの後頭部を見つめ、〝逃がした魚は大きい〟ことを考えないようにした。

7

アパートの部屋の前にたどり着いたところで、ウェントワースさんが向かいの部屋から出てきた。曲がった指で杖を握り、反対側の手には蓋をかぶせたお皿を持っている。

「オリー！　よかったわ、帰ってきたのね」

ウェントワースさんは、隣人としてはとてもすばらしい。何か問題があるときは、わたしの外出や帰宅に過剰なまでに注意を払い、かたや問題がないときはあれこれ首を突っこんでこないのだ。

「ごめんなさい」わたしは鍵をとりだした。「きょうはお話ししている時間がないんです。わたし――」なぜか部屋のドアはあいていた。ほんのごくわずか。だけどそれだけで、口がきけなくなった。今朝、部屋を出たときはちゃんと閉めたのだ。音をたてて閉めたから、ウェントワースさんを起こしたかもと心配しながら鍵をかけたくらいだった。といっても、ウェントワースさんはけっして眠らない人だけど。誰かがわたしの部屋に侵入した？

一歩、後ずさる。ウェントワースさんに、声を出さないで、というつもりで片手を上げたけど、それは通じなかったらしい。

「ねえ、オリー」

「しーっ」そういってから、わたしはそっと前進した。

部屋のなかで人の声がする。直後に笑い声。あの声は――。

ウェントワースさんが杖の先でわたしを軽く叩いた。

「来てるわよ、あなたのお母さまとおばあさま」わたしの背後に立ったまま、大声で呼びかける。「オリーが帰ってきましたよ！」

いろんな疑問がいっせいに頭の中を駆けめぐった。ウェントワースさんに鍵を渡したことは一度もない（いつかそうしなくてはと、前々から思ってはいたけど）。それに、わたしのことをよく知っているドアマンのジェイムズは今週、ワシントンDCにはいない。母と祖母を部屋に入れるよう、アパートの管理人に連絡をしてくれそうな人は思い浮かばなかった。それに管理人はわたしがホワイトハウスの職員であることを知っているから、わたしの許可なく、誰も部屋に入れたりはしない。

だけど、さして考える間はなかった。ドアが勢いよく開かれ、そこに母がいたのだ。母はわたしをきつく抱きしめ、わたしも抱きしめかえした。驚き、安堵、喜びが一度に押し寄せてきて喉が詰まったけど、なんとか「お母さん……」とつぶやく。

母は抱いた腕にぎゅっと力を込めてから、わたしをつかんだまま腕をのばした。

「とても元気そうね」大きな目でわたしをしげしげと見る。「このまえ会ったときより、また一段ときれいになったわ」

「お母さんもとてもきれい」ほんとうに、母は美しかった。でも、背は低くなったようで、記憶にあるより老けて見えた。ヘアスタイルを変え、髪は染めるのをやめて灰色だ。その髪色と淡い小麦色の肌のコントラストが、全体的に枯れた印象を与えている。母に抱きしめられたときに感じた、内に秘めた力強さは以前と変わらないけど——飛行機を嫌いながらも、母はわたしが知るなかでいちばん恐れを知らない女性だ——きょうの母はかつてないほど弱々しく見える。わたしは前政権でホワイトハウスのSBAシェフになって以来、実家には帰っていなかった。たしかに長い年月かもしれない。だけどそれでも、母を見て歳をとったなあと感じた。

「オリー？」

世界で二番めに恐れを知らない女性が、わたしを両手でつかんで母から引き離した。

「おばあちゃん《ナナ》……」わたしは身をかがめ、祖母を抱きしめた。とても小柄だけど、相変わらず針金のように細くて丈夫、そして変わらず髪は灰色。祖母はまえに会ったときとほとんど同じだった。明るい目はきらきら輝き、顔には笑い皺がいっぱいだ。

「いってくれたらよかったんだよ」指を振りながら、ナナはいった。

「ん？　何を？」

ウェントワースさんがまた杖でわたしを軽く叩いた。

「部屋に入ったら？　ビスコッティを持ってきたのよ。ご家族は食べたことがないらしいから」

わたしはとまどうばかりだ。「どうやってなかに入ったの？」

母は答えるかわりにわたしの腕をとった。「お腹がすいているでしょう」

そういわれて初めて、自分が空腹なのに気づいた。

「電話したのよ」と、わたしはいった。「何度も何度も」

なんだか、誰もわたしの話を聞いていないようだ。

わたしは足を止め、母の腕に片手を置いた。「どうして電話に出てくれなかったの？」

「電源を切っていたから」

え？ 「どうして切ったの？」

「あなたが忙しいのはわかっていたし」母はまごついた。「それに、もうここに着いていたし」

ウェントワースさんは杖をついて台所に入り、テーブルに置いたお皿の蓋をとろうとしていた。脇で祖母がそれを見ている。ふたりの年齢は数年しか違わないだろう。会って間もないのに、ずいぶんうちとけているようだ。

「どうやってここまで来たの？」

祖母がわたしのために椅子を引いてくれ、おかしな気分になった。ここではわたしが断然若いのに、年齢が逆転したみたいだ。すると祖母が威厳に満ちた態度で椅子を指さした。

「わたしたちは食事をすませたから。おまえはゆっくりしなさい。何か温めてあげよう」

ウェントワースさんはわたしの向かいにすわり、ビスコッティをひとつかじった。焼き菓子のカリッという心地よい音にほほえむ。

「わたしはこれが大好きなのよ」

「お茶をもっといかが？」祖母がウェントワースさんに訊いた。

「いただくわ」

「いったい何がどうなっているのか教えてちょうだい」わたしは我慢しきれずそういった。「お母さんたちのことをずっと心配してたのよ。ここで会えてほっとしたけど……どうやって入ったの？」ウェントワースさんを見る。彼女はおいしそうなビスコッティをもうひとつ手にとった。「管理人が入れてくれたの？」

冷蔵庫をのぞきこんでいた母が、顔半分だけふりむいた。ウェントワースさんと、つぎに祖母と目を合わせる。三人だけにわかるジョークでもあるみたいだ。

ウェントワースさんはビスコッティを嚙んで飲みこみ、祖母は新しいティーバッグにお湯を注いだ。

「お母さんに訊きなさい」

「え？」

母はこちらに背中を向けたまま頭を横に振り、いかにも叱るような口調でいった。

「どうして教えてくれなかったの？」

どうしても何も、わたしは午前中ずっと質問攻めにあっていたからよ——。でも、母たちがニュースで知った可能性はある。

「教えるって……」と、わたしは訊いた。「亡くなったお客さまのこと？」

三人ともぴたりと動きを止めた。母がわたしをふりむく。「亡くなったの？」

「お客さまがね」わたしはそこでこらえた。家を出て独立するまで長年、母や祖母の断片的会話には慣れきっていた。でも、離れて暮らして何年も経ち、そのあいだ実戦経験もほとんどない。頭の整理がつくまで、わたしは片手の拳を額にあて、もう片方の手を上げて母たちの発言を制した。「物事には順序があるから、ね？　ともかく、どうやってアパートまで来て、どうやってなかに入ったのか教えてちょうだい」

母たちはまだ〝亡くなったお客さま〟という言葉にうろたえていたようだけど、わたしの気持ちを汲んだのか、とりあえずは何も訊かずに表情をやわらげて、何やら含みのある微笑を浮かべた。

母がテーブルにお皿を置いたけど、わたしは料理に視線を向ける暇もなかった。母が射るようなまなざしでわたしを見据えていたからだ。

「トムよ」と、母はいった。

「トム？」自分がずいぶんまぬけに感じられた。母も祖母もトムに会ったことはない。彼の話をしたことは何度かあるけど、ふたりの関係についてはうんと曖昧にした。まえにも真剣に交際したボーイフレンドはいて、別れたときはわたし以上に母がショックを受けたように見えたから、その後はあまり具体的には話さなくなった。確実に進展すると思えないかぎりは――。「トムが部屋に入れてくれたの？」

祖母がわたしの左側にすわった。手をのばし、わたしの腕をぎゅっと握る。

「あんなに背が高いって、どうしていわなかった？　それに、あんなにハンサムだって」ふっと小さく笑う。「ほんとにまあ、トミーは美男子だわ」

ほっぺたが、かっと熱くなった。「トミー？」

母が笑った。「ナナはここに来る車のなかで、そう呼びはじめたのよ。彼もうれしそうだったわ」

「ここに来る車？」また頭がくらくらした。「お願い、最初から話してちょうだい」

祖母がお皿を指さした。「さあ、食べなさい」

わたしはお皿に山と盛られた料理にフォークを刺した。手づくりのミートローフだった。上にマッシュポテトをのせて、中央からバターが垂れている。わたしは昔から、マッシュポテトを火山の火口に、バターを溶岩に見立てるのが好きだった。いまはそこに、グリーンピースも散らしてある。地域を問わない定番の料理で、口に含むたび、なつかしい味がした。

母はにこにこしながら、わたしが食べるのを見ている。

もうひと口分、ミートローフをフォークで削って、肉汁がとろりと流れるのを見てから口に入れた。

「さ、これでいいでしょ」思いがけない家庭の味に、声はいやでもはずんだ。「食べながら聞くから、何があったのか話してちょうだい」

母はわたしの前にペプシの入ったグラスを置き、その横に冷えた缶を置いた。ふだんのわたしはミネラル・ウォーター一辺倒だけど、こういう日は特別だ。ゆっくりとペプシを飲み、母にありがとうという。

「ほかに何かいらない？」

「いいからすわって」わたしは母にお願いした。「そして説明して」

母が右隣に腰をおろすと、わたしはまた、この三人組のいわくありげな空気を感じた。自分ひとりが事の顚末《てんまつ》を知らずにいるのは、どうにもおちつかない。答えを聞くまでは断固として口をつぐんでいようと決めた。三人はただ出し惜しみをしているだけで、内心は話したくてたまらないはずだから。

「飛行機は定刻どおりだったの」母が話しはじめた。

「八時五十分に着いたよ」祖母が付け加える。

わたしはうなずき、母はつづけた。

「空港で荷物が出てくるのを待つあいだ、あなたに電話したの。だけど応答がなくて。それから何度か――何度も――かけたんだけど」

「わたしがいけないの。朝早くに呼び出されて、携帯電話を持たずに飛び出しちゃったから」ちょっと待ってと手を上げ、電話をとりに小走りで寝室に行った。キッチンにもどるまでにわかったのは、着信が七件、留守番電話のメッセージが二件。どれも間違いなく母からだろう。

椅子に腰をおろし、フォークでミートローフを切り取る。「ごめんなさい、続きを話して」

母は祖母と目を合わせてからつづけた。「手荷物受取所に向かっているとき、とってもハンサムな男性がいたの」

「スーツ姿でね」と、祖母。

「それがトムだったの？」

母はうなずいた。「そう、トムだったの」

胸がいっぱいになった。トムはわたしの愚痴を聞いて、空港まで母たちを迎えに行ってくれたのだ。しかも、眠る間もない長時間の勤務のあとで。疲れきっていたはずなのに、それでもわたしの代わりに迎えに行ってくれたのだ。わたしは唇を噛んだ。なんて人なの。

「そう、スーツ姿の彼がね」母はつづけた。「〝パラスさんご一家〟と書いた大きな白い紙を掲げていたのよ。だからすぐ、そっちへ歩いていったの。だけどおかしいのよね。わたしたちが紙に気づくのは当たり前としても、彼のほうも人混みのなかからわたしたちを見つけたみたいで、まっすぐこちらに向かってきたの」

「トムには、お母さんたちの外見を話したことがあるから」

「でなきゃ――」祖母がウィンクしていった。「空港でおろおろきょろきょろしている〝おばちゃん二人組〟はわたしたちだけだったのかもしれないね」

「トムがここまで送ってくれたの？」

「ええ。空港からここまで、黒い大きな車でね。後ろの座席には電話もテレビもあったわ」

ミートローフをあらかた食べ終わり、わたしはふっとひと息ついた。ようやく、全身の緊張がとけたような気がする。

「よかったわ、ほんとうに」

祖母がわたしの腕を軽く叩きながらいった。

「あの人は、ここの合鍵を持っているんだね」

ちらっとウェントワースさんに目をやると、まだビスコッティを食べつづけ、我関せずを決めこんでいる。

顔がまた火照った。ボーイフレンドがアパートの合鍵を持っていることを知られたのは、小さな代償だったとあきらめるしかない。そのおかげで、母たちは空港で何時間も途方に暮れずにすんだのだから。母と祖母は、日曜日はもちろん、ときには平日にも教会に行くカトリック信者だ。ロザリオ会に足を運び、募金集めのパーティにはパンを焼いて持って行き、身内を亡くした人にはキャセロールを差し入れる。教会は、とりわけ母たちの教区教会は、〝人の役に立ちたい〟という思いを満たしてくれた。トムに鍵を渡したという罪で、ふたりからお小言を（それも厳しく）もらうかもしれない。

「じつはね」わたしは切りだした。

祖母はわたしの腕を叩くのをやめ、代わりにしっかりと握ってきた。

「いいことだ」と、祖母はいった。「この町でひとりぼっちじゃないかと、心配していたんだよ。大都会で、危険がいっぱいだからね。見守ってくれる人が、トムがいて、おばあちゃんはうれしい」

母を見ると、〝わかっている〟という顔でこういった。

「ほんとにね。トムはあなたをとても近くで見守ってくれているんでしょう」

また顔が熱くなった。「わたしと彼は――」

ただの友人だとはいえない。真っ赤な嘘をつくことになる。そして、恋人以上の関係ともいえた。わたしとトムはいっしょにいておちつきと安心を感じるようになっていたけど、それを母たちに話す心構えはまだできていない。でも、ここは何かいわないと……。

「オリー」母がわたしの物思いを止めた。「彼はとてもすてきな人ね」

「そう思う？」

ウェントワースさんは、話に加わってもよい頃合と見たようだ。

「トムがわたしの部屋を訪ねてね、少しばかりオリーの部屋にいてくれないかと頼むのよ。自分はちょっと事情があって、もどらないといけないからって」わたしの目をじっと見る。

「どんな事情なのかはいわなかったけど」

彼の弁護をしなくては。「ホワイトハウスの内部事情は話せないんですよ」

祖母はわたしの腕をつかんだまま、「トミーはほんとうにシークレット・サービス？」と訊いた。

わたしはうなずく。

「シークレット・サービスは、みんなあんなにハンサムなのかい？」

思わず顔がほころんだ。「だいたいはね。それにみんな、とってもいい人たちよ」わたしはついさっきまで、クレイグに尋問されていたことを思い出した。それから、融通のきかないガジー兄弟のことも。「まあ、ほとんどの人はね」

「わたしくらいの歳の人はいないかね？」

「〝亡くなったお客さん〟のことを聞かせてほしいわねえ」横からウェントワースさんがいった。「きょうはまだテレビでも、インターネットでも、ニュースを見ていないから」

三人に見つめられ、わたしは大きく息を吸いこんだ。

「きのうの、ホワイトハウスの夕食会のゲストよ。名前はカール・ミンクス」

ウェントワースさんがテーブルをぴしゃっと叩き、ビスコッティのくずが舞った。

「一日テレビをつけていないと、おもしろいニュースを見逃すわ。何があったの？　家に帰る途中、誰かに撃たれたとか？」

カール・ミンクスの死を聞きつけたマスコミが大挙してホワイトハウスに押し寄せたし、自分が知っていることなら話してもいいと思った。いかにして質問攻めに耐えたか、というところから説明しはじめたところで、ドアのチャイムが鳴った。

「スタンリーだわ」ウェントワースさんがいった。「仕事が終わったら寄るように頼んでおいたの」

わたしは玄関に出た。「こんにちは、スタンリー」そういって彼をなかに入れ、ここは自分の部屋なのに、いつから主導権がなくなったのだろうと首をかしげた。たぶん、トムが母たちを連れてきてウェントワースさんに引き渡したときからだ。

年配の電気技師の後ろについてキッチンまで行き、自分がすわっていた椅子を彼に勧めた。

「いや、けっこう」スタンリーはカウンターにもたれた。「女性陣がすわってください。地下室で一日じゅう仰向けに寝そべって修理していたもんでね、立っているほうがありがたい」

彼はウェントワースさんの後ろを通るとき、彼女の肩に手を置いて、きゅっとやさしくつかんだ。このところお熱い仲のふたりがいっしょにいるのを見ると、ほほえまずにはいられない。スタンリーが母と祖母に挨拶し、そのようすから、会ったのはこれが初めてではないとわかった。

「トムはランチもいっしょに食べたのよ」と、母。「ここで軽く食べるくらいの時間はあったの」

祖母がこれに補足する。「オリーの料理の才能がどこから来たのか、わかるっていってたよ」

「とても楽しかったわ。あなたのことをほんとうに大切に思ってくれているのね」

いま話題に挙がっているのは、あのトムと同じ人？　彼の愛情を疑ったことはないけど、ともかく最初から〝人目につかないように〟を意識する人だ。わたしは母に何もいえなかった。

ウェントワースさんは、仕入れたスクープにこだわった。

「あなたはホワイトハウスに缶詰だから帰宅は遅くなるって彼はいってたけど、どうして質問攻めにあったの？　ミンクスと知り合いだったの？」

わたしが答えるより先に、ウェントワースさんは椅子から立ち上がって杖をつかんだ。スタンリーが彼女のそばに飛んでいく。

「どうしたんだい？」スタンリーに訊かれ、ウェントワースさんはリビング・ルームを指さした。

「テレビをつけてちょうだいな。きっとニュースで流れているから。オリーの話はコマーシャルのあいだに聞きましょう」

ニュース専門チャンネルをつけると、予想どおり、見目麗しいキャスターたちが最新情報を伝えていた。ホワイトハウスの映像を背景に、厳粛な面持ち、重々しい口調で語る。

カウチや椅子は年上の人たちに使ってもらい、わたしは床にあぐらをかいてすわった。

「お伝えしているように、国家安全保障局のカール・ミンクス氏は今朝早く死亡しましたが、死因はいまだ不明です。ミンクス氏は昨夜、ホワイトハウスの夕食会に招待されており、突然の早すぎる死の調査が行われています」

画面はミンクスとその妻ルースの写真に切り替わった。わたしたちはホワイトハウスを注視していた。五十三歳のミンクスは赤ら顔で太り気味、写真は最近の政府主催のイベントで撮られたものだった。タキシード姿で、隣に立つ奥さん——小柄で髪の色はストロベリーブロンド——の腰に手をまわし、奥さんのほうは夫を見上げてほほえんでいる。どうやらカメラに気づいていないらしい。そしてミンクスも、奥さんに笑顔を向けていた。

キャスターはつづける。「ミンクス夫妻の息子は、メリーランド州選出のジョエル・ミンクス下院議員です」

スタンリーが小さく口笛を吹いた。

「いやあ、ミンクスはまわりに見せびらかすために、自分の箔づけのために、あの奥さんを選んだな。トロフィー・ワイフの典型だ」

カウチで隣にいたウェントワースさんは、眉をつり上げた。

「結婚して長いから、そんなじゃないわよ。それにトロフィー・ワイフなら、最低でも背が高くなきゃ。彼女は小柄だわ」

「トロフィーはトロフィーだ」スタンリーは首をすくめ、眉をひくひく動かした。「でもね、おれが棚に飾るなら、彼女よりきみのほうがずっといい」

ウェントワースさんはにこにこしながら彼をぴしゃりと叩いた。

わたしはテレビに集中する。画面がまた、切り替わった。ミンクスの奥さんが、何本ものマイクの前に立っている。場所はどこだろう、と思っていると、カメラが引いて、ホテルのロゴのついた講演台が見えた。彼女は何か話していたけど、音声は流れない。コマーシャルに入るまえに、キャスターが状況を伝えた。「ルース・ミンクスが、夫の死に関して最新情報を発表することになりました。自宅にカメラや記者が集まらないよう、会見場所は地元のホテルです」

ルース・ミンクスの映像から声が流れた。「息子ジョエルとわたしは……」話しはじめてすぐ、言葉がとぎれた。背後にいるふたりが、やさしく彼女の肩に触れる。「この困難なときに支えてくださっているみなさんに感謝したいと思います」

記者たちは、悲しみにくれる未亡人に大声で質問を投げかける。

母が画面に向かい、レディらしからぬ言葉を口にした。「ハゲタカども」

息子のジョエル・ミンクスが、横から身をのりだすようにしてマイクに向かった。わたしとほぼ同年代のようだ。背は高いけど、顔は母親によく似ていた。聞いたところでは、環境問題に強い関心をもち、比較的若いにもかかわらず、対立派閥を連携させたという。将来を嘱望され、それにふさわしい実力も備えているらしい。「お願いします」と彼はいった。「家族にとっていかにつらい状況であるかを、どうかご理解ください」

母が首を振った。「気の毒な女性はそっとしておいてあげなくちゃ」

「主人は――」ルース・ミンクスがいった。「このように注目されて、途方に暮れることでしょう。この国を愛してやまない、とても強い人でした。主人はよくわたしに、〝アメリカ合衆国に仕えて死にたい〟といっていました」涙が頰をこぼれおちる。「わたしは……わたしは、主人の願いは叶ったと思います」

リビング・ルームの空気が張りつめた。誰ひとり何もいわない。

画面の外から誰かが叫んだ。「ご主人が狙われたのは、調査中の事件に関連していると思いますか？」

ルースは目を見開き、息子をふりむいて「狙われた？」と尋ねた。

ジョエルがまた、マイクに近づいた。「お願いします。検死報告書はまだ上がっていないので」唇を舐め、集まった記者たちに険しいまなざしを向ける。「少しでかまいません、思いやりをもってください。父は亡くなったばかりなんです。わたしが知るなかで、父は最高の男でした。たくましく、誰からも愛され、何よりこの国を愛していた。事実が明らかになるまで、憶測はやめてください」

ここでスタジオのキャスターが「ホワイトハウスが声明を発表しました」といった。画面から悲しみにくれる家族が消え、ホワイトハウスの記者会見室が映し出された。ジョディ・ベインズ報道官がマイクの前へ進む。わたしは彼女に同情した。前例のない事態で、マスコミ対策も予測がつかない。彼女がまず哀悼の意を述べると、わたしのまわりで人がもぞもぞ動く気配がした。画面に集中するあまり、母たちがいることを忘れかけていたようだ。

ジョディはいった。「マイケル・イシャム医師がキャンベル大統領に検死結果を報告しました。これからみなさんの質問に答えます」

細身で中背のイシャム検死官は、面長で、人好きのする顔だった。笑っていないときでも目立つほど、深いえくぼがある。この厳粛な日にふさわしく、彼もまた沈んだ表情で何度かまばたきし、まぶしいライトを避けるように顔をわずかにそむけた。

「遺体安置所のお医者さんみたいね」ウェントワースさんがいった。

わたしはふりむき、どういう意味か訊こうとしたけどやめておく。スタンリーは彼女の膝を軽く何度か叩いた。「静かに」

「イシャムです」検死官はゆっくりと記者たちを見わたした。「みなさんご承知のように、カール・ミンクス氏は本日の一時十五分ごろ、死亡が確認されました。その後、遺体は安置所に運ばれ、ただちに検死が行なわれました。いまのところ死因は断定できず、検査の結果待ちです」

「何の検査ですか？」十数人の記者が声高く訊く。

イシャム検死官が両手を上げると、どちらの部屋も――ホワイトハウスの記者会見室も、うちのリビング・ルームも――静かになった
「現時点で」と検死官は答えた。「検査に関する情報はお教えできません」

質問という爆弾が次つぎ炸裂した。

「ミンクスさんはバイオテロの犠牲になったんですか？」

「どんな結果が出ると予測されますか？」

「大統領は安全なんですか？」

ジョディがマイクに顔を近づけた。「みなさん、お静かに。ひとりずつお願いします」そういってまず、ひとりめを指さした。「チャールズ、どうぞ」

チャールズと呼ばれた記者が立ち上がった。「倒れて医者が呼ばれるまでのミンクス氏の行動に関して、さまざまな情報があります。原因は心臓発作だったとお考えですか？」

イシャム検死官は唇を舐めた。「先ほどもいったように、現時点で死因は断定できません」

甲高い声が聞こえた。「ミンクス氏は、食べた料理に問題があったと訴えていませんでし

たか？」

わたしは身をのりだした。

「それは、答えようにも答えられません」と、イシャム検死官。

ジョディが一歩踏み出し、マイクに向かっていった。「ミンクス氏は、食事について具体的なことは何もいっていません」記者たちが異議を唱えはじめると、彼女は両手を上げた。

「その場に居合わせた人たちによれば、ミンクス氏は徐々にろれつが回らなくなり、倒れるまえには唇がしびれ、舌の感覚がないといったそうです」

ジョディがマイクから離れると、質問はふたたびイシャム検死官に向かった。「毒が原因という可能性は？」「大統領に危険はないんですか？」「一般市民への危険は？」

イシャム検死官は両手を上げた。「一部の毒物は、特定するのが非常に困難です。対象毒物を限定せずに行なう一般的な検査では、種類をあぶりだせないものがいくらでもあるんです。今回、わたしたちも初期検査はしましたが、専門ラボに送った標本が返ってこないことには、推測さえできません」

「いつになったら結果がわかるんですか？」最前列の記者が訊く。

「二週間後くらいでしょうかね」

またさまざまな質問が一気に噴き出し、イシャム検死官はもう一度、両手を上げた。

「これはテレビドラマ〈ＣＳＩ〉の世界とは違うんです。わたしたちは現実の世界で仕事をしています。細心の注意を払って地道にやるしかなく、忍耐が必要です」

最前列の記者が立ち上がった。「昨夜の夕食会でミンクス氏が食べた料理は調べているんですか？」

イシャム検死官は唇を舐め、わたしは息を止めた。

「申し上げたように、検査結果が出るまで何もわかりません」

質問をした記者は食いさがった。

「ホワイトハウスの厨房の人間が、ミンクス氏の命を奪ったのでは？」首をかしげる。「不注意であれ、意図的であれ」

イシャム検死官はかぶりを振った。「そういう結論を下すには時期尚早です。今後の……」

テレビ画面が切り替わり、深刻な面持ちのキャスターが現われた。「ホワイトハウスは、国に多大な貢献をしたアメリカ市民の死を悼むと表明したにすぎません。この恐ろしい悲劇に関し、厨房の責任を問われても、コメント無しです」キャスターは片方の眉をぴくりと上げた。ずいぶん感じの悪いキャスターね。わたしはむっとした。

「わたしたちはエグゼクティブ・シェフ、オリヴィア・パラスの姿をとらえました。この件で取り調べを受けるため、ホワイトハウスに向かうところです」カメラを見つめるキャスターの顔が消え、画面が切り替わった。

「オリー、あれはこのアパートのすぐ外じゃない？」ウェントワースさんがいった。

「ええ……」つぎに何が起きるかはわかっている。

ハンドカメラの映像は、夜明けまえの薄暗い戸外での混乱と緊迫を伝えていた。ガジーA

――レイモンド――がアパートの正面玄関から外に出てきた。記者たちに〝近づくな〟と右手を上げているのに、それでもマイクやカメラが彼の隣に押し寄せる。そこではわたしがまぶしい光を片手でさえぎろうとしていた。ぎらつくライトの先にいるわたしは、まるで〝民衆の敵〟だ。ガジー兄弟とわたしは黙々と歩き、記者たちが投げかける荒々しい声は画面では流れなかった。ニュースキャスターが画面の外からいった。「カール・ミンクス氏に不注意で毒物を与えてしまったのかと取材スタッフが訊いたところ、現在のエグゼクティブ・シェフはこのように答えました」キャスターの声が消え、アパートの玄関前のシーンにかぶせて音声が流れた。

「してません！」画面のなかのわたしはそういった。

そしてリビング・ルームのわたしは、顔をゆがめた。前後の脈略なしに、このひと言だけとりあげるなんてあんまりだ。

「ミズ・パラスは取材陣の質問に答えるのを拒否し――」ニュースキャスターはつづけた。

「シークレット・サービスに連行されていきました」

「連行？　まるで逮捕されたみたいじゃない！」

リビング・ルームの全員が「しーっ」といった。

ニュースキャスターはまとめに入った。「カール・ミンクス氏のショッキングな死に関し、今後も最新情報をお伝えしていきます。勤勉な公務員の思いがけない死に、ホワイトハウスの厨房はどうかかわったのか――。チャンネルはそのままで」

「ああ、オリー」母がつぶやいた。

わたしは立ち上がる。「テレビを消してちょうだい」

誰かが消してくれた。

ニュースキャスターはわたしのことを〝現在の〟エグゼクティブ・シェフといった。すでに後任が決まっているかのようだ。でも、わたしの不注意で人が亡くなるなんてありえない。厨房スタッフもそうだ。みんな慎重すぎるほど慎重で、その点では徹底している。

家の電話が鳴った。出ようとしたけど、着信番号に覚えがなかったので出ない。

「トムかもしれないわよ」母がいった。

わたしは首を横にふった。「彼なら携帯電話にかけてくるわ」

すると、その言葉が合図でもあったかのように、携帯電話が鳴りだした。番号を確認すると、これも知らない番号だった。

「出なくていいの？　どちらかでも、出たほうがいいんじゃない？」

「ううん、なんとなくいやな予感がするから……」

固定電話の呼び出し音がやみ、数秒たって、また鳴りはじめた。

今回、ディスプレイには〝202〟とある。

わたしは携帯電話をポケットに突っこみ、受話器をとった。「オリヴィア・パラスです」

「オリー、ポールだ」

わたしはうなずいた。そんな気がしていたからだ。

「そちらの状況はどうかな？」

「なんとかやっています」そういってふりむくと、心配そうな八つの目がこちらを見ていた。

「家族といっしょなんです。おかげで、いろいろなことを忘れられます」本音ではなかった。でも、ここは毅然としていなくては。母の悲しげな顔を見るとくじけそうにはなるけれど……。「どんなご用でしょう？」

「発信者が不明の電話には出ないように」

「わかりました。そういう電話はもうかかってきています」

「朝になれば、また追いかけ回されるだろう。だから、できるかぎり自宅にいなさい」

「出勤するときは？　地下鉄に乗ってもかまいませんか？」

ポールはすぐに答えず、わたしの胃が縮んでいく。

「まあ……ね」彼はゆっくりといった。恐ろしくなるほどゆっくりと。「それに関しては、先延ばしとしよう。仕事復帰のタイミングがわかったら連絡するよ」

つらかった。「はい、わかりました」なんとか精一杯、冷静に答える。

ポールは硬い口調でいった。「かなり厳しい状況だ、オリー。だが、心配するな、すぐに解決する。きみもきみのスタッフも、じき厨房にもどれるだろう」

「そうなるといいのですが」ポールの声に、これまで聞いたことのない偽善を感じた。

受話器を置いてすぐ、また鳴った。これも覚えのない番号だ。受話器を取らずにいると、相手は留守番電話にメッセージを残さずに切った。二秒後、またもや鳴った。携帯電話もだ。

そして、また。

〝拒否〟ボタンを押し、家の電話のプラグを抜いた。母、祖母、ウェントワースさん、それにスタンリーまでが、わたしと同じようにやるせない顔つきで立っている。

「心配しないで。いまのところは厨房に入れないけど、総務部長が電話でね、すぐに解決するっていってたもの」

四人の表情から、空元気だと見抜かれているのがわかる。だけどかまわない。それがほんとうだから。

「ホワイトハウスの復活祭のディナーはどうするの？」母が訊いた。「準備はしなくていいの？」

「翌日の卵転がしは？」と、祖母。「厨房にもどれなくて、大量の卵をゆでられるのかい？」

いい質問だ、とわたしは思った。それに答えられないのが、たまらなくつらい。

8

翌朝、新聞を開くと予想どおりだった。〝ミンクス、ホワイトハウスで死亡〟という見出しにつづき、彼の経歴が詳細に書かれている。メリーランド州の地方で過ごした少年時代から、国家安全保障局《NSA》の高官になるまでだ。NSAでは、竜を退治した聖ゲオルギオスのごとく、徹底してテロに立ち向かった。

記事を読みながら、ずいぶん早く情報を集めたものだと不思議に思った。新聞社やテレビ局は、著名人の死亡を伝える日に備え、あらかじめ身上データを収集保管しているにちがいない。ミンクスについても、そこまで知らなくてもいいと思えるほど、ずいぶん細かい情報が載っている。彼の全人生が一面と、八、九面にも綴られ、写真も添えられていた。

シャワーを終えた母が、コーヒーをついでスコーンを食べている。わたしがつくった、まだ温かいハチミツとアーモンドのスコーンだ。

「どうしてわざわざ？」母は新聞に手を振った。

「読まずにいられないんだもの」わたしは利発そうな十歳のカール・ミンクスを指さした。

「子どものころは、かわいらしかったのね」それからごく最近の写真に目をやる。「何かあったのかしら」

「おはよう」祖母はこちらに来ながら、わたしと母の顔を見ていった。「おやおや、ずいぶん暗い顔をして。オリーの出勤停止は、休暇をもらったと考えたらいい。さあ、きょうは何をしようか？」

祖母は昔から、明るい面を見つけるのが得意だ。

わたしの肩ごしに、祖母は新聞をのぞきこんでいった。「この人は怒りっぽい人だったんだろうね。ここを見ればわかる」ミンクスの眉間を指さす。「そしてずいぶん、人を怒らせてきたにちがいない」祖母は小さく舌を鳴らして、テーブルの椅子に腰をおろした。「ジョゼフ・マッカーシーにたとえられていたけど、たしかマッカーシーもまだ若いうちに亡くなったはずだよ」わたしをじっと見る目は、ミンクスの死は宿命だった、と語っていた。たぶん慰めてくれてるのだろうけど、いまのわたしにはまだ、そんなふうには考えられなかった。

「彼はテロと闘っていたのよ」母は祖母にコーヒーをつぎながらいった。「彼というのは、ミンクスのほうね。マッカーシーのことはあまり覚えていないわ」

「ふん。そんなものは、人のプライバシーを侵害するときの、さもしい言い訳でしかないよ」

わたしと母は顔を見合わせた。祖母はなぜ、そこまでいうのかしら？　声に出さない疑問が聞こえたかのように、祖母は唇を舐め、身をのりだした。

「わたしはね、この人が亡くなって残念に思うよ。といってもね、この人を思ってではなく、おまえがつらい目にあっているからだ。わたしはジョゼフ・マッカーシーがこの国にどんなことをしたのか知っている。ミンクスという男も同じことをしていたんだよ、国家の安全のためという名目でね。人の人生をみじめなものにして、自分の名前を上げた。ひどいもんだよ」新聞に手をのばし、わたしが読んでいるのとはべつの面を抜き取る。「先にこっちを読ませてもらおう」

「わかったわ」紙面をたたもうとして、二面のべつの記事が目にとまった。〈リスの深掘り〉という、毎日掲載されるコラムだ。執筆者はハワード・リス。「あら……」

「どうしたの？」と、母。

わたしの目に、ハワード・リスは歳をとったヒッピーにしか見えない。いま、そんな彼の写真が紙面からわたしを見上げていた。白髪まじりの髪をポニーテールにして、右肩から胸の前に垂らしているのは、おしゃれのつもりなんだろうか。片耳に大きなリングのピアス。自信たっぷりの笑顔。

「ハワード・リスがコラムで――」わたしは彼の写真を指で叩いた。「ミンクスの死について書いてるの。この人のことだから、どこかの右翼団体のせいにするんでしょう」

ところが、予想ははずれた。彼はわたしのせいにしていたのだ。

かつての絶対君主のごとく、大統領にも毒見役をつけるべき、などと進言するつもりはない。しかし、わたしは訊きたい。政府要人に供される食事は、どれくらい安全なのか？　実効性のあるセーフ・ガードは施されているのか？　誰が料理人たちを監視するのか？　わが国の大統領の食の安全はたったひとりの女性に託されているのか？　その女性は、報道されているところによると、大統領を危険から救ったという。それも一度ならず二度も。現エグゼクティブ・シェフのオリー・パラス（先にホワイトハウスで大立ち回りを演じたといえば、みなさんもその名を思い出すだろう）は、あけてもくれても食事の支度をすることに飽き飽きしてしまったのか？　刺激を好む彼女が、日曜日の夕食会という場で分別をなくし、超えてはいけない一線を越えてしまった可能性はないだろうか？

よくもこんなことを！

「何が書いてあるの？」母が訊いた。

「こ……このコラム」怒りをどう表現したらいいのかわからない。「わたしがやったと思ってるの。ハワード・リスは、わたしが故意にミンクスを殺したと思ってるの！」

カール・ミンクスの早すぎる死は、貴重な警鐘となるだろう。いま行動を起こせば、避けられる災難を避けるための手を打つことができる。ミンクスは、調査にとりかかろうとしていた人物に狙われた、などという推測は早計にすぎる。まず、われわれの家《ハウス》をしっかと調べようではないか。大統領の家、ホワイトハウスを――。ちょっとした不注意か？　注目されたいという欲求ゆえか？　あるいは抑制がきかなくなったのか？　ことによると、誰かがスープに塩を小さじ二、三杯、余計に加えただけかもしれない。

「ばかばかしい！」わたしは立ち上がった。「いったい何を考えてるの？　訴えてやるわ！　名誉棄損とか、誹謗中傷とか、なんだっていい。ともかくでっち上げなんだから！」

母はコラムを読むと、こういった。「全部、疑問形になってるじゃない。オリーのせいだとは断定していないわ。〝もしかしたら？〟っていってるだけよ」

わたしはポールに電話をかけようとして、プラグを抜いたのを思い出した。

「ああ、もう！」無音の受話器に向かって叫ぶ。母と祖母はつらそうな顔でわたしを見ているだけだ。どうしていいか、わからないのだろう。わたし自身、わからなかった。

「ただ我慢するしかないの？」

祖母が新聞を手に取った。「この人は頭がおかしいんだよ」

「その程度じゃすまないわ」

母は首をすくめた。「こんなコラム、まともに読む人なんかいないでしょう」

「この人はリベラルだと思っていたけどね」と、祖母。

「ええ、そのはずだけど。どうして？」

祖母は新聞を指さした。「ほら、ここ、その先の文章で、ミンクスを誉めあげている。ミンクスの死がこの国にとっていかに大きな打撃であるか、とかね。ヒーローからも犯罪者からも一目置かれる存在だったと」

わたしはすわっている祖母の後ろに行った。

「なんだかへんね。ハワード・リスみたいな人が、ミンクスを支持するとは思えないけど」

「だからね、あしたになったらみんな、こんな記事のことは忘れてるよ」

携帯電話が振動し、わたしはディスプレイを見た。トムだ！

「もしもし？」いやでもほっぺたがゆるみ、母と祖母は目配せした。

「ようすはどうだい？」

「少しおちついたわ」

「きょうの新聞は読んだ？」

「もちろん」

「きみにとってはほんとに、災難としかいいようがないな」そこでひと呼吸。「お母さんとおばあちゃんはどんなだい？」

わたしはリビング・ルームに歩いていった。「まあまあいい感じ。わたしがこんな状況でなかったら、もっとよかったんだけど。留守電のメッセージは聞いてくれた？」

わたしはゆうべ、トムが母たちのことを気遣い、アパートまで送り届けてくれたことへの感謝の思いをいっぱい込めたメッセージを残していた。「ほんとうに心からありがたいと思ってるわ。あなたが迎えに行ってくれなかったら……」

「いいや、ぼくも楽しく過ごせたから」彼は話題を変えようとした。「ところで、きょうの予定は？」

「母たちはアーリントン墓地に行きたがってるの」

「お父さんのお墓参り？」

「父が亡くなってからは、一度もＤＣに来ていないから。それにたまたまわたしにも、いやというほど自由時間があるし」

「きょうの午前中はあいてる？」

「何かあるの？」

彼が首をすくめるのが見えたような気がした。「ぼくは昼過ぎにもどればいいんだ。だからコーヒーでも飲めればと思って」

「うちに来る？」

「いいや」即答だった。「ふたりきりで話したいことがある」

一瞬、息が止まった。「なんだか深刻そうね」

彼は中途半端に笑った。「ごめん。ふたりだけで会いたいと思っただけなんだ」そこであわてたように。「お母さんたちに会いたくないわけじゃないよ。話しているととても楽しいから。ただ、きみとぼくだけのほうがいいように思う」

電話を終えてキッチンにもどると、母と祖母がそわそわしながら待っていた。

「トムとコーヒーを飲んでくるわね」

「ここに来ないの？」

「忙しいみたいよ、仕事で」とりあえずそういった。シークレット・サービスのなかでもエリート集団のPPDだから、ほとんどの場合、プライベートより仕事が優先される。わたしはもうそれに慣れていたし、わたしだって厨房の仕事を優先することもあるのだ。そういうことも、時間がたてば変わるかもしれないし、変わらないかもしれない。「一時間くらいしか時間がないみたい」

「わたしたちがふたりの邪魔をしてなきゃいいけど」母がいった。

わたしは母を抱きしめ、頬にキスした。「お母さんたちが邪魔になるわけないじゃない」

お店に着くと、トムが待っていた。表通りからはずれた〈フロッギーズ〉は、交際を始めたころからよく使っている。ロマンチックとはいいがたいお店だけど、一日じゅう朝食メニューを出しているし、コーヒーのお代わり制限もなかった。スタッフはいまだに手書きの領収書を持ってきて、接客態度も気さくで感じがいい。

わたしたちは水色のビニール張りのボックス席にすわった。横の壁には、お皿に美しく盛ったスクランブル・エッグの額入り写真。

「お腹は？」

わたしが訊くと、トムはちょっと顔をしかめ、ラミネート加工のメニューを脇にどけた。

「いや、すいてない」

「じゃあ、コーヒーだけ」注文をとりにきたウェイトレスに告げる。

「はい」彼女は伏せてあったカップをひっくりかえしてコーヒーを注ぎ、メニューを回収した。

「それで、話って？」ウェイトレスがいなくなってから、わたしは訊いた。

トムはコーヒーをにらみつけている。黒い液体に不愉快なことでもいわれたかのように。あら……。いやな予感がした。鼓動が速まり、首筋に汗がにじみそうだ。緊張をほぐす気の利いたことを何かいいたいけど、思いつかない。

彼はなかなか視線を上げなかった。母と祖母を気遣ってくれ、あそこまでしてくれて、彼はわたしとの関係をつぎの段階へ押し上げようとしている、と思っていたのだけど。確実に前進している、という自信があったのに、いまの彼は終止符を打とうとしているようにさえ見えた。

「ちょっとむずかしいことになりそうなんだ」

心臓は、あと一秒も耐えられそうになかった。激しい鼓動をトムに聞かれないよう、胸に手を当てる。どうしたの？　きのうと何が変わったの？　彼の目を見ても手がかりはない。

「むずかしいことって？」わたしはなんとか口にした。声がかすれているのに気づかれませんように。

トムは小さなクリームの蓋をあけ、コーヒーカップに注いだ。わたしはブラックのままにする。クリームを取りかけたとき、手が震えているのがわかったからだ。喉をごくっとさせる。喉の奥が、糊づけされたみたいだった。

「お願い、話してちょうだい」

彼は眉間に皺を寄せ、またコーヒーを見下ろした。ふたりともまだ、ひと口も飲んでいない。ウェイトレスがポット片手にテーブルをまわっているけど、ここでは足を止める気配もなかった。

「クレイグがね」と、彼はいった。

「クレイグ？」聞き間違えたのかしら？「クレイグ・サンダーソンのこと？」

彼はうなずいた。

「クレイグがわたしたちとどんな関係があるの？」

「わたしたち？」トムは顔を上げた。「なんの関係もないよ」

訳がわからなかった。「だったらどういうこと？」

「ぼくはミンクスの件の調査メンバーに指名された」

「それが〝むずかしいこと〟なの？」

「護衛官はそれぞれべつの観点から、担当を割りふられたんだよ」

わたしは続きを待った。

「クレイグはぼくを、きみの担当にした」

トムがなぜこれほど考えこむのかが理解できなかった。

「わたしが何もしていないのは、わかってくれてるでしょう？」

ここでトムは、初めてほほえんだ。「もちろんだよ」

「だったら仕事は完了じゃない？　知りたいことは、もう手に入れているんだもの。わたしはこれ以上ないほど、あなたの調査に協力的よ」

わたしはどんどん笑顔になっていったけど、トムは違った。

「きみは問題がわかっていないんだよ」

首をかしげた。

「クレイグから指示されたのは、きみをこの調査からはずせ、というものだ」

「それは少しおかしくない？　厨房が出した料理のせいでミンクスが亡くなったと疑われているなら、わたしは調査対象の一部でしょう？　どうしてわたしをはずせるの？」

「そうか、ぼくの言い方がまずかったな。たしかに、きみは調査対象の一部だ。そしてクレイグは、きみの動きをコントロールしたい。それがぼくの任務だ。きみが独自に調べはじめたりしないよう、しっかり目を光らせることがね」

「どうしてわたしがそんなことをするの？」

トムはむっとした顔でわたしを見た。

「オリー、これまで自分のしたことをふりかえってごらん」

「べつにやりたくてやったわけじゃ――」

「そこなんだよ」トムはわたしの弁解をさえぎった。「まさにそこが問題なんだ。きみは周囲にまったく無縁、無関係だと思わせておいて、いきなりバン！　大きな陰謀のど真ん中にいる」

「たまたまよ」

「二回とも？」

しばらく沈黙が流れた。トムがため息をつく。

「きみの力を借りることもあるだろう。きみの協力がなければ調査は進まないからね」

いまさら何をいってるの？　という顔をして、口では何もいわない。

「クレイグの指示はつまり、シークレット・サービスと厨房の仲介役になれ、ということなんだ。ぼくはきみの行動を逐一、何ひとつ漏らさず把握しておかなくてはいけない」

わたしが口を開きかけると、トムが片手を上げた。

「クレイグがぼくをきみの担当にしたのは――」わたしの考えを読んだようにトムはつづけた。「そうすれば今回、きみは本来の意味で協力するだろうと考えたからだ」

ウェイトレスがポットを持ってやってきた。口をつけていないコーヒーを見て「おふたりとも、ほかにご注文は？」と訊く。

いいえ、何もいらないわと答え、わたしは彼女がいなくなるとすぐ、クリームをコーヒーに入れてひと口飲んだ。何かをすれば、そのあいだに考える時間ができる。

トムもコーヒーを飲んだ。緊張した会話が途切れ、コーヒーを飲んだおかげか、彼は気分を一新して背筋をのばし、すわりなおした。

「きみがミンクスの死と無関係なのは、クレイグもわかっている。シークレット・サービスの全員がわかっているよ。でもだからといって、きみを調べないわけにはいかない。潔白であろうとなかろうと、あらゆる証拠を追い、あらゆる段階を踏んで調査する。でなければ、大きな批判を浴びるのは必至だ」両手でカップを包みこみ、わたしをじっと見つめる。「要するにクレイグの本音は、きみに首を突っこまれたくない、ということだ」

わたしはうなずいた。

「口出しはするな、という意味だよ」

「はい」と、わたし。「絶対にしません」

しばらく間をおいて、彼はまたコーヒーを飲んだ。「約束できるね？」

「もちろん」

「きみが少しでも余計なことをしたら、ぼくの立場がどうなるかはわかるだろ？」

トムはどうしてこんなに気をもむの？　彼とクレイグは友人なのに。

「クレイグはきっと――」

「彼は明言したんだよ。きみがもしこの件にかかわったら――過去にやったようにね――ぼくはＰＰＤをやめさせられる」

「彼にそんなことができるわけないじゃない」

「どうして？　クレイグはぼくの直属の上司だ」

「そうじゃなくて、他人の行動の責任をあなたに負わせることよ」

トムはゆっくりとかぶりを振った。「さあ、それは……本人に訊いてみてくれ」

わたしは拳を握りしめた。トムの視線が拳へ、それからわたしの目へ。

「きみにトラブルを起こす気などないのはわかっているが……」

「トラブルなんて起こしたことないわ」声が大きくなる。「わたしはほかの人が手を打てないときに、この手を貸しただけよ。人の命だって救ったでしょう？」トムは両手を上げたけど、ふつふつ湧いてくる怒りは抑えられなかった。「まったく、どうしてクレイグはそんなふうに考えるの？　わたしはホワイトハウスの厨房で働いている、そしてわたしの料理を食べた人が亡くなった。それだけでもう、わたしは事件にかかわってるのよ」

トムは顔をしかめた。「しーっ！」

時すでに遅しで、まわりの人たちは耳をそばだてていた。自分も聞き耳をたてるほうだから、それがよくわかる。

「わたしを利用しないなんて、クレイグは何を考えているの？」

「誰もそんなことはいっちゃいないよ」

「何がなんだかよくわからないわ」

「いろいろ複雑だからね」

「調査上、わたしは――」両手を上げ、指で空中に引用符を描きながらいう。「〝容疑者〟なわけよね？」

「ああ、そうだよ」

「ばかばかしい」

ふたりともゆっくりとコーヒーを飲んだ。フロアの向こうでウェイトレスがポット片手に、眉を上げて待ちかまえている。わたしが目をやると、彼女は背を向け、べつのテーブルへコーヒーをつぎに行った。

張り詰めた沈黙がつづいたあと、わたしはトムに訊いた。

「スージーとスティーヴはどうなったの？」

トムは目をぱちくりさせた。「誰のことだ？」

「〈シズルマスターズ〉の。彼らもあの日、厨房に来たから」

「そのふたりが怪しいと思うのか？」

わたしは少し考えてから答えた。「そうは思わないけど、当日はずっと厨房内部が撮影されていたの。わたしがそれを見なおしたら、何かわかるんじゃないかしら」

「そんなことにはならないよ」

トムはその先をつづけなかった。

「こんなの、おかしいわ」ようやくわたしはいった。

「一時的なことだ」

「それでも……やっぱりおかしい」

彼の表情に警戒心があらわになった。

「オリー、余計なことはするな。ぼくからの、あるいはクレイグからの指示がないかぎりは。頼むよ。きみがどういう人間かはわかっている。問題を解決したいと思っていることもね。自分なら力になれると思っているんだろうが――」

怒りが言葉となってほとばしった。

「わたしはこれまでだって力になれたわ。そして今回もきっとなれるわ」

トムはあたりを見まわし、両手を上げた。「オリー、頼むから」

「頼むから、何？　頼むから、シークレット・サービスだけで仕事をさせてくれ？　料理人の力を借りるとクレイグがおろおろするから困る？」

トムはまた周囲に目をやった。

「そろそろ店を出ようか」トムに呼ばれたウェイトレスはお代わりだと勘違いし、嬉々としてコーヒーをついだ。でも会計だとわかって、唇をすぼめる。

「わかりました。すぐに伝票を持ってきます」

わたしは頬の内側をきつく嚙み、必死に怒りを鎮めた。この調査に協力したいと——厨房の汚名をそそぐため、自分の好奇心を満たすために——思っているけど、この憤りはそれを止められたからだけではない。トムの対応にも腹がたっているのだ。ホワイトハウスを災厄から救うのにわたしは一役買ったのに、彼はその点をまったく無視している。シークレット・サービスが予知できなかった災厄だったからだ。マスコミはいまだに、お節介で素人探偵を気どったわたしについて、あれこれ憶測記事を書きつづけていた。

トムにはもっと大きなものを期待していたのに……。

彼の眉間の皺が深くなった。からだがこわばっている。そんな彼を見て、気持ちがぐらついた。そう、これは彼にとっても、つらいことにちがいない。わたしに対する責任をトムに課したクレイグは、つくづく無情な人だと思う。

ウェイトレスが伝票をテーブルに置いても、トムは目も上げず「ありがとう」とだけいって立ち上がり、席の横でわたしを待った。

この役回りはトムみずから望んだものではないし、彼も不服なのは明らかだ。これを乗りきるしかないのなら、心を開いて気持ちをわかりあっておかなくてはいけない。わたしは立ち上がると、彼の腕に触れた。

「それにしても、ほんとうにありがとう」

彼は怪訝な顔をした。

「母と祖母を空港まで迎えに行ってくれたこと。しかもわたしのアパートまで送ってくれて」

彼の頬がピンクに染まり、視線がそれた。

「ふたりともすてきな女性だ。お役に立ててうれしいよ」

「ほんとうに、とってもうれしかった」

相変わらずレジには向かわず、トムはわたしの顔を見ていった。

「この件で、きみと喧嘩はしたくない」

「わたしも」

彼は首を横に振った。「だが、きみの考え方や心の動き方はぼくなりにわかっているから」

わたしは小さくうなずいた。そうしなくてはいけないと思った。

「きみが巻きこまれるのが心配なんだ、オリー。自分では単純な質問をするだけだと思っても、些細なことを確認するだけのつもりでも、気づいたときには事件の渦中にいて――」首を横に振る。「今回もまた、そうかもしれない」

「口さがないのはマスコミと、クレイグだけじゃない？　要するに、そういうことだと思うんだけど……」

彼はちょっと考えてから、「行こう」とだけいった。

店の外に出ると、トムはわたしの車までいっしょに行った。

「頼みたいことがある」と、彼。「もし何か、なんでもいいから思いついたら、たとえ調査とは関係がなさそうでも、ぼくに教えてほしい」

「わたしはいつだって……」言葉が途切れた。トムに話さずに行動したことが過去に数回――自分に正直になれば、数回どころではなく――あったからだ。わたしはなんとか笑顔をつくった。「わかった、かならず話すわ」

彼はまた苦しげな顔をした。「ＰＰＤの一員になるために、必死でがんばった。そしてようやくなれたんだ。わかってくれるだろう？　これ以上、名誉なことはないんだよ、ぼくにとっては。もしクレイグにチームからはずされたら、ぼくは……」

彼の肩をそっと撫でた。「約束する。頭に浮かんだことはなんでも、どんな小さなことでもかならず、あなたに伝えるわ」

「そしてぼくが、何もするな、手を引けといったら？」

「手を引きます」

「ありがとう」

しばらくは温かい沈黙を共有できた。でも、どうしてもひとつだけ、訊かなくてはいけないことがあった。

「わたしのチームがすぐ厨房にもどれるチャンスはあるかしら？」

トムはがっくりと肩をおとした。「ぼくが話したことを忘れた？」

彼を傷つけたくはなかったけど、わたしの気持ちをわかってくれていないと思った。

「調査とは関係のない、責任感の問題なの。日曜日は復活祭で、月曜日には卵転がしがあるでしょう。わたしは仕事にもどらなきゃいけないの」

「人ひとりがホワイトハウスで食事をしたあとに死んだんだ。こうして話しているあいだにも、片端からホワイトハウスの予定が変わっているとは思わないのか？」

むっとして、わたしは空を仰いだ。「どうしてもやらなきゃいけないことがあるわね」

トムはわたしがふたたび彼と目を合わせるまで待ってからいった。

「でも、それをやるのはきみじゃない。いいね？」

いい返したかったけど、そんなことをすれば彼をもっと困らせるだけだ。

「心配しないで。約束する」

彼は前かがみになって、わたしの額にキスをした。親戚のおじさんか、やさしいおじいちゃんのようなキスだった。彼とわたしのこれまでの、そしてこれからの、つながりを示すものとは違っていた。

「また連絡するよ」

ええ。わかったわ。

9

「あら、早かったわねえ」アパートにもどると母がいった。シンクの前でこちらをふりむき、わたしの表情からぴんときたのだろう、笑顔が消えた。「何かあったの？」

「べつに」そういっても母が納得しないのはわかっている。だから罪のない嘘を考えた。「今回の調査で、トムは責任の重い任務についたの。だからしばらくは、おおやけの場でしか会えないと思うわ」

「個人的に会うと不適切な印象を与えるから？」

「まあ、そういうことね」と、うなずく。

わたしの顔をまじまじと見つめるようすから、母が信じていないのは明らかだった。当然、そうだろう。母は娘のことをいやというほどよく知っている。

「それに、だいたい——」わたしはキッチンの椅子にどさりと腰をおろした。「ホワイトハウスに入れないなんて、とんでもないわ。お母さんたちにここまで来てもらったのは、大統領の公邸を案内できると思ったからよ。なのに、案内するはずのわたし自身が入れないなんて」

母はいろんな言葉で慰めてくれた。わたしがおちこんだりいらいらしたり、行き詰まったときにはいつもそうやって励ましてくれる。

わたしはテーブルごしにほほえんだ。

「シカゴにいたほうがよかったと思ってるんじゃない？」

母はわたしの手をやさしく叩いた。

「そんなわけないでしょう。おばあちゃんとわたしが飛行機に乗ったのは、あなたに会うためよ。ほかのことはどうでもいいわ。今度の事件だって、きっとすぐに解決するわよ。それまでずっといっしょにいられるなんて、むしろラッキーね」

「だけど、約束したホワイトハウスの見学は——」

「時間はいくらでもあるでしょう。今回はだめでも、つぎに来たときできればいいわ」

母はいつだって、いい面を見ようとする。わたしはなかなかその気になれないけど、母の気持ちには応えなくてはいけないと思った。いじいじと指でテーブルを撫でながら、「ごめんね。ありがとう」という。

「だけど、オリー、アーリントン墓地には行きたいわ」

わたしは目を上げた。「それは大丈夫よ」

「ワシントンDCをたっぷり案内してちょうだいね」母は明るくいったけど、笑顔は硬い。わたしがDCを案内したがっていることを母は知っているし、わたしがひどくおちこんでいるのを感じ、思いやってくれてもいる。そしてそれがいっそう、わたしを苦しめた。

だけどともかく、母や祖母が喜ぶことをすれば、気分は多少なりとも晴れるだろう。厨房で仕事ができなくても、気持ちを上向かせることはできる。

「うん、だったら――」わたしは立ち上がった。「いまからすぐ、ナナと三人で出かける?」

すると、待ってましたとばかりに、祖母がキッチンに入ってきた。ブルージーンズの裾を折り、ウェストにはポーチ。〝アイ・♥・ワシントンDC〟と描かれたスウェットシャツを着ていた。祖母は母を、つぎにわたしを見ていった。

「支度はこのとおり。さ、どこに行く?」


地下鉄のアーリントン墓地駅から、ビジターズ・センターに向かった。センターの天窓からはまぶしい陽光がふりそそぎ、イチジクの木の鉢植えが床に影をつくる。おそらくここはひときわ明るい雰囲気になるよう設計されているのだろう。訪れる人びとの悲しみを少しでも癒すためで、それはそれなりに、ある程度は効果があるように思った。

「巡回バスに乗ろうね」わたしはパンフレットを手に取った。「料金は手ごろだし、好きな場所で降りて、再乗車もできるから」

母はわたしの腕に手を置いた。「それに乗れば、近くまで行けるの?」

わたしはうなずいた。「お父さんのお墓の場所はわかってるわよ。歩いても行けるけど、せっかくだからほかの場所も見てみたいでしょ?」

「老婆に歩くのは無理だと思ってるね?」祖母はほほえみながらも、ちょっとさびしげだった。

わたしはアーリントン・ハウスの方角を指さした。

「ケネディ大統領のお墓に行くには、丘の上まで歩かなきゃいけないの。それに、ここの広さは三百万平米近いから、歩いてまわるのはわたしだってきついわ。それでも歩くほうがいいなら……」

じつは、丘を上るのはそれほどたいへんでもなかった。とはいえ、見るべきところはたくさんある。巡回バスに乗れば効率よく回れるし、車内に流れる案内ガイドも役に立つだろう。

わたしたちから四、五メートルほど離れたところに、若い男性が立っていた。正面入口の横の窓から外をじっと見つめている。顎を小さく動かし、わりとハンサムだ。横顔に見覚えがあるような気がしたけど、まったく思い出せない。顔を覚えるのは得意でも、横顔だけで記憶と照合するのは無理だった。お墓参りに来ているのか、それともただの観光かしら……。唇を噛む。なじみがある顔だと思う半面、なんとなく、それを否定したい気持ちもあった。彼が誰であれ、顔を見ていると、あまりいい感情が湧いてこないのだ。わたしは目をそらした。

祖母が「いいや」と、いった。「歩かずに、その巡回バスとやらに乗ろう」にっこりする。

「無理におまえを歩かせたくないからね」

母はわたしが渡したパンフレットを読み、中央にある案内所を見やった。

「きょうは葬儀があるのかしら？」

「聞いた話だと、葬儀は一日で平均二十八件あるらしいわ」

その数に、ふたりとも目をまるくした。

「そんなに？」と、母。「バスで回っているあいだに、お葬式に行きあたったらどうするの？悲しんでいる人たちの邪魔はしたくないわ」

「大丈夫よ。ただ、写真を撮るのは、よしたほうがいいわね」東の棟に目をやる。「バスに乗るまえに、トイレに行かない？」わたしはそちらへ歩きだした。「バスに乗ったら――」

トイレから女性がひとり出てきて、わたしは思わず足を止めた。彼女の顔ならすぐにわかる。亡くなったミンクスの奥さん、ルース・ミンクスだ。目が合うと彼女は逃げるように小走りになった。だけど赤く腫れぼったい目はメイクでは隠せないし、胸に当てた手はティッシュを握りしめている。わたしは息を詰めて祈った。どうか、彼女がわたしのことを知りませんように。窓の外を見つめていた若い男性が、彼女に歩み寄っていくと片手をとった。

「大丈夫、母さん？」

ジョエル・ミンクスとその母親を、わたしはきのうの夜、テレビで見ていた。ただふたりとも、実物のほうがテレビよりもっと大きい印象だ。

母がわたしの肩に触れた。「オリー」小声で。「あの方たちは――」

「ええ」わたしはふたりから顔をそむけた。「邪魔にならないように、あっちの木のほうまで行かない？」

祖母は気にせず、さっさとトイレに入っていく。

「あら……。じゃあ、ナナが出てくるまで、お母さんがここで待っててくれる？　わたしは——」周囲を見まわし、ルース・ミンクスに言葉をかけるべきかどうか考える。わたしに責任はないのだから、謝罪するつもりはない。それでもお悔やみはいったほうがよいような気がした。

だけどわたしの立場で、どういえばいいのだろう？

母はわたしの横で、また小声でいった。「あの人は、オリーのことがわかってるみたいよ」

ふりかえると、ルース・ミンクスがこちらをじっと見ていた。充血した目はいま、怒りに燃えている。

「どうしよう」わたしは母に顔をもどし、腕をつかんでトイレのほうへ引っぱっていった。「なかでナナといっしょにいて。あとでわたしも行くから」

顔をそむけたまま、センターの側面の出入口からこっそり外に出ようとした。すると背後でルース・ミンクスの叫び声が聞こえ、立ちすくんだ。

「あなた！　あのシェフね！」

大きな声が響きわたる。わたしはもちろん、その場にいた人たちはみんな彼女を——腕をのばしてわたしを指さすルース・ミンクスをふりむいた。わたしは意を決し、彼女のほうへ歩いていった。声をおとしてくれるよう願いながら。どうか、ここにいる観光客がわたしと彼女が誰であるかに気づきませんように。これから交わされるふたりの（確実に）気まずい会話に注意を向けませんように。

「ミンクスさん」片手を差し出しながら、わたしはいった。「心からお悔やみ申し上げます」

　彼女は怯えきった顔であとずさった。

「あなたが夫を殺したのよ」

　あまりに露骨な言い方に愕然《がくぜん》とし、一方で、彼女の声が小さかったことに安堵した。そんな複雑な思いのまま、わたしはいった。

「いいえ。それは違います。わたしはそんなことはしていません」

「母さん」ジョエルが割って入り、ささやいた。「よそうよ」

　ルース・ミンクスは険しい目で息子をくるっとふりむく。「この人があなたのお父さんを殺したの！」

「まだ何もわかっていないんだよ」ジョエルは申し訳なさそうにわたしを見てから、両手で母親の肩をつかみ、まっすぐ自分のほうに向けさせた。「騒ぎを起こすのはやめよう。ね？　父さんも望んでいないと思うよ」

　母親は肩をおとし、うつむいた。

　ジョエルがわたしをちらりと見て、「申し訳ない」といった。母親の横に並び、守るように腕をまわす。「いま行ってきたところなんです、父が……」口ごもり、咳払いをする。「父が埋葬される予定の場所に。母がどうしても見ておきたいというものですから。ちゃんと……」もう一度咳払いし、頭をわずかに振った。余計なことをいったと後悔しているらしい。彼は母親の顔をのぞきこんだ。「さあ、行こう。カプが外で待ってるよ」

ルース・ミンクスは視線をおとしたまま顔をゆがめた。息子が埋葬場所のことを話したせいか、もしくは〝カプ〟の名を聞いたからか。わたしには後者のように思えた。もう一度お悔やみをいい、その場を離れようとしたところで、母と祖母がわたしをはさんで立った。

それとほぼ同じタイミングで、年配の男性がルース・ミンクスに近づき、彼女の腕をとった。背が高くハンサムで、目じりには深い皺。豊かな白髪が、天窓の陽光を受けてきらめく。ひげを日に何度も剃らないといけないタイプだ。六十代なかばくらいだと思うけど、あらゆる年代の女性をふりむかせることができそうなほど魅力的だった。

「なかなか出てこないから、心配したよ」

ルースは身を引こうとしたけど、彼は気づかないようだ。

「はじめまして」日焼けした顔にいぶかしげな表情を浮かべ、彼はわたしに挨拶した。「ミンクス家のご友人ですか？」

わたしが「いいえ」とだけいったところで、ジョエルが割って入った。

「なあ、カプ」声に安堵がにじんでいる。「母さんには外の空気を吸わせたほうがいい。それに少しはすわって休ませなきゃ」

これを聞いてわたしは、ジョエルは母親を彼に任せ、わたしとふたりきりで話すつもりかも、と思った。でも実際は、彼自身が母親を連れて歩きはじめた。

「じゃあ、カプ、車で待ってるから」

カプはうなずき、親子が去るとわたしたちをふりむいて、にっこりした。

「はじめまして」わたしは自己紹介もせずにいった。一刻も早くここから去りたい。ところが彼はわたしを行かせたくないのか、眉をぴくりと上げていった。

「あなたには見覚えがあるな」

顔が熱くなった。「わたしはホワイトハウスのエグゼクティブ・シェフです」

「ああ、そうでしたか」芯から納得したらしい。二秒ほど暗い表情になったものの、ふたたび穏やかな顔でいう。「ご想像はつくと思うが、きょうはルースにとってつらい一日でね。葬儀場でもろもろの打ち合わせをするのに、ほぼ午前中いっぱいかかってしまった。退役軍人だったカールは常々、アーリントンに埋葬されたいといっていたから、その準備もあって」

母はわたしの横にぴたりとはりついた。どうしてそこまで？　ともかくわたしはこの会話を早く終わらせたかった。失礼にならないよう、立ち去る言い訳を考えていると、母がいった。

「わたしの夫も、ここに埋葬されています」

カプは初めて母に視線を向けた。これまでは、この墓地で生きている人間はわたしひとりだけかのように、ずっとわたししか見ていなかったのだ。

「そうですか。ご主人は、亡くなられてから長い？」

「ええ。ずいぶん長いですね」すると母は、なんとことまでいった。「わたしには耐えられないほど」

口をぽかんとあけそうになった。お母さん、どうしたの？　アーリントン墓地の真ん中で、初対面の男性にそんなことをいうなんて。父が亡くなったのは二十年以上まえで、その後、母にもひとりかふたりは紳士のお友だちができたのは知っている。それでも頬を染めて話す母を見るのはじつに奇妙な気分だった。まるで十代の少女みたいだ。

「娘を訪ねて、シカゴから来たんです」母はわたしのほうへ小さく頭を振った。まるでわたしは、幼い子どもだ。

そしてほんとうに、幼い子どものような気分になった。大人の会話からとりのこされた子どもだ。それにしても、この男性は誰なのだろう？　ミンクスの兄弟？　ルースの兄弟？　顔はどちらにも似ていないけど……。ミンクス夫妻よりは年上で、どちらかというと中東やギリシアあたりの人のように見える。かたやミンクス家は、西ヨーロッパ系だ。

カプは満面の笑みを浮かべた。こんなにハンサムな年配男性なら、母がたちまち魅了されたのもわからなくはない。だけどそれでも……。

片手を差し出し、彼がいった。

「ゼノビオス・カポストゥロスです。みんなにはカプと呼ばれています」

母は彼の手に自分の手を重ね、笑みを返した。「コリン・パラスです」

「お会いできて光栄です。こういう状況でなければ、もっとお話ししていたいところですが、ルースとジョエルに付き添わなくてはいけないので」

わたしは好奇心に負けた。「ご家族の方ですか？」

彼はほほえんだまま、首を横に振った。「カールは仕事仲間でもあり、親友でもあった。わたしは仕事で何年も国を離れていたんだが、最近帰国して、旧交を温めようとしていた矢先に……」目を閉じる。「残念ながらあんなことに。カールとは、お互いの近況を話したのが最後になった」また首を振る。「なんとも残念だ」

彼はわたしたち三人に向かって頭を下げ、それから数秒、母の目をじっと見た。

「みなさんとお目にかかれてよかった」

彼が背を向け歩いていくと、祖母が鼻を鳴らした。

「どうしてわたしを紹介してくれなかった？」彼の後ろ姿をながめながら、自分の顔を手で扇ぐ。「まあ、こんなじゃしょうがないよね」

わたしの家族は頭がおかしくなってしまったのか？

「いったいどういうこと？」わたしはふたりに訊いた。「お父さんのお墓参りに来たんじゃないの？」

顔には笑顔の名残があったけど、母はしっかりわたしの目を見ていった。

「そんなに怒らないで、オリー。最近は魅力的な男性と話せる機会がめっきり減ってね」期待を込めたまなざしで窓の外を見たけど、ミンクス家の姿はなく、母は首をすくめた。「ささやかな気晴らしよ」

これ以上、不満をいったところで意味はないだろう。

「だけどお母さん、あの人と再会することはたぶんないと思うわよ」

「たぶんね」母はちょっとさびしそうだった。

〝無名戦士の墓〟でバスを降り、下車したほかの人たちとは離れて歩く。父の墓所に向かうこの道は、これまで数えきれないほど歩いた。でも、母といっしょに歩くのは、少なくとも物心がついてからは初めてだ。祖母の腕をとって、舗装路から芝地に入る。

「大丈夫？」わたしはふたりに訊いた。

「はい、はい」祖母はそういいながらも、心配そうに母に目をやった。

「お母さん？」

広々した芝生には、まったく同じ白い墓石がずらりと並んでいる。母はそこを歩きながら、「ここに最後に来たのは……」といって、喉を詰まらせた。「もう、はっきり思い出せないわ」

わたしは腕をのばし、母の手を軽く握った。「お父さんがいるところは、わかるから」

いくつもの墓石の列を黙々と通りすぎてゆく。おおかた美しい緑になった芝生を踏むと、靴が乾いた音をたてた。わたしがときどき父のお墓参りをするのは、そうすると心がおちつくからだ。そして父に話しかけるのだけど、母の表情がだんだんこわばるのを見て、それには触れずにおくことにした。母はいま、さまざまな思いを抱えてつらいだろう。

「さあ、着いたわ」

祖母はわたしから離れ、母の隣に立った。三人で『アンソニー・M・パラス　銀星章』と刻まれた白い墓石を見つめる。

母は周囲を見まわした。「どの木もずいぶん大きくなったわね」

わたしはうなずいた。

祖母が母の肩をやさしく叩く。「いい男だったよ。それにコリン、おまえを心から愛していた」

母は目を覆い、咳払いをした。何かつぶやいたけど、言葉は聞こえなかった。でも、それでかまわない。何をいったにせよ、わたしや祖母に向けたものではないように思うから。

三人ともしばらく静かな時を過ごした。そして母が顔を上げ、「ありがとう」と、かすれた声でいった。「わたしにはね、これがね、とってもたいせつなことだったの」

母のからだに両手をまわして抱きしめる。「わたしにもよ」

そこから無名戦士の墓へ向かった。

「すごいもんだねえ」ゆるい坂をのぼりきったところの、真鍮《しんちゅう》の手すりの前で祖母がため息まじりにいった。

ここには何度も来たことがあるけど、祖母の気持ちはよくわかる。〝無名戦士の墓〟の東側には、ほかの何百というお墓を見下ろす広大な芝生が広がっていた。でも、祖母が畏怖の念を抱いたのは、春の抜けるような青空の下にある、無名戦士たちのお墓そのものだろう。

シンプルな白いモニュメントがあり、その前に敷かれた細長いマットの上を、衛兵がきっちり二十一歩で歩いている。そして歩き終わると、モニュメント側に向かって九十度向きを変え、二十一秒間、直立不動の姿勢を保つ。向きを変えるときは、よく訓練された動きで脚を横に蹴り出し、聞こえるほどの音を立てて反対側の足に打ちつける。そうして歩いてきたマットのほうへまた九十度向きを変え、ライフルを反対側の肩に持ちかえる。それからきっちり二十一歩で、最初の場所にもどっていく。ひんやりした微風にわたしたちは震えたけど、衛兵はけっしてひるんだりしない。彼がもう一度向きを変えたところで、祖母が訊いた。

「あの兵隊さんは、あれを一日じゅうくりかえすのかい？」

「交代でやるのよ」わたしは小声で答えた。行きましょうと手を振り、隣接している博物館へつづく大理石の階段に向かう。亡くなった退役軍人たちに感じる厳粛な気持ちを示すのに、言葉はいらない。声をおとしているのは、敬意を表すにはそれがいちばんだと思えるからだ。それに過去の経験から、大きな声で話す人たちは衛兵から注意されることを知っていた。

「一時間ごとに交代するの」

「顔だちがいいね」背後に目をやりながら、祖母がいった。「それに背も高いし」

「身長は一メートル八十センチから九十センチでないといけないの」

「へえ。身長にまで条件があるのかい」

小さな博物館に入った。ここなら自由に話してもよかったけど、わたしたちは相変わらず小声で話した。

「条件はほかにもいろいろあるから、調べてみたらおもしろいと思うわ。衛兵は実直で献身的で、五人にひとりくらいしかなれないの」

「調べるって、インターネットでってこと？」母が訊く。

「Eメールはもうできるようになったでしょ？　インターネットも同じようなものよ。怪しげなサイトからダウンロードさえしなければ、コンピュータがおかしくなることもないし」

「そうじゃないよ」と、祖母がいった。「お母さんは、自分がコンピュータ中毒になるんじゃないかと心配なだけだよ」

　わたしは母をふりかえった。「そうなの？」

「友だちのひとりが〝チャット・ルーム〟とかいうのに参加してね、いまはもうコーヒーを飲みにいくことも映画を見にいくこともしなくなったの」

「それは誰のこと？」

　母の答えを聞いてわたしは笑った。「もともと彼女のことはあまり好きじゃなかったでしょ」

「それとはまたべつよ」

　壮麗な記念円形劇場の外側を散策し、巡回バスに乗って、それから地下鉄に乗ってアパートにもどった。祖母はしばらく昼寝をするという。そうしてわたしひとりきりになり、部屋のなかが、しんとした。いつもなら、トムの電話やメールを楽しみにするのだけど、きょうの携帯電話は異様に静かで、メールをチェックしても、スパムではないものが二通あるだけだった。一通はバッキーからで、もう一通はシアンだ。ふたりとも、最新情報を知りたがっている。そこで、新しいニュースは何もないと正直に書いて返信した。

そういえば、と思いつき、コンピュータがある寝室――母と祖母がクイーン・サイズのベッドを使うあいだ、わたしが過ごしている予備の寝室――に母を呼んだ。

「ほら。手早く簡単に個人指導するわよ」

母は頭を振ったけど、ベッドにもなる長椅子に、とりあえず並んですわってくれた。

「べつにインターネットを使えなくても不自由はしないわ」母はそういい、目の前のコンピュータ画面――中国で起きた暗殺事件を報じるニュース見出しを指さした。「これだって、テレビで見られるもの」

「それはそうだけど、ニュース番組はその日にあった大きな出来事や、その局が重要だと思ったものしか放送しないわ。なにも中国でなくたって、お母さんの興味があることなら何でも調べることができるのよ」

「ところで、結局、何があったのかしら？」

記事をスクロールすると、北京のレストランで中国政府の役人ふたりが、処刑スタイルで暗殺されたことがわかった。〝未確認情報〟によれば、ふたりはずっとアメリカの〝氏名不詳の内部関係者〟からアメリカの機密情報を買っていたが、この秘密ルートが外部に漏れ、中国政府がふたりを粛清した、とのこと。

暗殺犯は中国の警察に直ちに逮捕され、抵抗しなかったらしい。とはいえその直後、自殺した。詳細は不明だが、中国警察の発表によると、犯人は警官の銃を奪ってみずから命を絶ったらしい。しかし、政治評論家の推測では、犯人は政府に指示された暗殺を実行したあと、警察によって射殺され、警察はそれを隠蔽《いんぺい》している——。

「ケネディを暗殺したオズワルドみたいだわ」

「陰謀論を信じるならね」

母の目はコンピュータに釘づけになった。「アメリカ政府がケネディを殺したなんて、わたしは信じないわよ。でも、逮捕されたオズワルドをジャック・ルビーが射殺するなんて都合よすぎることが起きると、黒幕がいたような気もするし」小さく舌を鳴らす。「今夜は中国の人たちも、黒幕がいるんじゃないかって、いろいろ考えるでしょうね」

わたしは検索窓をクリックした。「インターネットはおもしろいわよ。二十四時間営業の図書館が手元にあるようなものだもの」検索窓に、母お気に入りの作家の名前を入力する。「見て。こんなにたくさんあるわよ。略歴や作品解説、それにレビューも。たいしたものよね」といってから、真顔で母を見る。「ただし、全部を信じちゃだめよ」

母が身をのりだしたので、すわる場所を替わり、検索の仕方を教えた。母が自分でマウスとキーボードをいじる気になるまで、わたしが何度か実際に検索し、それから交代する。

「さあどうぞ。なんでもいいから、検索したいものを入力してみて。だけど、おかしな単語はだめよ」

そういってウィンクするわたしを、母は顔を上げて見た。

「このお休みのあいだずっと、わたしがコンピュータの前にすわっていたら、あなたはがっかりするんじゃないかしら」

「心配しないで。そんなことはさせないから」

母はすでに入力を始めていた。「その言葉を信じるわ」

10

　翌朝、わたしは息を詰めて新聞を開いた。アーリントン墓地でルース・ミンクスと鉢合わせて動揺し、ハワード・リスに新聞コラムで非難されたことをほとんど忘れていたのだけど、もちろん、ほとんどであって、完全にではない。
　新聞の見出しをにぎわせているのは中国の暗殺事件だった。でも、わたしが気になるのはただひとつ、二面のコラムだ。ハワード・リスはきょう、どんな悪意に満ちた記事を載せているのか。

卑劣なミンクスに、いったい何があったのか？

　いまだマスコミは（あえていわせてもらうなら、政府も）、その人間が亡くなったというだけで聖人扱いする風潮にある。つい先日他界した人物の異名が〝卑劣なミンクス〟であったことを早くも忘れてしまったのだろうか？　この世のなか、そうそう寛容な人ばかりではないはずだ。うるさく吠えるブルドッグがいなくなり、話題の著名人何人かは今夜、いつもより安眠できると断言していい。彼らは刑の執行猶予を与えられたのか、それとも飛んでくる弾を一発、避けられただけなのかは、いずれはっきりするだろう。人気の映画スターがどのテロリスト集団に属しているかを突き止めるのは、ミンクスの有能な副司令官、フィル・クーパーの手にかかっている。そんなスターがいるとすればの話だが。

しかし、きょう論じたいのはそういったスーパースターではなく故人のほうだ。彼を褒めそやすのはやめようではないか。もう土足で踏みこんでくることはない、というだけの理由で、愛すべきテディ・ベアであったかのごとく称えるのはよそう。一部の者にとってヒーローだった彼は、多くの者にとっては厄介な病根だった。とはいえ、彼が神の御許《みもと》に行く時期を故意に早めた者がいるとすれば、それは誰かをわたしは知りたい。そしてみなさんも、知りたいと思わなくてはいけない。そうなれば、追い詰めるべき真のテロリストを見つけることができるだろう。誰が彼を殺したか？　わたしにはわからない。将来を嘱望されたジョエル・ミンクス下院議員は――母親のルースが仕向ければ、いずれ上院議員になるだろう――わたしの質問に答える時間をつくる気はないようだ。そのうち気が変わってくれるのを切に願っている。時はわたしたちの敵になる。卑劣なミンクスがターゲットにしていた相手がわかれば、殺人者を突き止めるいちばんの手がかりになるだろう。

「そんなゴミみたいな記事、本気で読んでるの？」背後で母の声がした。

祖母も肩越しにのぞきこみ、「頭のおかしい誰かさんは、きょうは何をわめいている？」といった。

わたしは止めていた息を吐きだした。

「少なくとも、わたしには触れていないわ」

「それはよかった」と、母。「そんなうっぷん晴らしの記事を読みたくて新聞を買う人の気が知れないわ」

「うっぷん晴らしね」と、わたし。「たしかにそうだわ。〈リスの深掘り〉のおかげで部数はのびているらしいけど、手当たり次第に非難しているみたい。きょうはきのうとはまったくべつよ。〝ミンクスがターゲットにしていた相手がわかれば〟だもの」顔をしかめてページをめくる。「警察も、わたしよりそっちに力を入れて調べてくれなくちゃ」

「この人は頭がおかしいよ」祖母がいい、母は祖母のカップにコーヒーをついだ。

「だったらわたしは？」ちゃかして訊いてみる。「頭のおかしい人の記事を毎日読んでるわ」

母がわたしの肩を叩いた。

「それは仕方ないわよ」深夜、悪夢にうなされるわたしをなだめてくれるときの声だった。「この人のせいで、つらい思いをするようになったんだから」

つらいのは、それよりもっとまえからよ、とはいわずにおいた。すると、電話が鳴った。マスコミ攻勢は弱まっただろうと期待して、今朝、プラグをまた差し込んでおいたのだ。

祖母が顔を上げた。「ハンサムでたくましいトミーかな？」

わたしと母は顔を見合わせた。

「違うと思うわ」さすがに元気な声ではいえなかった。「はい、オリー・パラスです」

「オリー！　うちの芝生の前にカメラを持った人が群がってるのよ！」

あわてふためいた声で、彼女が誰だかわからなかった。

「わたしたちはミンクスとは何の関係もないわ。オリーだって知ってるでしょ？　あの人たちにそういってくれない？　スティーヴが野球のバットを持って外に飛び出しそうなのよ」

「ねえ、スージー」ようやく相手がわかった。〈シズルマスターズ〉のスージーだ。「そんなことをさせちゃだめよ。状況が悪くなるだけだわ」

「わかってるわよ。彼だってわかってるわ。でも、家から出て新聞を取りに行くこともできないの。百人がマイクを突きつけて、何百万の質問をしてくるんだから」

「百人も？」

「まあ、十人以上はいるわ。ちょっと待ってて」数をかぞえる声がした。「えっと、芝生のところに五人、通りのそばにふたりね」

「月曜日からずっと？」

「ううん、きょうの朝から。どうしてうちが狙われるの？」

わたしは考えた。シークレット・サービスのブルースターに話すまで、スージーとスティーヴが日曜日の厨房にいたのを知る人は、カメラ・クルーとホワイトハウスのスタッフだけだ。その後は、ＰＰＤのクレイグと首都警察の刑事ふたり――。誰かがマスコミにリークしたのは間違いないけど、いったい誰が？

「わたしにもわからないわ」頭のなかで、いろんな情報をつなぎ合わせる。「日曜の夜の撮影に関して、誰かに訊かれた？」

「ええ」弱々しい声。「きのう、男の刑事がひとり訪ねてきて、いくつか質問されたわ。でも、これは通常の手順だといわれたのよ。ところが、目が覚めたらこのありさまで」腕を正面窓のほうに振るようすが目に見えるようだった。

「目立たないようにしたほうがいいわ」

「だけど、きょうは撮影があるのよ」興奮状態がもどった。「午後からスタジオで、二回分の収録をするの。マスコミの車が私道をふさいでいるのに、どうやってスタジオまで行けっていうの？　いったいわたしたちに何を訊きたいのよ？」

「お願い、おちついて」母のように、わたしも魔法の癒し言葉をいえるといいのだけど。

「マスコミが勝手に私有地に入れるわけがないんだから」

「ちょっと待って。外を見てみる」ブラインドの音がかすかに聞こえた。「そうね、すぐ外の道路にいるわね。大通りの木の下にも何人かいるわ」

「どこに住んでるの？」

スージーは住所をいった。ヴァージニア州郊外の高級住宅地だ。

「だったら、道路にいるかぎりは――」

スージーが悲鳴をあげた。

「どうしたの？　大丈夫？　何があったの？」

彼女はなかばあえぐようにいった。

「ひとりが窓の前でジャンプして、写真を撮られたわ」

スージーの背後でスティーヴが毒づき、銃を使うぞと脅していた。

「スティーヴを止めて！」

母がわたしの腕に触れた。「どうしたの？」

母に向かって片手を上げ、「スージーよ」といってから、電話のほうに集中した。「彼を止めて、警察に連絡したほうがいいわ。マスコミを追い返してくれるから。ね、すぐにそうして」

スージーは受話器を置いたのか、会話の断片しか聞こえてこないけど、スティーヴを必死でなだめているようだ。わたしは母をふりかえった。

「マスコミが、スージーとスティーヴの家の前にいすわってるの」

母には〈シズルマスターズ〉があの日、厨房にいたことはすでに話してあった。

「家にまでおしかけてるの？」

わたしは頭を振った。受話器を取ったのはスティーヴらしく、彼の大声が聞こえた。

「しょうもない連中だよ！」

思わず受話器を耳から離した。スティーヴは罵詈雑言《ばりぞうごん》をわめき、これは完全なプライバシー侵害だと訴えた。

「あいつらのせいで、スージーは怯えまくってるよ。シークレット・サービスはこういうとき、何かしてくれないのか？」

ここで彼に、シークレット・サービスの職務範囲ではない、とはいえなかった。スティーヴの背後でスージーの声がする。「どうしたらいいの？」

「いい質問だ」スティーヴが電話のわたしに向かっていった。「ぼくたちは、どうすればいい？」

「マスコミがいなくなるのを――」

「きょうの撮影をキャンセルしろというのか？　それはおかしいよ、オリー。ぼくらは捕虜でも囚人でも――」

「ええ、そうね」彼の言葉をさえぎる。「そのとおりよ。でも現実問題として、マスコミに追いかけられずにスタジオに行ける？」

彼はしばし黙りこくった。「夜までには引き上げるかな？」

そうは思えなかった。「わたしに何かできないか、ちょっと考えてみるわ」いまわたしは、トムに釘を刺されたことをやってしまっているような気がした。「電話番号を教えてちょうだい」着信番号を見ればわかるけど、ありきたりの会話をすればスティーヴも多少はおちつくかもしれない。

「じゃあ、ぼくの番号をいうよ、スージーのもね」

彼がいう番号を律儀に書きとめていく。「何か思いついたら、すぐ電話するわね」

「きみも含めて、三人で話し合ったほうがいいと思うけどな」

彼の背後で、スージーが同意した。「そうね、名案だわ。オリーはいつ来られるかしら？」

来られる？　とんでもない。「それは名案とはいえないわ」スージーの言葉を意識して、スティーヴにいう。「わたしがあなたたちの家に現われたら、マスコミに何をされるか――」

「それでもやっぱり三人で話し合ったほうがいい」つっけんどんにいってから、スティーヴは受話器を離し、スージーに伝えた。「彼女はここに来られないって。外のハゲタカたちに串刺しにされるからって」

スージーの返事は聞こえなかった。

「あとでかけ直すわ。もっと情報を仕入れたら、いろいろ話せるでしょう」

「この電話は盗聴されてないだろうな？」

「誰に？」

「マスコミ。シークレット・サービス。警察。NSA。国土安全保障省」名前を挙げていくたびスティーヴの声は上ずって、ついにはヒステリー気味になった。「ぼくらを監視下に置くために盗聴してると思わないか？　だいたい、どうして疑われるんだよ？」

「深刻に疑ってはいないと思うわ。ただ、きょうのニュースで――」

「どうぞ、いくらでも疑ってください」スティーヴは訳のわからないことをいった。「でもね、これ以上はもうひと言も、電話では話さないから」

電話を切り、わたしは両手で髪をかきあげた。

「どうしたの？」と、母。

「トムに連絡しないと」

彼はどう思うだろう。調査に口出しするなと念押しされてから一日とたたないうちに、いやおうなく引きこまれてしまった。わたしの責任ではないことをわかってもらわなきゃ。友人に助けを求められただけなんだから。でもわたしが何かすれば、トムのキャリアを危険にさらしかねない。

とくに母たちに隠す気はなかったけど、携帯電話を持ってバルコニーに出て、トムが応答するとバルコニーのドアを閉めた。気持ちのいい朝だった。ただきのう、アーリントン墓地でわたしたちを明るく迎えてくれたような陽光は、きょうはない。

「調子はどう？」わたしはトムに訊いた。

「どうした？」彼の声には警戒心があふれている。「心配事でもあるみたいだ」

「ううん」お気楽な調子で。「大丈夫よ。きのうあなたと話したことをふりかえって、これは伝えたほうがいいなと思っただけ」

わたしは早口で、スージーとスティーヴがわたしと会いたがっている事情について説明した。トムは不機嫌になると予想していたけど、しばらく黙りこくったあとで、ゆっくりとこういった。

「興味深い事実が明らかになってね」当然、わたしが質問すると思ったのか、「内容はまだいえない」と、つづけた。「近くまた、きみに話を聞くことになるだろう」

「また、怖い尋問？」

彼は笑わず、わたしは不安になった。

「いずれちゃんと話すよ。スージーの家からマスコミを追い払う方法も考えてみよう。もしきみが彼らと会って話したいなら、そうするといい。ぼくらだって、きみの人間関係を壊したいとは思っていない」

ありがたかったけど、なんとなくいやな予感もした。

「わたしを見張るの？」

「そんな必要はない」

「だったら、スージーたちを見張るつもり？」

「そんなことはひと言もいってないだろう」

欲求不満でわたしは唇をゆがめた。〝興味深い事実〟って何かしら？　トムに教えてくれる気はなさそうだ。

「それからもうひとつ、報告しておいたほうがいいことがあるの」

「何？」

どんなふうに話せばいいだろう？　思いつかないから、ありのままいうことにした。

「きのう偶然、ルース・ミンクスに会ったの。夫を殺したって責められたわ」

電話の向こうがずいぶん長いあいだ静かだから、電話が切れたのかと思った。

「もしもし？」

「まいったな、オリー。きみにはついていけないよ」顎を掻くような音がした。わたしのからだが震えはじめたのは、小雨が降りだしたせいばかりではない。どんより暗い空を見上げる。

「きのう、アーリントン墓地へ行ったの」なんとか説明しなくては。「そうしたら、たまたまいたのよ……彼女が。あえてさがしたわけじゃないわ」

「どうしてきのう電話してこなかった？」

どうしてだろう？　たぶん、いくら偶然とはいえ、亡くなった人の奥さんと息子に会ったのを、彼にはいいづらかったからだ。「でも、きょう電話したでしょ？　それに――」あのときの腹立ちがよみがえる。「調査に首を突っこんでいるわけでもないし。たしかにミンクス夫人と話したけど、法律に違反したわけでもないわ」

彼が首を横に振っているのが見えるような気がした。

「そのとおりだよ、オリー」トムの諦めたような口調に胸がちくっとした。少しいいすぎたかもしれない。「たまたま出会った関係者と、言葉をかわすのを禁止する法律はない。ぼくはただ……」

「……ただ？」

「クレイグも、ぼくと同じように考えてくれたらいいと願っているだけだ」

「彼にも伝えなくてはいけないの？」

「スージーとスティーヴに関してはそうだよ。あの日に撮影された映像を見るときは、きみも立ち会えるよう、ぼくから提案するつもりだ。何か気づくことがあるかもしれないからね。それに、きみがスティーヴたちと話したとき、ふたりがいつもと違う発言や振る舞いをしなかったかどうかを、クレイグは知りたがるだろう」

「つまり、ふたりは疑われてるってことね？」

「そんなことはいってない」

「そうね、ごめんなさい」口ではあやまったものの、心のなかはざわついている。

「きみにはいくつか見てもらいたいものがあるんだ」

「どんなもの？」

「いずれそのうち。また連絡するよ」

思わせぶりな言葉で電話は終わった。でも部屋にはもどらず、バルコニーの手すりに寄りかかる。手すりは雨で濡れていて、腕から伝わる寒さでからだが震えた。トムとつきあいはじめたとき、彼もわたしも自分たちの仕事――というよりキャリアが、負担になりかねないとわかっていた。情に基づく関係はつねに危険を伴うけど、彼がシークレット・サービスの護衛官で、大統領とその家族を守ることを何よりも優先すると誓っていることが、ふたりの関係をいっそうむずかしいものにしているようにも思う。わたしに話せないことがあるのは理解しているし、それを問題だとは思わない。彼がさらされているプレッシャーについても理解しているつもりだ。そして、クレイグとわたしは友人だった。わたしが最初に、シークレット・サービスが処理すべき事件に思いがけず巻きこまれるまえから、ずっと。でも、あの事件以来クレイグはよそよそしくなり、わたしを避けはじめた。わたしとかかわらないほうがいいと思っているのだろう。もっといえば、ブルースター副部隊長が事情聴取のとき、わたしにずいぶん冷淡だったのは、クレイグの意見に影響されていたのではないかという気さえした。

バルコニー下の通りは静かだった。たまに聞こえるのは、車が水たまりを切って走っていく音だけだ。その悲しげな音に、わたしは暖かい部屋が恋しくなった。なかでは母が、たぶん料理をつくっているだろう。祖母はわたしがいないうちに、新聞を隅々まで読んでいるにちがいない。ホワイトハウスで起きた悲劇と孫との関係なんて、わたしはいっこうに気にしていませんよ、というふりをしながら。

トムは少なくとも、スージーとスティーヴに関しては何か考えるといってくれた。バルコニーに立ったまま、強くなった雨脚を避けて部屋の外壁に身を寄せ、スティーヴに電話でこの件を伝えた。

「何かしてくれて当然だ」と、スティーヴ。「あいつらのせいで、こうなったんだから」

シークレット・サービスの落ち度ではないといいたかった。でも、いったところでどうなるものでもない。

「場所はどこがいい？」わたしが電話を切りかけるとスティーヴがいった。

「え？」

「どこかで会って話し合ったほうがいいわ」彼の後ろでスージーがいった。

「あまりいい考えだとは思えないんだけど」

スージーはスティーヴから受話器をとったのだろう、いきなり彼女の大きな声がした。

「お願いよ、オリー。わたしたちがホワイトハウスで撮影したのは、あなたに頼まれたからじゃないの。あなたのために行ったのよ」

わたしの記憶とはずいぶん違った。「あなたの番組の制作班が、ホワイトハウスで撮影させてほしいと頼んできたんでしょう、視聴率の強化週間だからといって」

「違うわよ」非難の口調。「あなたにとって重要だとわかっていたから、そうしたの」

わたしにとっては、ちっとも重要ではなかった。あくまでもわたしは、ふたりへの好意で了解したのだ。もとい、ホワイトハウスが承諾したのだ。その決定に関し、わたしはまったく関与していない。もちろんふたりとは友人だけど、大統領の夕食会の準備をしている厨房に、外部の者が入るのはむしろ反対だった。もしわたしなら、撮影用の特別ディナーをつくってスタッフにふるまうほうを選んだだろう。

「実際はね、スージー」話しはじめたところに、べつの着信を知らせるビープ音が鳴った。番号を見ると――トムだ。「とりあえず切るわね」電話を急いで終わらせたかった。

「お願いよ。三人で話し合わなきゃ」

「あとでまた電話するから」

「お願いよ」スージーはくりかえした。「三人だけで会って話したほうがいいわ。電話だと、誰かに聞かれるかもしれないでしょ?」

「盗聴なんて考えられないわよ」

「きっと、あなたのいうとおりなんでしょうね」明らかに口先だけだ。「だけどスティーヴもわたしも、顔を見て話したほうがずっと安心できるから」

またビープ音。回線を切り替え、トムと話したい。いますぐ。

「いいわ、わかった。でも、いまはほんとうに切らないと」

「待って」

スティーヴが受話器をとった。「この件は、電話では話せない」

「はい、はい」苛立ちを隠さずに。「でもね、いまは……」電話を見て、トムが切ったのがわかった。唇を噛み、どうかメッセージを残してくれていますようにと願う。

「あとで会おうよ」と、スティーヴ。

トムはふたりと会ってもかまわないといっていたし、急いで電話を切る必要はもうない。わたしは大きなため息をついた。

「わかったわ。時間と場所は？　母も祖母も、テレビに出ている有名人に会えるのをきっと喜ぶわ」

スティーヴは一瞬黙ってからいった。

「きみひとりだよ、オリー。いいね？　お母さんたちにはまたべつの機会に挨拶するから」

いささか違和感を覚えはじめた。スティーヴは自分の意見を主張するばかりだ。

「今夜はどうだい？　それまでには、外のマスコミもいなくなるだろう」

背後でスージーの声がした。「外にパトカーが来たわよ」

「何しに来たんだ？」

「わたしにわかるわけないでしょ」

「うちに用があるのかな？」

「スティーヴ」わたしは電話口にいった。「そちらは忙しいみたいだから、もう切るわよ」

わたしの後ろでバルコニーのドアが開いた。

「そんなところで長電話して大丈夫？」母が訊いた。家の電話の受話器を持っている。

「うん、大丈夫」

「トムからよ」そういって受話器を差し出し、「この電話には出たほうがいいわ」といった。

耳もとではスティーヴが懇願している。「オリー、頼むよ。切らないで」

「ほんとうに、もう――」

「警察がマスコミを追い払ってる！」スージーの声が聞こえた。

「警察はうちに来たのか？」

スティーヴは明らかに緊張していて、何がそんなに心配なのかと不思議に思った。

母は母親にしかできない顔つきで受話器を振った。「トムが待ってますよ」

わたしはもう一度いった。「スティーヴ、あとでまた電話するわ――」

「すごいぞ。みんな帰っていく」電話口で大きなため息。「警察もいなくなったよ。やれやれだ。これでやっとスタジオに行ける。恩に着るよ、オリー」

「わたしはべつに――」

「今夜は彼女にごちそうしなくちゃ」彼の背後でスージーがいった。「スタジオに来てもらいましょう」

「そうだな。この家よりスタジオのほうがいいな」どこかおちつかない調子でいいそえる。「今夜はきみをゲストとしてお招きするよ。完全にプライベートで話ができる」

「ええ、それでいいわ」わたしは即答し、いらいらしているのを身振りで母に伝えた。「わたしのメール・アドレスは知ってるわよね？　住所と時間を書いて送ってちょうだい。それじゃ、また」

「わかった、そうする。ともかくありがとう、オリー」

わたしは即座にさよならといって携帯電話を切り、家の電話をつかんだ。声には出さず口だけで、母に「ごめん」という。

母はにっこりして部屋にもどり、わたしは寒いバルコニーでまたひとりになった。

「トム？　まだつながってる？　べつの電話でスティーヴと話してたの」

「それはまた速攻だな。ふたりと連絡をとるのに、時間をむだにしたくなかったか」

彼の言い方に、思わずむっとした。

リビング・ルームに面したガラスドアのほうを向くと、こちらを見ていた母と祖母が、あわてて視線をそらした。わたしは頭を掻き、指が濡れたことにびっくりする。思った以上に長い時間、バルコニーにいたらしい。

「あなたがいったとおり」軽い調子でいう。「友人と話すのを止める法律はないから」

彼は不満げな声を漏らした。

「で、きみはずっと家にいるかな？　八時半とか九時くらいとか？」

スティーヴがごちそうしてくれるといったけど、八時くらいには帰宅できるだろう。

「ええ、たぶん」

「クレイグが、きみに見てもらいたいものがあるそうだ」そっけない口調にもどる。「その時刻くらいに、きみのアパートに寄るよ」

「お母さんとナナもいるけど」

彼はため息をついた。

「忘れてたよ」

彼がどれほどのプレッシャーにさらされているかがよくわかった。

「なんなら、わたしたちだけにしてもらいましょうか」

「ああ、そうしてほしい」早く電話を切りたくてたまらないようだ。「それじゃ、またあとで」

バルコニーから部屋にもどると、祖母が首を振り、あきれたようにいった。

「まるで溺れネズミだよ」

「ありがと」

母も心配そうだ。「トムと何かあったの？」

「あとでうちに寄るって」

ふたりの顔がぱっと明るくなった。わたしが両手を上げ、「公務でね」というと、たちまち顔が暗くなる。「ごめん。でも仕方ないの」

「オリー、わたしたちはただ、あなたにしあわせでいてほしいのよ」

「だったら、これから出かけようか？」このごたごたを忘れさせてくれるなら、何でもよかった。「ナショナル・モールに行ってみる？」窓の外の、そぼふる雨にちらっと目をやる。

「お出かけ日和じゃないけど」

「雨はお昼までには上がるわよ」母がいった。

「新聞にそう書いてあった？」

「いいえ」母はにっこりした。「ネットの天気予報を見たの」


わたしはシアンに電話した。つぎに、バッキーに。ふたりとも新情報はもっていなくて、バッキーはずいぶんいらついていた。

わたしはおちつかせる言葉をさがした。「汚名がそそがれるのは時間の問題よ」

受話器の向こうから、カツカツという一定の音が響いてきて、タイルか何か、硬い床を歩いているのがわかった。そして自分も、歩きまわっていたことに気づく。わたしたちって、神経質な一団だった？

カツカツ、カツカツ。「どうしたら、そんなにおちついていられるんだい？」バッキーが

い。

いえなかった。ふたりがいなければ、もっと早く事態を進展させる何かができたかもしれな

の一分一秒が苦しいとは。母と祖母が家にいることが、ありがたくもあり制約でもあるとは

おちついてなんかいない、とはいえなかった。厨房にもどっていいといわれるまで、毎日

いった。

いいや、トムとの約束がある。いま家族がそばにいてくれるのは、望みうる最高の環境だろう。ふたりのおかげで、わたしは正常でいられるのだ。

「自分のチームを信じているからよ」わたしはようやくそういった。

「本心かい？　ぼくを慰める方便じゃないか？」

「これまでわたしが、あなたを慰めたりしたことがある？」

これにバッキーは笑い声をあげ、わたしは緊張がほぐれた瞬間を逃さずつづけた。

「わたしたちは統制のとれた、まとまりのあるチームでしょ？」

「でも、誰かがぼくらを陥れようとしたら？　これが陰謀だとしたら？」彼は音が聞こえるほど息を吸った。「マスコミがどんなことをやるかは、もう承知だろう？　ほんとうに厨房の過失かどうかなんて、かまやしないんだ。人は他人の失敗を見て喜ぶってこと」その言葉には説得力があった。「みんな毎日、秘密を暴きあってる。たとえ事実じゃなくてもね」

たしかにそうだと思う。政治家をバッシングするメールが、いったい何通、転送されてくることか。いわゆる〝速報〟で、最終的には真実のかけらもないことがわかるのだ。内容が

修正撤回されることもなくはないけど、そのときはもうすでにダメージを受けている。

じきに状況はよくなると、自信をもってバッキーにいいたかった。わたしが彼に、以前と同じ日常にもどれると信じこませることができれば、それが予言となって、現実にそのとおりになると思いたい。

「こんなふうに待つだけなのは耐えられないよ」またカツカツという音。

「わたしも耐えられないけど、いまできることは何もないでしょう。厨房にも入れないんだから」

「くそっ」ふたたび苛立ちと高ぶり。「あのミンクスの資料さえ……」

「何のこと?」

「ほら、食事会のまえに渡されるゲストの資料だよ」

「それがどうしたの?」

「ぼくが……」いいよどむ。「サラダのドレッシングを覚えているかい?」

胃がきりきりしはじめた。「ディナーの前日にあなたがつくったドレッシング?」

バッキーが大きく息を吸いこむのがわかった。「あれは自宅でつくったんだ。ちょっと余分に手間をかけるのがいいと思ったから……」呼吸が荒いのがわかる。

「何が問題なの? バッキー、話してちょうだい。ドレッシングに使ったもののなかに――」

「ぼくはミンクスの食事資料をここにもってるんだ。ファイルを自宅のコンピュータに送ったんだよ。そうすれば、自宅にいても必要な情報はすぐわかるから」

「彼の嗜好リストを自宅に送ったのね？」わたしはゆっくりといい、状況を把握しようとした。

「ああ、でも——」

「とくに問題だとは思わないけど。彼にアレルギーはなかったんだから」

「そういうことじゃないよ。情報を自宅のコンピュータに送ったのを、怪しい行為だと思われるような気がするんだ。なんでわざわざそんなことをしたのかって」

やっと理解できた。だけど危惧や懸念を表に出すわけにはいかない。

「もし疑われたら、堂々と説明すればいいわ」ひとつ深呼吸する。「自宅にデータを送るのは、厨房のスタッフみんながやってることだもの。わたしだってそうよ」

「だけどゲストが死んだことはないだろう？」

答えるまでもなかった。バッキーの声は甲高くなり、うわずって、何やら妙な音を発した。

「このことが見つかったら、ぼくは狭い部屋で尋問されて——その結果、どうなると思う？ぼくのキャリアはおしまいだ」

「バッキー」きつい口調でいう。「自宅にあるのは、ミンクスの食事資料だけでしょう？それとも、ファイル全部を送ったの？」

声を絞りだすようにして、バッキーは答えた。「資料全部だよ」

厨房は極秘情報にはアクセスできないけど、ゲストの食事関連だけでなく、経歴もふくめたデータファイルを利用できた。たとえば、南アメリカやロシア、日本で過ごした経験をもつとわかれば、それにあわせて、ゲストに喜んでもらえるよう献立を工夫できるからだ。

まず最初に思ったのは、バッキーに問題はないということだ。ただ調査が進めばじきに、ミンクスの情報が厨房からバッキーの自宅に送られたことはわかるだろう。そしてつぎに頭に浮かんだのは、そのファイルを見たい、ということだった。厨房はどんな些細なミスもおかさないよう万全の態勢で仕事に臨むけど、こういう状況下では、もう一度じっくりと見なおしておきたい。それがバッキーのコンピュータに入っているのだ、見ない手はないだろう。あってはいけない見逃しなどするはずはないのだけど、再確認すればもっと安心できる。

「ねえ、バッキー、どっしり構えてちょうだい。それから、ファイルをプリントアウトしてくれない？」

床を踏む硬い足音。「そんなことをして問題にならないかな？」

「どうして問題になるの？　あなたはホワイトハウスの厨房の一員よ。食事会のゲストの情報に関しては、見る権利があるの。一部か二部、プリントアウトしてちょうだい。あとでそちらに行くから。いっしょに確認しましょう」

「時間は？　すぐに来られる？」

ええ、すぐにでも、といいかけて、テレビを見ている母と祖母に目をやった。春用のジャケットをたたんで腕に掛け、出かける準備は万端だ。わたしの電話が終わればテレビを消すだけでいい。ふたりをがっかりさせることはできなかった。

「そのまえに、ちょっと用事があるの」

「こっちは悶《もだ》え苦しんでいるのに」声が一オクターブ上がる。

ほとんどヒステリー状態だけど、半端なことをいえば状況を悪化させるだけだろう。

「いまのところはみんな、なんとかやってるじゃないの」わたしは冷静にいった。「とにかくどっしり構えていて。あとでそちらに行くから」

バッキーはぶつぶついいながらも、会う時間を決めた。電話を切ってから、トムはこれをわたしの不要な干渉とみなすだろうか、と考えた。でも、資料は厨房スタッフに渡されたものだし、それを再確認する権利はあるはずだ。ましてや、それで身の潔白を証明できるかもしれないのだから。もしトムが納得しない場合、それはトムのほうが理不尽だということで……。

大丈夫、とわたしは判断した。バッキーとふたりでファイルを見ても、後悔するような事態にはならない。

11

　お昼を過ぎると雨は上がり、太陽が顔を出して、季節はずれの暖かさになった。わたしは母と祖母と三人で、ナショナル・モールをぶらぶら歩いた。母は淡いブルーのジャケットをウェストに巻いてサングラスを取り出し、祖母はパステル・ピンクのストライプのジャケットの前ボタンをはずす。気温が上がってきただけでなく、そうしておけばウェスト・ポーチから物を取り出しやすいからだろう。祖母がかけているサングラスは、白内障の手術をしたばかりの目を守るラップアラウンド型だ。母の二、三歩後ろを歩きながら、スミソニアン博物館でもらったパンフレットを熱心に読んでいる。

「寄りたいところがいっぱいあるわね」わたしはスミソニアン協会本部ビルから西へ歩きながらいった。「航空宇宙博物館に行ってみる?」

　母は首を横に振った。「シカゴの産業科学博物館に似ているんじゃない?　雨の日でもいいような気がするわ。きょうは外で、すばらしい景色を楽しみましょう」

　後ろをゆっくり歩く祖母がいった。「ワシントン記念堂が見たいね」

「ワシントン記念塔ね?」わたしはやさしくいった。「ワシントンは記念塔で、リンカーンが記念堂よ。わたしも初めて来たとき間違えたんだけど、バーバラという名前の親切な女性が教えてくれたの」

母がふりむいた。「あなたとトムは、ここへよく来るの？」

わたしは芽吹きはじめた木々と青く澄みわたった空、のんびり散策して贅沢な一日を楽しむ人たちをながめた。トムとわたしが美しい景色を楽しむためだけにいっしょに過ごしたのは、いつが最後だっただろう？　わたしはかぶりを振った。

「それほど頻繁には来ないわ」ここにはすばらしいものがたくさんある。なのにトムとわたしはスケジュールが合わず、すれ違ってばかりだった。最後の何回かは、わたしひとりでここに来た。

「あれはメリーゴーラウンドだね？」祖母が背後を指さした。

「うん」答えながら心のなかで、どうか乗りたいなんていいだしませんようにと願った。

「小さい子は喜ぶだろうね」

わたしはあのメリーゴーラウンドで体験したこと、殺人を目撃したことを思い出しながらこういった。

「記念塔まで少し歩くわよ。平気？」

わたしたちは足を止め、ワシントン記念塔をながめた。

「高さは百六十九メートルと書いてあるわ」母がパンフレットを見ていった。「重さはどれくらいあるのかしらねえ」

「重さ？」と、祖母。「なんでまた？　持ち上げる気かい？」

「ねえ、見て」わたしは指さしながらいった。「あのラインがわかる？　色が変わっているところ。建設が始まったのは一八四八年だけど、資金が足りなくなって、再開されるまでに二十七年も放っておかれたのよ。だから大理石の色が違うの」

三人で、白く高い尖塔を見上げる。太陽はほぼ真上にあり、みんな目を細めた。星条旗に囲まれてそびえるシンプルな塔は、何度見ても美しい。

「またお会いしましたね」

その声に、わたしたちはいっせいにふりかえった。母は奇妙な声を――十代の女の子のような嬌声と、驚いたときの息をのむ音が混じったような声をあげた。

「まあ、カポストゥロスさん。こんなところでお会いできるなんて」

彼はほほえんだ。「カプと呼んでください。友人はみなそう呼んでくれます」

カプはこちらに――母のほうへ、というべきか――近づくと、ほんの三日まえに親友を亡くしたわりには明るくにっこりと笑ってみせた。彼のファースト・ネームは何だったかしら？　〝カプ〟が何を縮めたものかも思い出せないくらいだけど、母はちゃんといえていた。

「またお会いできてうれしいです」わたしは本音とは違うことをいった。

彼はわたしに向かって軽く頭を下げた。ネイビーのジャケットとカーキのズボン、それに青いストライプのネクタイ。どうも、喪に服しているというよりは、クルーズ船の船長みたいだ。

「ここの景色はすばらしいでしょう?」わたしたちの答えを待たずにつづける。「リンカーン祈念堂には行かれましたか?」

「いえ、まだなんです」と、母が答える。「あの記念塔と同じように美しいのでしょうね」

「このあたりの建物には、どれにもそれぞれ独特の美しさがあります」母の目をじっと見つめる。「どうか、心ゆくまで堪能なさってください」

目をくるっと回してみたかったけど、まちがいなく不評をかうだろう。祖母までが彼のそばへ寄っていった。どうやら背の高さを比べているらしい。祖母の笑い皺が深くなり、わたしはあきれた。

「そろそろ失礼しないと」と、わたしはいった。「見たいところがたくさんあるので」

「ごいっしょしましょうか?」カプがわたしに近寄ってきた。「わたしもずいぶん長いあいだ、ここのすばらしさを味わっていませんから」

「DCにお住まいなのでは?」

「長いこと町を離れていましたからね」

いやでもつっけんどんな言い方になった。「ミンクスさんの奥さんや息子さんとお過ごしになるとばかり思ってましたけど」

彼の背後から、母が鋭い視線を送ってきた。とがめている目だったけど、わたしは気にしない。いったいこの男は何者? どうしてわたしたちの邪魔をするの?

「カール・ミンクスとは長年の友人でしたが、わたしとルースは折り合いが悪いというか……。しかし、息子のジョエルとは気が合うんですよ。ルースがきのう、アーリントン墓地でみなさんにどんな態度をとったか、わたしに教えてくれたのもジョエルだった」

わたしは立ち去ろうとしたけど、母と祖母に動く気配はない。

「心からお詫びします」

「なんのお詫びですか？」

「ルースに代わって、昨日の件を。彼女は極度の緊張状態にあるんですよ。だからけっして――」

「いいえ、お詫びなど不要です。突然のことに悲しんでいるご遺族が何をいっても、責められませんから」彼が何かいうまえにつづける。「それに、折り合いが悪いと認めた直後に、その人に代わってお詫びをするのは、いささか奇異に感じます」

彼はにっこり笑った。なんとも不快。

「では、失礼します」

「オリー！」母の顔は、十時半の門限を言い渡された十七歳のようだった。

「見たいところがたくさんあるんでしょう？」

「でも、カプがいっしょにといってくれてるんだもの、きっと楽しいと思うわ」

楽しい？

とびきりの贈り物をもらったかのように、カプの微笑が満面に広がる。突然どうしちゃったの、と母に訊きたかったけど、言葉は喉もとで止まった。カプが遠くを指さし、母の気持ちは全面的にそちらに向かって、ふたりは南のほうへさっさと歩きはじめた。わたしと祖母には声もかけずに——。

「いったい、どうしちゃったのよ？」わたしは歩きながら祖母に訊いた。

祖母はわたしのほうへ身を寄せた。

「このところ、お母さんはたいへんだったんだよ」

「たいへん？」祖母を見おろして尋ねる。「何がたいへんだったの？」

祖母は腕をからめてきた。「遅れてやってきた中年の危機、といえなくもないけどね、それだと軽すぎるだろう。お母さんはね、女性シェルターのカウンセラーにやりがいを感じていたのに、その経験を生かせない部署に異動させられたんだよ。事業縮小、という名目らしい。年配の高給取りは職を追われるか、閑職に追いやられてね。窓際になったらうんざりして、自分から辞めていくさ。お母さんは毎日、人助けができるからと、意欲満々で仕事に行っていたのに——。いまはただ机の前で、資金集めの電話をしているんだよ」

「電話勧誘をさせられてるの？」

祖母はうなずいた。

「そんなこと、ぜんぜん話してくれなかった」

「当たり前だよ」祖母は前を歩くふたりを見ながらいった。「それに何より、さびしかったと思う。とってもとってもね。わたしはいっしょにいても、とくに楽しい相手じゃないから」

「ナナ……」

「ほんとうのことだよ。わたしだってまだ動きまわって、病院でボランティアもしている。でもね、仕事から帰ってきたお母さんの顔はいつも暗いんだよ。楽しみにできるものがひとつもないからだろう」

「友だちと気晴らしとかはしないの？」テレビ画面の明かりだけがちらつく暗い部屋に、母がひとりでいるところが目に浮かんだ。

「たいていは夫がいるからね、何かやるときは夫婦連れだよ」祖母は首をすくめ、わたしの声にならない問いに答えた。「長いあいだ、ひとりでがんばってきたけどね、まわりのほうがどんどん変わっていくから。大事な仕事を失ったとき、自分の身の半分がなくなったように感じたんじゃないかね」

喉に硬い塊ができて、話しつづける自信がなくなった。

わたしたちの前で、母が声をあげて笑っていた。カプも笑っている。頭と頭をくっつけあうようにして。

彼にはどこか信用できないところがあった。でもはっきり指摘することはできない。ふたりはまた、声をあげて笑った。カプにほほえみかける母は、十歳も若返ったようだ。

祖母が小声で、わたしの肩のあたりでいった。「この何週間か、お母さんが話すことといったら、オリーに会えるこの旅行のことだけだった。お母さんにとって、ようやく楽しみに待てる大切なことができたんだよ」

言葉が見つからなくて、わたしはただこっくりとうなずいた。

「わたしたちがここにいるあいだ、おまえが仕事をしないのは、まあね、それなりによいことだったように思える」

いまでは日常茶飯事となった落胆を、また感じた。ミンクスの死というおぞましい事件が、ほんの一瞬頭のなかから消えさった。でも、よみがえったときは以前より生々しくて、胸が苦しくなる。

「ホワイトハウスを案内するのを楽しみにしてたの。なのにこんなことになって……」

「お母さんが楽しみにしていたのは、おまえといっしょに過ごすことだよ。たぶんこれが、お母さんにとってはいちばんよかったと思う」

祖母の腕はとても細く小さく感じられたけど、こうしてからめていると心が癒された。祖母はわたしを軽くぽんぽんと叩いた。

「たまにはね、じっと待っているのがいいときもある。時間が経てば、おのずとわかるから。そうしたらまた、ホワイトハウスの台所で料理をつくれる。すべてはもとどおりになる」

わたしは唇を噛んだ。きょうの朝、自分はバッキーに同じようなことをいわなかったか？

「ナナ……」わたしは祖母にいった。「ありがとう」

アパートに帰って遅めのランチをつくるあいだ、母はハミングしていた。わたしがつくるといったけど――それで生計を立てているのに、この数日はほとんど調理をしていない――

母は自分がやるといってきかなかった。娘の世話をやけるときはそうしたい、と母はいう。祖母がわたしに、口ごたえはするな、と鋭い視線を送ってきた。

「それで、カポストゥロスさんとはどんな話をしたの？」

彼はわたしたちをベトナム戦争の戦没者慰霊碑と第二次世界大戦記念碑まで案内した。祖母がとくに行きたがった場所なのだ。そのあいだ、彼は母とばかりおしゃべりし、わたしと祖母はふたりを遠巻きに見るだけだった。大戦記念碑をひととおり見て回ったところで、彼は家族と過ごす時間に加えてくれてありがとう、といった。それから母にだけ、手短に何か話した。

「彼のことは、カプと呼んであげて」母がいった。

「了解しました」わざとらしい笑顔に見えているだろうな、と思う。「それで、何を話したの？　彼はお母さんの過去を全部知りたがったんじゃない？」

「まだよ。まだ全部は話してないわ」母は意味ありげな笑みを浮かべた。「でも彼がね、ルース・ミンクスに勧めてみるって。あなたに電話をして、アーリントン墓地でのことをあやまるように」

「そんなことしなくていいのに」

「彼にとっては重要なことみたい」そういって腕時計を、それからカウンターに置いたハンドバッグをちらっと見た。

「よけいなお世話って気がするわ」わたしはもごもごいってから、ふと思いついた。「電話番号は訊かれた？」

「オリー。ここにわたしの電話なんてないでしょう。彼はわたしがシカゴに住んでるのを知ってるわ」

「携帯電話があるじゃない」

母はくるりと背を向け、またハミングしはじめた。祖母が、もうよしなさい、という目でわたしを見る。でもわたしは知っておきたかった。

「携帯電話の番号は教えたの？」

ようやく母はふりむいた。髪を後ろに束ね、上気した顔はほほえんでいる。とても美しかった。そして、生き生きとして見える。カプは話し相手をするだけで、母の目をこれほど輝かせたのだ。わたしはため息をついた。もう何も訊かないほうがいいのだろう。だけどやっぱり気にはなる。

「ええ、教えたわよ」それで何か文句でもある？　という口調だ。母はトルティーヤ・スープのボウルを三つ、テーブルに置いた。湯気が立ちのぼり、スパイスのいい香りがする。わたしはすぐにひと口飲んで、わが家の味にほっとした。

「番号を教えると、何かあなたに不都合なことでも？」と、母。

祖母がテーブルの下でわたしの脚を蹴った。わたしはスープをもうひと口すすり、聞こえないふりをした。

母は答えを待っている。祖母がまた、脚を蹴った。

「べつに」わたしは嘘をついた。「ぜんぜん」

「よかったわ。金曜日の夜、彼と出かける約束をしたのよ」

反論しかけたら、三度めのすばやい蹴りがとんできて、口を閉じた。

「よかったねえ、コリン」祖母がいった。「どこに行くんだい？」

「まだわからないの」

「お母さん」スプーンを置いてわたしはいった。「彼とは知り合ったばかりなのよ。どんな人かもわからないのに、ふたりで出かけるの？　ただの女たらしかもしれないわ」

「まっ！」母は声をあげて笑った。「あなたが十代のとき、わたしもよくその台詞をいったものだわ」

「お母さん、わたしはまじめにいってるの。彼のことは何も知らないでしょ？」

「カプはカール・ミンクスの親友だったわ。国家安全保障局で名の知れた高官のね」

「ええ、そして名の知れた高官は死んだのよ」

母は頭を横に振ったけど、ほほえみは消えない。

「オリーはまるで、過保護な親みたいね」

「だって、会ったばかりの人なんだから」

「ほんとにね」母はからかうようにいった。「オリーはきっと賢母になるわ」そしてわたしをじっと見つめる。「いつになったら、孫を抱かせてくれるのかしら？　わたしは毎年、歳を重ねていくのよ」

母は昔から、口論を避けるボタンがどこにあるかを知っていた。スープはまだ半分しか飲んでいないけど、残りはあとにしよう。バッキーの家に寄ると約束していたし、そのあとはスージーたちとディナーの予定だ。わたしはスープのボウルを脇によけ、ラップをかけてから冷蔵庫にしまった。

「トムに電話しないと」

キッチンを出て、ため息をつく。母はわたしとトムが危険地帯にいることに気づいているだろう。結婚や赤ん坊は、わたしにとって避けたい話題だ。少なくとも、いまは。たぶん、これからも。近い将来、自分が赤ん坊をおんぶしているとは思えない。わたしが選んだ職業は、男性優位の分野だ。女性は家庭と仕事を両立できるといわれるけど、極端に競争の激しいこの業界では、つかめるものはしっかりとつかんでおかなくてはならない。エグゼクティブ・シェフになってからまだ日は浅く、政権が替わったとたん、失職するかもしれないのだ。当面、子どもをもつことなど考えられなかった。だからわたしは話題にしないし、母にもそれはわかっている。

孫の話をもちだしたのは、カプに関してしつこいわたしを黙らせたかったからにすぎない。そしてさしあたり、功を奏した。だけどいずれ折を見て、わたしはまた母と話すつもりだ。カプという人には、どこか信用できないところがある。

これからバッキーの家に行き、この難局をどう乗り切るかを話し合わなくてはならない。卵転がし《エッグロール》が中止されたら、マスコミは狂喜するだろう。好き放題に書き立てられる悪夢から目覚めるのはむずかしい。アメリカ卵業協会のブランディに連絡してみようかと思った。明るく仕事熱心な彼女なら、何か名案を思いつくかも。

彼女の電話番号をさがしかけ、手を止めた。トムはおそらく〝よけいな干渉〟とみなすだろう。喉の奥がひりひりした。どちらを向いても出口なしだ。

携帯電話でトムの番号を押してすぐ、通話終了ボタンを押した。家の電話が鳴ったからだ。まったく、このところいやに自宅にかかってくる。と思いながら、キッチンにもどって受話器をとった。

「もしもし？」

「もしもし……オリヴィア？」女性の声だった。聞き覚えはあるけど、誰かはわからない。

「はい、そうです」

「あの……わたし……ルース・ミンクスです」

手近な椅子に腰をおろし、「こんにちは」と応じた。ほかに言葉が思いつかなかったからだ。「お元気ですか？」

彼女は息を吸っただけで、返事はない。でもその代わり、こういった。

「夫の友人のカポストゥロスさんが」皮肉たっぷりに〝友人〟を強調した。「あなたに電話したほうがよいというので」

驚きがまるまる顔に表われたのだろう、母と祖母が食べるのをやめてわたしを見つめる。母が身振りで〝誰なの？〟と訊いた。

「彼が電話をするようにといったんですか？」わたしはそう尋ねてから、母に向かって受話器を指で示し、声には出さず口だけで〝ルース・ミンクス〟といった。

母と祖母はびっくりして顔を見合わせ、口だけぱくぱくさせて質問しはじめた。でも何をいっているのかわからないし、電話に集中したかったので、わたしは天井を仰いだ。天井には何もないから、気が散ることもないだろう。それにしても、ルース・ミンクスが電話をしてくるなんて信じられなかった。口ごもっていることから、彼女自身、とまどっているのではないか。

「きのうのことで、心からお詫びしたいと思って」

すかさずわたしはいった。「そんなことをしていただく必要は――」

「あなたは怒っていると、カプから聞いたので」

「それはカプの勘違いです」少し強めの口調でいう。右側で動く気配を感じて目をやると、母が顔をしかめて何かつくりはじめた。祖母は椅子にすわったまま、こちらをじっと見ている。わたしは視線を天井にもどした。「ぜんぜん怒ってなんかいません。わたしなりに、わかっているつもりですから。いまはたいへんおつらいだろうと思います」

「ええ」消え入りそうな声。「いろいろなことがあって……。選挙では息子のために精一杯力を尽くしてきました。そうしたら今度はこんなことに……。まだ心の整理がつきません」

彼女に同情した。夫を亡くしたばかりで、する必要のない謝罪を無理矢理させられているのだ。わたしはこの状況にとまどいつつも、こういった。

「さぞかし、お力落としのことと思います」

「ありがとう」

ほかにも無難な言葉――電話を切るきっかけになりそうな言葉――をいおうとしたところで、彼女がいった。

「ジョエルにも、あなたをあんなふうに責めてはいけないといわれました」

「申し上げたように、ミンクスさん、あやまっていただく必要は――」

「あしたのカールの通夜にはいらしてくださいます？」

「えっ……いえ、参列は考えていませんでした」

小さく舌を鳴らすような音。「わたしがひどいことをいったからですか？」

「いいえ、そうではなく――」最初からまったく行く気はなかった、とはいえない。非礼にならないよう、べつのかたちで答えなくては。「おつらい時期に、不要なお気遣いをさせては申し訳ないと思うので。わたしがお通夜にうかがったら、混乱を招きかねませんから」

「混乱？　どうして？」

「それは……」簡潔に説明するのはむずかしい。「厨房の人間は、いまホワイトハウスに入るのも禁じられているんです」

「まあ、それは知りませんでした。ここ何日か、新聞を読まないようにしていたから……。気持ちはわかっていただけるでしょう？」

とてもよくわかる。「ほんとうに、おつらいことと思います、ミンクスさん」

「考えなおしていただけないかしら」

「考え……なおす？」

「ええ、あなたが通夜に来てくださるかどうかは、わたしにはとても大きなことなんです。きのうの振る舞いは、ほんとうに後悔しています。このところ、何をやっても後悔しかなくて……すべてを投げ出したくても、それはできませんし」

彼女の声はかすれていた。わたしは何もいうことができず、彼女はつづけた。

「母として、ジョエルのことを考えなくてはいけませんから。あの子のために、わたしは強くなければいけないのに、きのうは恥ずかしい思いをさせてしまいました。あした、通夜に来ていただけませんか？　スタッフのみなさんは来られないにしても、あなたの姿を見れば、ジョエルも安心できるでしょうから」大きなため息。「いつもなら、カプのいうことなど聞きませんが、今回は彼が正しいようです。オリヴィア、どうか来てください」息が震えて聞こえるのは、泣くのをこらえているせいかもしれない。「それでは、どうかよろしくお願いします」彼女はそういって電話を切った。

わたしはしばらく受話器を見つめた。いったいどういうこと？　カプが彼女に電話させたのは間違いないだろうけど、その結果がこれ？　それになぜジョエルは、母親がホワイトハウスのエグゼクティブ・シェフを怒らせたことを気にするの？　この奇妙な会話を母に話そうとふりむいたら、母はもうキッチンにはいなかった。

祖母が寝室を指さし、行ってみると母はコンピュータに向かっていた。

「電話はルース・ミンクスからだったの」わたしは母に報告した。

母はからだをよじり、コンピュータ画面がわたしに見えないようにした。

「用件はなんだったの？」

「カール・ミンクスのお通夜に来てほしいって」

母は画面に向きなおり、ウィンドウを最小にしてから、またわたしをふりむいた。でも、何を見ていたかはわかった。

「〈リスの深掘り〉を読んでたの？」

母はばつが悪そうな笑い声をあげて立ち上がった。

「あんな低俗な記事を読むわけないでしょ」

「じゃあ、何を見ていたの？」不適切なサイトにアクセスした娘を叱る親の気分だった。

「他愛のないものよ」母はわたしをドアのほうに押しやった。「わざわざ話すほどじゃないわ。ナナがどうしているか見に行きましょう」

「お母さん――」

母の肩が下がった。「おかしな男のコラムなんか読むもんですか。ただ、同じ記事がインターネットにもあって、そこにいろんな人がコメントを書いているのを見つけたから」

「それで？」

「世のなかには、ずいぶん不思議な人たちがいるのね。あのコラムの書き手は頭がおかしいと思ったけど、投稿されたコメントは話がどんどんへんなほうへずれて、それもずいぶん陰湿で、残酷なの」

「見せて」わたしはコンピュータへ向かった。

母が行く手をふさぐ。

「お母さん」わたしは笑った。「止めようとしても無駄よ」

母の顔が突然悲しげになり、わたしは胸がちくっとした。

「わたしへの中傷があるの?」

「そうでもないんだけど」唇を嚙む。「卵転がしのことがたくさん書いてあるの。あなたは卵転がしを気にしていたから、見ないほうがいいと思って」

「理由はそれだけ?」

「自分が何をいっているのか、わからない人もいるから」

母のからだをよけてコンピュータの前に行き、ウィンドウを大きくした。母は観念したのだろう、深いため息をひとつつくと、投稿コメントを読みはじめたわたしの肩にそっと手をのせた。

たしかに、世のなかには不思議な人が大勢いるようだ。暇つぶしに解読不能なメッセージを面白半分で送るのは、いったいどういう人たちなのだろう。いちばん上の最新の投稿から順に、長めのコメントを拾って読んでいく。どれもカール・ミンクスの死というより、自分のなかの悪意と闘っているようだ。初期の投稿はコラムの内容に沿っているけど、徐々に逸脱して、新しいコメントは以前のコメントにケチをつけるようなものばかりだった。

〝卵転がしはどうなるの？〟と、ヴァージニア州のセダ・Rは問いかけ、〝うちの子たちは首を長くして待っているのに！　がっかりさせたくないから、誰かゆで卵をつくってくれない？〟

サル・Jの主張はこうだ。〝役人がまたひとり死んだだけだろ？　当然の報いってやつさ。ミンクスはやりすぎたんだよ。始末したやつは表彰ものだ〟

まったくねえ……。

「こういう人たちは時間をもてあましてるのよ」そうひとりごちながら画面をスクロールし、あるコメントで止めた。全身の血が指先と足先に集まって、脳が貧血を起こしそうだ。

「大統領が自分の食事をつくらせるために雇ったオッリヴィア・パッラスとかいう女はトラブルばっか起こしてるよね。料理はへったくそなくせに、あたし、新聞の見出しになりたいんだもんってさ。あんたのガキが卵コロガシできないのも、あの女のせいだよ。大統領！ただちにパッラスのケツに火をつけろ！」

こんなにひどい投稿をした〝R・I〟がわたしの名前を間違えようと、文章がいくらおかしかろうと――ともかく、いいたいことははっきりと伝わる。

「わたしは料理上手よ」むなしいつぶやき。心の痛み。

「ね、こういうのは全部ごみよ」母がいった。「ごめんなさい、わたしが見なきゃよかったのよね」

見たくはないのに、目が勝手に画面を追ってしまう。卵転がしが予定どおり実施されるよう、何か方法はないかと問う投稿は多数。ミンクスの死を歓迎するような投稿がいくつか。わたしの解雇を求める投稿がひとつふたつ。

「どれも愉快ね」自分を励ますようにいう。

「こういう人たちは、自分が何をいってるのかわかっていないのよ」

たぶんそうなのだろう。だけど、それにしてもひどいと思う。

こういうページの下には、コメントを記入できる欄がある。でもなぜか、ここにはあの小さな四角い欄が見当たらなかった。その代わり、赤字のイタリック体で〝コメントが表示されるまで数分かかります〟とあった。

わたしはくるっとふり向いた。「まさか、お母さん――」

母は顔を赤くして、画面に手を振った。

「あなたのことを好き勝手にいわせておくなんてできなかったの」

わたしは両手に顔をうずめ、大きなため息をついてから〝更新〟ボタンをクリックした。

12

一秒が一年にも感じられた。このコンピュータは通信速度がびっくりするほど速いときもあるけど、今回のような、すぐにでも情報がほしいときは、不機嫌で非協力的になる。これじゃまるでダイヤルアップだ。

ハワード・リスの記事がふたたび画面に現われるのを待つあいだ、母に確認する。

「わたしのこと、実名で書いていないわよね?」

母は口を開いたけど、言葉は出てこなかった。

画面に〝ページが表示できません〟というメッセージが現われたそのとき、わたしの携帯電話が鳴った。

「まったく!」ディスプレイを見る。トムだ。

「ぼくに電話した?」応答すると、彼がいった。

「あなたにかけようとしたとき、ルース・ミンクスからかかってきたの」

「ルース・ミンクスが? 用件は? またきみを責めたのか?」

「ううん」わたしは話すまえから疲れた。ほんとにこの何日か、説明ばかりしてきたような気がする。いまのわたしの望み、というより責務は、ホワイトハウスの厨房に早くもどって、卵転がしの準備をすることだ。もう予定より三日も遅れている。「彼女はきのうのことをあやまってきたの。話せば長くなるわ」

少しの間。「それで、きみの用件は？」

彼はいらいらしているらしい。

「ホワイトハウスの卵転がしの件」

「それはもう話がついたはずだ」

「まだよ」わたしは慎重にいった。「あなたは中止になるようなことをいったけど、それはできないわ」

「できない？」

「だって……」自分の弁解がましい口調に顔をしかめる。「卵転がしを中止してはいけないと思うから」

「きみはそう思うのか」

「ええ」しっかりと背筋をのばす。「この件について、誰かと話せないかしら？」

「ぼくがきみの代わりに訊いてみるよ」

「それはだめでしょう」わたしは冷静にいった。「あなたはわたしの行動に責任を負ってるんでしょ？」返事を待たずにつづける。「だったら、利害は対立しているもの。あなたはわたしをトラブルから——あなたがトラブルになりそうだと推測することから遠ざけておきたい、そのためには厨房の仕事から遠ざけておかなくてはいけない、と思ってるはずよ。卵転がしの件はほかの誰かと話したほうが、納得できると思うの。わたしからクレイグに電話をしてはいけないかしら？」

「ぼくを介さずに？」

そうしたいわけではなかった。藁にもすがる思いだけど、トムを怒らせたくはない。口喧嘩することはあっても、お互い限度は承知している。クレイグに直接電話をするのは、やはりやりすぎだろうか。トムとの関係に修復不能の傷をつけるのは避けたかった。たとえどちらかのキャリアが危険にさらされようと。

「クレイグじゃないほうがいいかしら。そうだ、ポール・ヴァスケスとなら話してもいい？」

トムの心が読めないまま、数秒が過ぎた。最近は意見が対立してばかりのような気がする。

「それがいいかもしれない」トムはようやく、譲歩をにじませていった。「卵転がしがきみにとってどれほど重要かはよくわかっているつもりだから」

「ありがとう。あなたがむずかしい立場にいることはわかってるつもりよ」

ずいぶん長い沈黙がつづいた。

「わたしね、仕事をしているほうがトラブルに巻きこまれないと思うの」

トムが笑い声らしきものを漏らした。

「いえてるな」そして気持ちを切り替えたように。「何か新しい情報はあるかい？」

バッキーがミンクスの資料ファイルを自宅のコンピュータに保存したことを話そうかと思

ったけど、いまはやめておく。ともかく資料を見るのが先だ。「夕食会の準備の手順を、もう一度見直してみるつもり」

「それはいい」

「そういえば、スージーたちのこと、ほんとうにありがとう。しつこいマスコミを追い払ったお礼にって、きょうの夜、夕食に招待されたわ」

「よかったな。仕事は全部ぼくがして、お礼はきみが受け取る」

「あなたも来る？」

「いずれ、そのうちね」息を吸ったような音。「この調査が完了するまで、ぼくたちがいっしょにいるところは見られないほうがいいと思う」

胸が苦しくなった。ネットの書き込みを見たとき以上だ。

「きっとそうなんでしょうね」

「〈シズルマスターズ〉の友人たちと事件のことは話すんじゃないよ、いいね？」

「あそこまでマスコミが押しかけたあとで、それはむずかしいんじゃないかしら」

彼はまた黙った。「ともかく慎重にしてくれ」

「ちょっと思いついたんだけど」

「何？」

「厨房のスタッフ全員が疑われて、スージーとスティーヴもそうでしょ。だけどあの夕食会の、ほかのゲストはどうなの？　カール・ミンクスの次席の人は、ボスが亡くなったら昇進するんでしょう？　それから、アリシア・パーカーは？　彼女の夫とか？　みんな夕食の席にいたわ」

トムの長い、大きなため息は、予想したほどいらだったものではなかった。

「まずいっておくけど、昇進のために殺人を犯すような人間はそうそういないよ、ふつうはね。その種の報じられ方をした事件もなくはないが、現実の世界では、そこまでのことはしない」

「それなら——」

「アリシア・パーカー？」トムは笑った。「ビッグすぎるよ。閣僚だからね。彼女の過去も調査しているはずだが、きみは忘れたほうがいい。近づけばかならず火傷する。ぼくのいうことを信じなさい」

たしかにそうなのだろう。パーカー長官は、ホワイトハウスで一度か二度見かけたことがあるくらいだけど、テレビではしょっちゅう目にしていた。意志が強く、正直で、勇ましい女性閣僚だ。

「わかった、信じる。ああいうタイプなら、あなたを殺したいと思えば、まっすぐあなたのところへ行って銃の引き金をひくわね。ナスの前菜にこっそり毒を入れるなんてしそうもないわ」

「いいかい、オリー」いさめるような調子にもどる。「ミンクスは自然死かもしれないんだよ」

「自然死のなかには、食物アレルギーもふくまれるわ。そして検死官がそれを証明したら、わたしは確実に職を追われる」

「すまない」トムの声にやさしさがにじんだ。「クレイグの指示があるから、ぼくはきみの力になれていないな」

「ううん、そんなことない」彼は母たちを空港まで迎えに行ってくれ、取り調べの最中もそばにいてくれた。「わたしがもっと柔軟にならなくちゃね。あなたには大きなプレッシャーがかかっているんだもの」

「まあね。きみにはわかってほしいと思う」

「わかってますって」それに嘘はなかった。ほとんどは。

電話を切ると母が、ウェントワースさんとスタンリーが夕食に招いてくれたわよ、といった。わたしはバッキーと会う約束があり、その後はスージーたちと夕飯を食べる予定だからと辞退する。でも母と祖母は、アパートのほかの部屋を訪ねるのがうれしそうで、わたしも多少ほっとした。信頼できる隣人に任せられるなら、ふたりを残して出かける罪の意識もいくらか薄れる。

バッキーの家へ向かう途中、ポールに電話した。運よくつかまったけど、会議に遅れるとかであわただしかった。厨房にもどしてほしいと訴えたところ、彼は言葉を濁したものの、〝できない〟と断定されるよりはまだましだ。また、卵転がしの中止は決まっていないらしく、希望は捨てないことにした。あとでポールから電話をもらう約束もとりつける。でも電話を切ったとき、彼がいつまでに、といわなかったことに気づいた。

ベセスダにあるバッキーの家に向かう。一度も訪ねたことがないのはもちろん、このまえガジー兄弟にリムジンで送ってもらうまで、彼がどこに住んでいるのかさえ知らなかった。ベセスダ地区に巨大ビルはなく、明るくなごやかな雰囲気で、美しく刈られた芝生の外には高級車が停められていた。シカゴ出身のわたしには、住宅街の通りの縦列駐車はお手のものだから、二台のＳＵＶのあいだの窮屈なスペースに自分のクーペを押しこんだ。歴史のある地域だけど、この通りとその一本向こうの通りに建つタウンハウスは、どれも新築のようだ。そういえばここ十年ほどで、この一角は大規模に手が加えられたと耳にしたことがある。あこがれの住宅地といわれるのもよくわかった。木々はのびのび育ち、どの家も手入れがゆきとどいている。

玄関の扉を開けたバッキーは、大きめのコットンのエプロンをつけ、その下は素足だった。一見、ズボンをはいていないようだ。でも、なかへどうぞと腕を振って背を向けると、青いショートパンツが見えて、わたしは胸をなでおろした。

「ちょっと暖かすぎるかな」と、彼はいった。「新しいキッシュをつくってる最中でね。上着は脱いで、適当な場所に置いてくれ」いい香りをかぎながら玄関の扉を閉め、彼のあとをついて素朴なリビング・ルームを抜け、キッチンに入る。チーズが焼けるにおいにお腹が鳴った。

「ここに住んでどれくらい?」

「十一年――いや、十二年だ」急ぎの手順があったのだろう、彼はオーヴンに何かをがちゃがちゃっと出し入れし、その音に負けないよう声を大きくしていった。わたしはリビングにもどってジャケットを脱ぎ、紫色のカウチの背もたれにかけた。手をはわせてみると、スエードだ。バッキーの家のカウチがスエード張りとは、ちょっと驚きだった。

「引っ越してきたときはひどくてね」キッチンの戸口から顔をのぞかせてバッキーはいった。「ここまでするのに、ずいぶん手がかかったんだ」

「すごくすてき」ひとりで住んでいるの、と訊きたかったけど、やめておく。わたしとバッキーはこれまで、私生活を語り合うような仲ではなかったからだ。そう思ったとたん、自分がいま侵入者のような気がした。

リビングの壁はベージュ色で、天井との境目の装飾モールディングや、床のむきだしのカエデ材ともよくマッチしている。カエデ材はきれいに磨かれ、歩いて不快な音をたてることもなかった。そこかしこに照明があり、キッチンに行く途中、わたしはダイニング・ルームの壁を飾るモノクロ写真の前で足を止めた。アンセル・アダムスの作品を思わせるけど、写真家の名前は〝B・フィールズ〟だった。

「改装は自分ひとりでやったの?」

「ホワイトハウスであれだけ働いているんだよ。全部は無理さ」また姿が消えて、声も遠くなる。「まあ、かなりの部分はやったけどね、気分転換に」

キッチンに入ってぐるっと見まわす。もとはこぢんまりしたキッチンだったのだろうけど、いまは目を見張るほど、最新の設備を備えた厨房だ。中央の作業台の上にはぴかぴかの鍋がぶら下がり、ビルトイン式レンジはなんとふたつもあって、二段仕様のオーヴンもふたつある。いつか自分もこんなキッチンをもてたらいいな、と心底うらやましくなった。いまのアパートのキッチンは、狭いながらも十分使い勝手はいい。だけどもし終《つい》の棲み家ができたら、こんな感じにしたい。

「すてきなキッチンねえ」

「うん、ぼくらも満足してるよ」

訊きにくいことを訊くチャンスかも。

「ぼくら？　結婚してたなんて知らなかったけど、そうなの？」

彼は小さく笑った。「いや、まだだ」

「お子さんは？」

彼はわたしの目をじっと見たけど、そこに冷たいものはなかった。

「ぼくが子どもをもつようなタイプに見えるかい？」

やはり話題を変えたほうがいいだろう。「ずいぶんいいにおいがするわね」

「そうすぐにはホワイトハウスにもどれないだろうから、腕をなまらせたくなくてね」

「バッキー」わたしは真顔でいった。「何があっても、あなたの腕がなまることはないわ」

彼はタオルで手を拭き、エプロンをはずした。

「さて。これで一段落だ」タイマーをセットする。「リビング・ルームで資料を見ようか」

タイマーがジリジリ鳴っても、資料読みの成果はほとんどなかった。ミンクスに出した料理に関し、たいしたことは思い出せない。

バッキーは、ほどよく焼けたホウレンソウのキッシュを取り出した。

「おいしそう……」わたしはそばまで行って香りをかいだ。「見た目も香りもいいわ」

「少し食べる?」

「ぜひそうしたいけど、夕食の約束があるの」

彼の肩がほんの少し下がり、唇がほんの少しゆがんだ。

「でも、誘惑には勝てないわね。やっぱりちょっとだけいただいてもいい?」

「もちろんだ」彼はさらりというと、気前よく切ったひと切れを、縁取りが黒と金のお皿にのせた。それをわたしの前に差しだす彼の目は、期待に輝いている。「味見の感想を聞かせてくれよ」

「ずいぶん高級そうなお皿ね」

「いいものだからって、特別な場合にだけ使うこともないだろう?」

扇形に切られたキッシュを早速いただき……絶賛した。このあとスージーたちに会う予定がなかったら、これと同じくらい大きいのをもうひと切れ食べたい。ほんとうにおいしくて、母たちにも食べさせたいから持ち帰り用に包んでほしい、といいたいのをこらえるのが精一杯だ。

「このレシピはぜひとも教えてもらわなきゃ」

「もうレシピ集に加えたよ」バッキーはにっこりし、わたしはこの場がいつにない雰囲気なのを感じはじめた。「これを献立に……」声が消え、笑顔も消えた。「ファースト・レディのつぎの試食用献立に使えたらいいな、と思ったんだけどね」

わたしはバッキーの手を叩いた。彼はびくっとしたけど、手は引っこめなかった。

「ほら、そのためにも、厨房にもどれるようがんばらなきゃ。ミンクスの食事資料を見ても、何があれほどの結果を招いたのか、見当もつかないわ」

バッキーはキッチンの片づけを始め、わたしはあらためてここが汚れひとつないことに感心した。ホワイトハウスの厨房は、公式晩餐会など大イベントの準備をしているあいだ、どうしても多少は取り散らかってしまう。臨時のアシスタントもいるし、調理しながら片づけもするけど——そうしないとどうしようもないから——自宅ではそこまでこだわらない。だけどバッキーは違うらしい。

「ミンクスの」と、わたしはいった。「食事以外の資料にも目を通したけど、わたしたちは内容を消化しきれていないのかも」

バッキーは顔半分だけふりむいた。「どういう意味だい？」

「たとえばここ」資料の一部を指さす。「ミンクスがいまの役職についたのは前政権のときでしょう？　そしてテロと闘って名を馳せた。だけど対中国の防諜担当でもあったのよ」

「だから？」

「だから、少し違和感がない？　不思議な組み合わせに思えるんだけど」

バッキーは興味がなさそうで、キッシュの残りを保存する準備をしながらいった。

「誰が彼を指名したんだ？」

「わからないわ。アクセスできない情報はたっぷりあるでしょうから。わたしたちが渡されるのは公開情報だけよ。その気になったら、誰でもネットで簡単に見つけられそうなものばかりだわ」

「ふうん」バッキーはせわしなくキッチンで動きまわり、わたしは資料を読んでいく。

「フィル・クーパーねえ……」わたしはぶつぶついった。

「ミンクスの直属の部下だろう？　安全保障局の？」

わたしはまた資料を指さしたけど、バッキーは片づけに忙しい。

「ええ。クーパーはミンクスの下で二年くらい仕事をしているわ。ここには、ミンクスのスタッフのひとり、くらいのことしか書いてないけど」

「後釜におさまりたくて、クーパーがミンクスを殺したとでも思ってるのか？」バッキーは顔をしかめた。「そこまでするやつはいないよ。少なくとも、現実の世界では」

バッキーはトムとほとんど同じことをいった。

「だったら中国は？　北京で暗殺事件があったでしょう？　新聞でもずいぶん報道されたわ」

ステンレス製の大型ツードア冷蔵庫を磨く手を止め、バッキーは首をかしげた。

「それはミンクスが死んだ翌日じゃないか？」

「関係あると思う？」

「たとえば……中国の役人がミンクスの料理にこっそり毒を盛ったとか？　まあね。あるかもな」

「こういう仮説はどう？　アメリカ政府中枢部に中国のスパイがいるという噂があるでしょ？　ミンクスは母国の秘密を売っているスパイの正体を突き止め、中国の工作員が夕食まえに、何かを仕掛けた」

「工作員ね」バッキーは鼻を鳴らした。「きみもよく考えるな。映画に登場する、世界規模の陰謀を暴く役人みたいだ」

そういわれると、たしかにばかげて聞こえる。荒唐無稽な空想で騒ぎたてているようで、自分が間抜けに思えた。根拠もなしにフィル・クーパーのような人物を疑うなんて――。わたしは資料のコピーの上に両手を重ねた。

「バッキーのいうとおりね」すなおに認める。

キッシュをしまってから手を拭き、バッキーは首をすくめた。

「誰かがディナーのまえに何かミンクスに仕掛けたのなら、ぼくらは辛抱強く待つしかないな。彼の死因を突き止める検死官に頼るしかない。まったく、いつになったらわかるのかなあ。もちろん、彼があんなかたちで亡くなったことには胸が痛むよ。だけどいまは、どうしてこんなことになったのかを知りたい。ミンクスの命を奪ったのは何なのか、あるいは誰なのか、それを一日でも早くはっきりさせてほしいよ。それがわかるまで、ぼくらが何をいおうと何をしようと、殺人キッチンと呼ばれても反論できない」

殺人キッチン――。ああ、神さま。

キッシュひと切れでお腹は満たされ、わたしはスージーとスティーヴが〈シズルマスターズ〉として出演する料理ショーの撮影スタジオへ向かった。ふたりがごちそうしてくれる料理が軽いものだといいな、と思う。それに彼らの家を張りこんでいた記者たちが、追いかけるのをあきらめてくれていたらいいのだけど――。きょうはいろんなことがありすぎて、記者たちの相手などしていられない。

ふたりの道順指示は申し分なく、約束の時間の五分まえにスタジオに到着。外見は典型的な産業ビルなのに、いったんなかに入ると、ふつうの家に遊びにきたように感じた。

「オリー、迷わずに来られてよかったわ」スージーはわたしを両手で軽く抱いた。彼女にこれをされるといつも、大好きなおばさんに抱きしめられた気分になる。彼女はふくよかでやわらかく、コロンの香りはホワイトリネンだ。

「どんな感じ?」わたしは彼女に訊いた。「記者から解放された?」

スージーは〝対人距離〟の感覚がわからないタイプだった。わたしの手をしっかり握り、居心地のよいリビング・ルームを思わせる待機区域を歩いていく。赤い壁でやわらかな光を放つランプがふたつ、宝石のように見えた。

「力になってくれて感謝してるわ」スージーは鼻が触れんばかりに顔を近づけてきた。「スティーヴは爆発寸前だったから」

「何が爆発するんだ?」ぶ厚い壁の向こうからスティーヴの声がした。横の扉は開いていて、その向こうが撮影スペースらしい。そこに入って一段高くなったところへ進むと、まぶしい光に襲われて顔をそむけた。

ここの照明は独特だった。ステージ部分が異様に明るく、観覧席はずいぶん暗い。ステージがよく見えるよう、観覧席は階段状で、左右ふたつに分かれ、それぞれ六列、一列に十二席ずつ。テレビで見るより、ずいぶん狭い印象だった。

「外の照明は消したから、わたしたちが中にいるのは気づかれないわ」スージーはわたしが訊きもしないのにそういうと、手をぎゅっと握りしめた。「来てくれて、ほんとにうれしい」

彼女の声には不思議な響きがあった。安堵ではない。同じ境遇にいる者同士の、わかりあっているという感覚でもない。

「ほかに何か問題でもあるの? わたしも知っておいたほうがいいこと?」

スージーとスティーヴは顔を見合わせ、スージーがわたしの手を放していった。

「たとえばどんな?」

わたしは大げさに首をすくめてみせた。

「べつに。なんとなくよ。あなたたちがもう、いやな思いをしていなければいいわ」

「ええ、していないわよ」スージーはわたしのそばを離れ、コンロの上のポットを取りに行った。そしてこちらに背を向けたまま話しつづける。「ここに来てからは、すべて平穏よ」

「じゃあ、撮影も順調にいったのね？」

「ええ」

スティーヴもうなずいた。彼は何台ものカメラが向けられた、中央の調理カウンターの前にいる。また、テレビ視聴者が調理のようすを見られるよう、頭上からも大きなカメラが一台、カウンターに向けられていた。いま、その上には山盛りの焼き野菜——ピーマン、タマネギ、ズッキーニ、キノコなどがある。いったい、何人分の食事？

スージーとスティーヴはそれぞれの持ち場で互いに背を向け、作業を始めた。背筋をのばし、緊張したムードが伝わってくる。部屋全体の空気までぴりぴりと張り詰めているように感じた。

「それで、どうしてここなの？」わたしは訊いてみた。

「え？」スティーヴは顔を上げたけど、目はどこを見ているかわからない。

「ここって、このスタジオのこと？」スージーが肩越しにいう。「ああ、それならね、オリーもスタジオを見てみたいんじゃないかと思ったからよ」

「ちょっと、ふたりとも」背中に向かっていった。「なんだかいやなにおいを感じるんだけど。といっても、焼いたポルタベッラの香りじゃないわよ」

「ともかく食べましょうよ」スージーがいった。「ビジネスの話はそのあとで」

「ビジネス？」

「スージー……」スティーヴがようやく彼女のほうに顔を向けた。「ビジネスの話なんかじゃないだろ？」

ふたりともいったいどうしたの？

スージーがふりむいた。笑っていたけど、白い歯を見せすぎている。

「わたしたち、決めたのよ」

「そうなんだ」スージーとうりふたつの笑顔でスティーヴがいった。「ぼくたちはおいしいディナーを食べ、それからオリーにDVDのコピーを渡そうって決めた」

わたしはびっくりした。「コピーを持ってるの？」

「もちろんさ」と、スティーヴ。「ぼくらは共同プロデューサーだから」

テレビ業界にうといわたしには意味不明だけど、べつにそんなことはどうでもいい。

「どこにあるの？　いま見られる？」

スティーヴは肩越しににやりと笑い、いやにのんきな調子でいった。

「オリーに見てもらおうと思ったからこそ、夕食に招待したんだよ。だけどまずは食事だ」

三人でテーブルに向かう。

「DVDを見られるなんてうれしいわ」わたしはセサミ・ロールの籠を運んだ。焼き立てで、手のひらまで温かくなる。「総務部長にDVDを手に入れてほしいって頼んだんだけど、曖昧な返事しかもらえなくて」

ふたりはまた、顔を見合わせた。

ダイニング・スペースは背の高い衝立《ついたて》で仕切られた向こう側で、まったく別室のようにつくられていた。ここにも撮影用のカメラがセットされ、手づくりの小物まで飾られて、アメリカの中流家庭のダイニングといった雰囲気だ。

スージーはわたしに腕を振って椅子を勧め、奇妙な表情を浮かべて訊いた。

「どうしてホワイトハウスにＤＶＤが必要なの？」

スティーヴはリブアイ・ステーキをわたしのお皿にのせた。

「焼き方はミディアム・レアだけど、それでよかったかな？」

「ええ、もちろん」そういってから、スージーに答える。「ＤＶＤを見れば、厨房のスタッフがミンクスの料理におかしなものを加えていないことが証明できるんじゃないかと思って。撮影班は最後まで厨房にいてカメラを回していたでしょう？」

彼女はうなずいたけど、視線をおとしてじっと手もとのステーキを見つめている。その顔は、なぜかいまにも泣きだしそうだった。

「どうしたの？」

スージーはかぶりを振った。「スープを先に出すべきだったわね」

「野菜を焼かせたら、ぼくは北米でナンバー・ワンだよ」スティーヴは身をのりだし、わたしのお皿に野菜をのせはじめた。「量がちょうどいいところで、ストップといってくれ」

わたしはスージーから目を離さなかった。沈みこんだ顔つきは、スープを出し忘れたこととは関係ない。その点は断言できた。

腕をのばし、彼女の手に触れる。「スージー？」

立ちのぼる香りにぼんやり気づいたとき、スティーヴの声がした。「まだほしいかい？」

自分のお皿に目をやり、野菜が山盛りになっているのに驚いた。

「あ、もういいわよ！」あわてて両手を上げる。お腹のなかでキッシュが鳴いた。「こんなには食べきれないわ」

「大丈夫、食べられるよ！」過剰なまでに元気よく、スティーヴはいった。「これは北米一の焼き野菜だからね！」

スージーからもスティーヴからも目を離さないよう、わたしは左に右に顔を向けた。

「いったい、ふたりともどうしたの？」

スージーは鼻をすすった。

スティーヴは椅子に腰をおろし、「さあ、食べようよ」といったけど、その口調は〝ほら、食べろ〟だった。

わたしはもやもやした気分のまま、ステーキを小さく切った。スティーヴのミディアム・レアの焼き加減は完璧といっていい。ひと切れ口に入れ、やわらかさをゆっくりと味わう。

「すばらしいわ」

「野菜も忘れないでくれよ」

この山盛りで、忘れろというほうが無理だ。では、ピーマンをいただこうか。マリネ液でつやつやした表面には十字に焼き目がつき、トッピングはたぶん刻んだニンニクだろう。ひと口かじっただけで、唇が熱くひりひりした。

そして嚙みかけ——全身が凍りつく。

お皿に吐き出さないようにするので精一杯だった。マニキュアの除光液のような味がしたのだ。というか、除光液はこんな味だろうと思える味だ。わたしは目をむいた。どうすればこれを口のなかから取り除けるか？　スティーヴがわたしをじっと見ている。自分のつくったものが賞賛されるのを待ちながら。

「んん」膝の上のナプキンをつかむ。まいったな。これは布だ。紙ナプキンがほしいのに。

「どうだい、オリー？」スティーヴが目を輝かせて訊いた。「これまで経験したことのない味だろ？」

わたしは立ち上がった。

そしていきなり、ある考えが浮かんだ。まさか、スージーとスティーヴがミンクスに毒を盛ったわけじゃないわよね？　そして今度は、わたしを狙ったとか？　わたしは駆け出してトイレに飛びこむと、ごみ箱を顔まで持ち上げてピーマンを吐き出した。

頭がぼうっとしているのは、急に立ち上がって走ったから？　それともミンクスのように、わたしももうすぐ死ぬの？　洗面台の縁をつかみ、鏡に見入る。電気が消えているから、よく見えなかった。唇がぴりぴりした。舌の感覚がない。

ミンクスみたいに。

ここから逃げないと。

「オリー、どうしたの？」スージーがトイレまで追いかけてきた。出口をふさいでいる。

沈みこんでいたスージーの顔は、いまや血の気がない。彼女の後ろに立つスティーヴは、
恐ろしい目つき。どうして？　計画が失敗したから？

「気分が悪いの」舌がしびれてうまくしゃべれなかった。「帰ったほうがいいみたい」

スティーヴは首を振る。「だったら、ぼくが車で送ろう」

「ひとりで平気よ」声がうわずった。「車で来たから。運転できるわ」

今度はスージーが首を振る。「ひとりじゃ心配だわ。誰かに来てもらう？　わたしがいっしょに乗って、スティーヴに後ろをついてきてもらってもいいし」

彼女は手をのばし、わたしの額に触れた。「熱はないわね」

もちろん。

「さあ――」彼女はわたしの腕をとった。「しばらくすわったほうがいいわ」

わたしは腕を引き抜いた。「帰らなきゃ」

「ＤＶＤはどうするの？　あんなに見たがってたのに」

命と引き換えにしてまで見ようとは思わない。

彼女は引き下がらなかった。「テーブルにもどりましょうよ。ＤＶＤを取ってくるから。それからあなたを無事に家まで届ける方法を考えるわ」

ドアに向かう途中で、心臓がばくばくどきどきした。ピーマンをひと口かじっただけで、

こんなに心拍数が上がるもの？　心不全とか？

いつでも走れる体勢をとり、スージーとスティーヴに目をやった。まじまじとふたりを見る。数年来の友人だった。なのにどうして疑ったりする？

なぜなら、ふたりのようすがおかしかったから。それが理由。

「バッグが――」急いでテーブルにもどった。スージーとスティーヴのお皿に目をやると、どちらも野菜は手つかずだ。

胃がむかつき、手で口をおおった。

スージーはわたしをむりやり椅子にすわらせ、バッグをつかんだけど、渡してはくれない。

スティーヴは、DVDを取ってくるから待つようにといった。

ナイフも持ってきたりしないわよね？

「母と祖母には、今夜、あなたたちと食事をすることを話したわ」

スージーは気もそぞろだ。「迎えに来てもらえるの？」

「それは無理。車がないから」わたしはバッグを取ろうと手をのばした。

スージーはあとずさる。「ちゃんと運転できないかもしれないでしょ」額に皺が寄り、心配げな顔つき。「食べはじめるまでは、なんでもなさそうだったのに」

「ううん……ずっと、調子が悪かったの」

野菜の大皿は、スージーのお皿の真正面にある。彼女はそのふたつに目をやり、それからわたしに視線をもどしていった。

「残念だわ。スティーヴは野菜の新作をあなたに食べてもらうのを楽しみにしていたのよ」

たぶん、そうなんでしょう。

スージーはもう一度野菜に目をやり、腕をのばしてポルタベッラをひとつつまんだ。わたしに食べさせようとしたら、すぐに逃げなくちゃ。

すると、彼女は口をあけ、ぱくりとそれを食べた。

「何これ！」スージーはほっぺたをふくらませてきょろきょろしたけど、わたしのように走り出したりはしない。その代わり、テーブルの布のナプキンをつかみ、そこにポルタベッラを吐き出した。

「何これ」もう一度いう。「ひどいわ」

「持ってきたよ！」奥からスティーヴが現われた。ナイフは持っていない。銃もなし。宝石箱に入ったＤＶＤを頭上に掲げ、得意げに振ってみせた。

「スティーヴ……」スージーは野菜の大皿を指さした。「この野菜、どうしたの？」

彼はスージーを見て、つぎにわたしを、それから大皿を見て、またスージーを見た。

「野菜がどうしたって？」

「ひどい味だわ。何をやったの？　最悪中の最悪よ。まるで毒が入ってるみたい」

自分が何をいったかに気づき、スージーはあわてて口を手でおおった。

「舌がしびれるの」

スティーヴの顔から笑みが消えた。そして怒りと不満をあらわにして大皿のピーマンを手でつかみ、口に放りこむ。だけど噛みはじめたとたん、ぐっと息を詰まらせた。

彼はピーマンを吐き出した。

「なんだよ、これ？」

「三人とも」と、わたし。「病院に行ったほうがいいかしら？」

スティーヴはナプキンで舌をごしごしこすり（これを見るだけで、誰でも食欲をなくすだろう）、首を横に振った。

「考えられないよ……」

彼はＤＶＤをテーブルに放り投げると、衝立の向こうのキッチン・カウンターに向かった。わたしとスージーがあとを追う。

彼はオリーブオイルの瓶を手に取り、においをかいだ。

「問題なさそうだな」つぎに冷蔵庫からプラスチックのボウルを引っぱり出して蓋をはずし、なかをのぞきこむ。指を突っこんでからその指を舐め、顔をゆがめた。「なんてこった」

「どうしたの？」と、スージー。

頭上のライトは相変わらず煌々《こうこう》とステージを照らし、スージーとスティーヴは舞台に立つ役者のように見えた。悪い知らせをたったいま受け取った場面だ。

額に汗をにじませ、スティーヴはかぶりを振った。

「これはニンニクじゃない。トッピングはトマトとニンニクのはずなのに」

わたしとスージーは無言で顔を見合わせた。スティーヴは困惑しきっている。

「どうして気づかなかったんだろう？」彼は刻まれた白いものに触れた。

心臓がまたばくばくしはじめた。

「それが何なのか確認しないと」スタジオのなかで、わたしの声だけが響く。スージーとスティーヴは茫然とボウルを見つめるだけだ。「中毒事故管理センターに連絡したほうがいいわ」

「ニンニクのにおいさえしない」険しい顔つきのまま、スティーヴがいった。

「ええ」と、わたし。「ニンニクじゃないわ。それが何なのか、はっきりさせなきゃ」

「なんでこんな間違いをしたんだろう？」

過去よりも現実を見なくてはいけない。わたしはスージーに訊いた。

「在庫品リストはある？　注文リストは？　撮影のときはアシスタントが何人もいるんでしょう？」

彼女はスティーヴから目を離さずにうなずいた。

「アシスタントのひとりが間違えたのかもしれないわ。ニンニクでなくても、料理の食材だとは思うから」

わたしがいうと、スージーはもう一度うなずいた。

「リストを見せてもらえる？」

コンピュータの電源は入っていて、在庫品リストと、この先数日の収録で予定されている献立をチェックできた。

「これは何？　番組でデザートはつくらないんじゃないの？」わたしは〝柿とレモンのクッキー〟を指さした。

スージーはわたしの背後から画面を見て答えた。「もっと範囲を広げたら面白いかと思って、手始めにデザートを考えたの。今度の一時間番組で、スープからサラダ、デザートまでつくるから。柿とレモンのクッキーはその試作品なの」

少しずつ頭のなかの霧が晴れてきた。「これには潰した柿の実を使うのね？　それはどこにあるかしら？」

彼女はキッチンをさがしまわり、ふと指を一本立てると、奥に消えていった。

「ああ、そういうことか」こちらを見ていたスティーヴがいった。「オリーはこれが、柿だと思ってるんだな？」

「熟していない青柿ね」わたしは正確にいった。「アシスタントが柿とニンニクの区別もつかないとは思えないけど、ともかく青柿だと考えると納得がいくわ。あの苦味も、舌がしびれたこともね」

スージーがもどってきた。「柿を受け取った記録はあるのに、実物は見当たらないわ」

「こんなに恥ずかしいことはないよ、オリー」スティーヴがいった。

「でも、三人とも問題なしとわかったじゃない」ボウルのなかの柿は、とんでもなく渋いだろう。あれほどひどい味で、なおかつ中毒症状を起こさないものは、ほかに考えられなかった。含まれるタンニンのせいで、渋みが極端に強いのだ。

カウンターの横にスツールがあり、スティーヴはそこに腰をおろした。

「とんでもないよ。これが観客の目の前で起こっていたら、どうなったと思う？」

あの程度の量だったら、人体に大きな影響はない。胃のなかで消化されずに残り、それが大量なら食道や腸に詰まる可能性もなくはないだろうけど、そこまで食べつづけるなんてどだい無理な話だ。

いやな味を追い出したくて、「何か飲ませてもらえる？」と頼む。

「ええ、もちろん」スージーは小走りで冷蔵庫へ行った。「わたしも何か飲むわ」ふりかえって舌を出す。「たまらないわね」

「ほんとうに申し訳ない」スティーヴがこれをいうのは五回め？「どうしてかなあ……。アシスタントはみんな、ぼくがニンニクをあのボウルに入れるのを知っているんだ。ニンニク用に、いつも同じボウルを使っているから」顔がゆがむ。「それで今回は、トマトとニンニクを合わせることにしたんだが、アシスタントはどうして、ボウルを間違えるなんて基本的なミスをおかしたんだろう？　それにどうしてぼくも、気づかなかったのか……」

「深刻な被害はなかったから、よかったとしましょう」安心したせいで口が軽くなる。「じつはさっきね、ついつい――」

そこで思いとどまった。毒を飲んだかもしれない、何かあったら逃げ出そうと思ったなんて、ふたりにいってもいいの？　ミンクスの死に関して、ふたりを疑ったことがわかってしまうのではない？

「オリー！」スージーが目をまんまるにしていった。「あなたまさか、わたしたちが何かおかしなことをたくらんで――」

「違う、違う」わたしは嘘をついた。

「全部、ぼくのせいだ」スティーヴはカウンターに肘をつき、頭を抱えこんだ。「ほかのことに気をとられて、こんなミスをおかしてしまった。ミスがこれだけだといいんだが……」

わたしとスージーは黙って彼を見つめた。

「あれが頭から離れないんだよ」

「あれって？」

「ぼくもスージーも、ミンクスの死とは無関係だ」目を上げて彼はいった。「誓っていうよ、ぼくは何もしていない。スージーもね」

「わたしだってそんなことは――」

スージーがわたしの腕に手を置いた。

「わかってる。だけどシークレット・サービスの考えはたぶん違うわ」

「どうして？」

「違うよ、スージー。最初にぼくらを追うのはＮＳＡだ」彼はまた頭を抱えた。「そしてＮＳＡが最後でもない」

13

ふたりの表情から、怯えきっているのがわかる。

「なんの話をしているの？」

この五分のあいだに、スティーヴは十歳も老けてしまったようだ。

「食事はどうする？」彼は微笑にはほど遠い微笑を浮かべた。「野菜を食べろとはいわないよ」

彼なりに場の雰囲気を変えたくていったのだろう。わたしも何かほっとすることをいわなくてはと思った。

「あのね、じつはそれほどお腹はすいていないの。でも、あんなにおいしいステーキには後ろ髪を引かれるから、家に持って帰ってもいい？」

ふたりの顔がいくらか明るくなった。プロの料理人は、食べものを無駄にすることを嫌う。こんなふうに頼むことで、ステーキがほんとうにおいしく、わたしがふたりを信じていることをわかってもらえただろう。

「もちろんよ！」スージーがいった。「このお茶をついだらすぐ、包むわね」

アイスティーは甘く、柿の渋みを消すためにも口いっぱいに含む。テーブルはあっという間に片づけられ、スージーは新しいテーブルクロスをかけた。中央には、あのＤＶＤ。わたしが何よりほしいのは答えだった。ＤＶＤがそれを与えてくれるかもしれない。だけどスージーとスティーヴが、それ以上の何かをもっているような気もした。

「どうしてＮＳＡに追われると思うの？」

スージーとスティーヴは顔を見合わせた。

「ねえ、教えてちょうだい」

スージーは首筋に指をはわせながら訊いた。「いまでもトムとつきあってるの？」

思いがけない質問に、わたしはすぐには答えられなかった。

「どうしてそんなことを訊くかというと、彼には絶対話さないって約束してほしいからなの」

頭のなかで警報が鳴った。「それは約束できないわ」

ふたりはまた顔を見合わせた。

「たぶんシークレット・サービスは、とっくに知ってるわよね？」スージーがスティーヴにいった。

「もし、まだ知らなかったら？　もし、ファイルがなくなっていたら？　ミンクス関連の古い資料は放置状態かもしれない。その場合、ぼくらはパンドラの箱を開けることになるんだ」

ふたりの会話を聞きながら、好奇心を抑えられなくなった。

一語一語ゆっくりと、わたしはもう一度訊いた。

「いったい、何がどうなっているの？」スティーヴをじっと見る。もう、遠回しにいうのはよそう。「アシスタントの間違いに気づかないなんて、よほど心に重いものを抱えているからでしょ？」

「じつは、ずっと昔——」スティーヴは潤んだような目でまばたきした。「大学時代、カール・ミンクスとぼくは友人だったんだ。一、二年のときにルームメイトでね。彼は政治学を専攻していた。ぼくは、なんていうか」弱々しい笑み。「なかなか専攻を決められずにいた」

ミンクスとスティーヴが知り合いだったなんて、想像すらしていなかった。

「どうしてあの日、厨房で教えてくれなかったの？　スティーヴも招待客リストを持っていたでしょう？　ひと言いってくれたらよかったのに」

「それは……」スティーヴは言葉を絞り出した。「かならずしも、いい関係じゃなかったからだ」

スージーは夫を励ますような目で見つめている。彼女はこの話を以前に聞いたことがあるのだろう。

「それで？」わたしは促した。

「女子学生がひとりいて……」

そうか、それならよくある話かもしれない。

「彼女を奪いあったの？」

スティーヴは首を横に振った。「それならまだよかったんだけどね。そうじゃないんだ」

わたしは待った。

「とてもいい子だった。メアリーという名前でね。全額給付の奨学金を受けていて、勉強熱心で、成績はいつもクラスでトップだった。彼女にとっては、学生生活がすべてだったんだ。ぼくたちのひとつ上の階に住んでいた」

スージーを見ると、つらい話を聞く心構えだろうか、まぶたをほとんど閉じていた。

スティーヴは大きく息を吸いこんだ。「メアリーは学生自治会に積極的にかかわっていて、男子の友愛クラブの名誉会長でもあった」

「活動的な人だったのね」

スティーヴの唇がゆがんだ。「いい友人だったよ」

「だった？」

「アイスティー、もっと飲む？」スージーが訊いた。

このタイミングでそんなことを訊くなんて——と思ったけど、スティーヴが気持ちをおちつけるには間をとったほうがいいだろう。わたしは残りのお茶を飲みほした。

「ありがとう、いただくわ」

全員がまたテーブルにつくと、スティーヴはぐっと胸を張った。

「三年生になるころ、メアリーはキャンパスの中心的存在だった。彼女にはそうなるだけの力があった。みんなそれがわかっていたから、彼女をサポートしたよ。やるべきことがたくさんあって忙しくても、誰かが頼ってくれれば時間を割くような人だった。ちょっと手を貸してほしい、勉強をみてほしい、アドバイスがほしい――どんなことでもね。彼女といっしょにいると、自分は彼女の人生でいちばん重要な人間だと感じるんだ。みんな彼女が好きだった」

わたしはおちつかない気分になりはじめた。「それで、カール・ミンクスは？」

スティーヴは小さな声でののしった。「カールは飲んだくれの怠け者だった。大学一年のときは、ぼくもカールも時間の大半を無駄遣いしたよ。二年になるころ、ぼくはパーティ漬けの生活に飽き飽きしてきてね。潮時といえばいいかな。わかるだろう？」

彼はわたしを見て、わたしはうなずいた。

「カールの父親はかつて、ゼータ・エータ・シータの会長だった。メアリーは、ここの名誉会長になったんだよ。だからカールは嫉妬した。だけどそれには成績を上げなくてはいけない」おもしろくもなさそうに笑う。「入会資格さえないのに、ましてや会長になんかなれっこないよな。だけど彼はあきらめなかった」

例の日曜の夕食会とは関係なさそうに思えたけど、黙ってスティーヴの話を聞きつづける。

「結局、カールの親父が裏から手を回して、彼はゼータ・エータ・シータに入会した。あいつはぼくに、電話でさんざん自慢したよ。自力で成し遂げたみたいにね」顔をしかめる。

「メアリーには、どうすることもできなかった」

「彼とメアリーの仲は？」

「よくなかった。カールを入会させることに、彼女はすごく腹をたてたよ。組織の品位にかかわることだと、真っ向から反対した。といっても、ミンクスがいったん会員になると、事を荒立てることはしなかった。そういう子なんだ、メアリーは。信念のために力を尽くして闘いはしても、その闘いが終われば広い心で受け入れる」

彼は目を細め、それから咳払いをして話をつづけた。「カールは入会しただけでは満足しなかった。会長になりたがったんだよ、父親のように。彼には財力があった。しかしメアリーには頭脳と気概があった。彼女はプレッシャーにさらされても、品位を失わない人間のお手本だ。カールはメアリーの邪魔をしつづけたが、彼女はあらゆる面であいつよりすぐれていた。そしてカールは、限界を超えた」

「たかが組織の会長のことで？」

スティーヴは両手でグラスをはさんで回した。「そこは理解しないと。当時はとても大きなことだったんだよ。ゼータの会長になれたら、大学卒業後は確実に、出世の道を歩くことができる。ビジネスの世界にいる〝兄貴たち〟のおかげでね。メアリーにも輝かしい未来が待っていたんだ」

「でも？」

「カール・ミンクスはぼくに、いつも最新情報を教えてくれた。あとになって思えば、大量の情報でぼくの目をくらましたかったんだと思う。彼はゼータの会長になるのはあきらめて、メアリーに和解を申し出るといった。今後はもう強引なことはしないから、最後にコーヒーでも飲もうと彼女を誘い、彼女は承諾した」

わたしは黙って続きを待った。

「そしてその夜、彼女は姿を消した」

わたしはびっくりして、咳きこんだ。「姿を消した？」

「以来、誰も二度と彼女の姿を見なかったんだ」

「だけど……」

彼は片手を上げた。「カールがいうには、あるコーヒーショップで何時間もメアリーを待ったそうだ。そこにはほかに大勢の客が――大勢の目撃者がいた。店員も、カールがその夜、コーヒーを飲み終わっても店を出ていかないのを不思議に思ったといっていた」

わたしはかぶりを振った。それでは納得がいかないだろう。

「つまり、あなたがいいたいのは――」

「カール・ミンクスは、メアリーの突然の失踪にかかわっていると思う」

「彼女は亡くなったわけじゃないでしょう？」

彼はしばらく目を閉じた。「何日かして、彼女から連絡があった。実家に帰った、とね。個人的な理由で大学はやめた、だから二度と連絡してほしくない、と。しかしね、ここまで話せばオリーにもわかるだろう、彼女がそんな決断をするはずがないんだよ。学校生活は彼女のすべてだった。闘いもせずにあきらめるような人間ではなかった。あの日の夜、何かがあったんだ。ぼくにはわかる。だが、わかっていることと証明することとはまったくべつだ」彼の目が涙で潤んだ。「彼女のことを脱落者よばわりする者まであらわれてね」罵言をつぶやく。「メアリーの成績はずっと上位で、授業料も寮費もすべて奨学金でまかなえていたんだ。大学をやめる道理がない。それから、いろんな噂が飛びかいはじめた。ギャングにレイプされたとか、神経衰弱になったとか」目をしばたたかせ、ごくりと唾をのむ。「結局、真相は不明のままだが、カール・ミンクスが黒幕なのを、ぼくは知っている」

この話だけでは何も断定できないから、わたしは慰めになる言葉もいえなかった。だけどスティーヴの疑いが当たっているとしたら、カール・ミンクスがNSAにふさわしい人物だったとは思えない。

「なんといえばいいのかわからないわ」これがミンクスの死の調査にどうかかわるのかもわからなかった。

「じつはね、オリー」スティーヴの声は震えていた。「ぼくはそれを本人に突きつけたんだ。カールを追いかけて、おまえがメアリーに何かしたのはわかってるぞってね」

「そうしたら彼は？」

「なんていったと思う？　メアリーに惚れるなんて、おまえは馬鹿だ、キャンパスのヒロインが突然いなくなった事実を受けとめられないだけだ――。それにこんなことまでいったよ。彼女は一週間まえ、ある男と出会い、そいつと駆け落ちすると周囲に話していた、そいつはバイク乗りらしいってね。まあ、そういうことだ」ゆがんだほほえみ。「しかし大学は、彼の言葉を信じた」

「彼女のご家族は？」

「電話したよ、一度だけ。一カ月くらい後にね」大きく息を吸い、つらい話が始まるのがわかった。「メアリーは自殺したらしい。聡明ですばらしい女性は、自分で自分の命を絶ったんだ。信じられなかったよ。彼女のお父さんは怒り、もう二度と電話してくるなといわれた」首をすくめる。「ぼくに何ができただろう？　まだ若い、一介の学生だ。大学も話を聞いてくれなかったよ。それに大学は、メアリーの退学に疑問をもったところで、ぼくには何も話さないだろう。すべてカール・ミンクスの仕業だよ。あるとき彼をつかまえて、真相を暴くまでこの件を追いかける、といってやった」

「そうしたら？」

　スティーヴの目は真っ赤だった。「何も。ただ、あいつは――学校ではできそこないでも、世のなかを生き抜く術には長けていたんだろう。自分への疑いは徹底して潰していった。それからしばらくして、ぼくにできることは何もなくなった。あきらめたよ。そのうち料理に出合ってね、これを自分の道にしようと懸命に学んだ。メアリーを忘れたことはないが、無理に真相を追うのはやめた」

　わたしは彼の手を叩いた。

「きみにはわからないよ」手を引っこめる。「卒業すると、大きな仕事を任された」わたしの目を見てゆっくりという。「とても、大きな仕事だった」

「よかったじゃない」

「いいや、よくはない。カールの父親のつてで得た仕事なんだから。何もかも取り計らってくれたよ。必要なものを全部そろえてくれた」首を横に振る。「ぼくは買収されたんだ」

スージーはいまにも泣きだしそうだった。「ただの偶然よ」

スティーヴはげんこつでテーブルを叩いた。「いいや、偶然なんかじゃない」

わたしはどうしたらいいかわからず、椅子の背にもたれた。

スティーヴは目もとを拭う。「ぼくは答えをさがすのをやめたんだ。ぼくは敗者なんだよ」

「スティーヴ……」

「まだ先があるのよ」スージーがいった。

わたしは彼女を見てからスティーヴに視線をもどし、彼は話を再開した。

「それからしばらくは、平穏な日々がつづいた。仕事に励み、階段をひとつずつのぼっていった。カールのほうはどんどん出世して、NSAの高官になって――」わたしに向かって人差し指を振る。「彼の動向はチェックしていたんだよ。何かあったときのためにね。あいつはぼくのことなんか忘れていたはずだ。そのうち、ぼくとスージーはテレビに出るようになった。そしてある日、ぼくたちはスターになった」にっこり笑う。「もちろん、ちっぽけな星だけどね。それでも顔はよく知られるようになった」

わたしはうなずいた。

「するとある日、なんの前触れもなく、カール・ミンクスが電話をしてきた。一カ月くらいまえだったと思う。たしかそうだよな？」

　スージーは唇を噛んでうなずいた。

「あいつは昔を懐かしむように話しはじめたが、すぐに、親父がおまえにしてやったことは忘れていないだろうな、とあざ笑った。メアリーが大学をやめたことや自殺したことに自分はなんの関係もないが、おまえはそれを信じなかった、それをずっと恨みに思っていた、ともいった。そして、ようやく立場が逆転したな、と」

「え？　どういうこと？」

「いま自分はＮＳＡの調査責任者だ、おまえがテロに関係したかどうか、経歴を徹底的に洗ってやる、といったんだ」

　わたしは呆然とした。言葉が出てこない。

　スージーがあとをつづけた。「ホワイトハウスでの撮影スケジュールが決まるまで、当日の夕食会のゲストについては何も知らなかったの。もし知っていたら、べつの日に変更してもらったわ」

「ぼくはどんなテロ活動にもかかわったことはない」と、スティーヴ。「しかし父がセールスマンで、中東のあちこちに出かけているんだ。カールはそこに興味をもったんだろう。ぼくが首を吊られるところを見てやる、とまでいったよ」

「ほんとうに、そういったのよ」と、スージー。

　スティーヴは彼女を見つめた。「たとえテロ活動でぼくを告発できなくても――できるわけがないと思うんだが――あいつならぼくのキャリアを潰せただろう」そしてわたしをふりむく。「あいつの最終目的はそれなんだよ。ぼくが破滅するのを見ることだ」

「ひどい話だわ」

「だからね」スージーがいった。「NSAに監視されているかもしれないと思うの。カール・ミンクスは死んで、わたしたちには動機があるから」

スティーヴはテーブルを見つめてつぶやく。「クズがいなくなって清々してるよ」

「スティーヴったら……」わたし自身はまだ、話を理解しきれていなかった。

「きみのボーイフレンドには話さないでいてくれるかな？　カールが、はったりをいった可能性もあるから。口先だけで、何も調べちゃいなかったかもしれない。ぼくをびくつかせて、ほくそえんでいただけってこともある。あいつはそういうのが得意だったから」

「なんていったらいいのか……」

「お願いよ、聞いたことは胸にしまっておいてちょうだい」スージーがいった。「とりあえず、しばらくは。報道だと、まだ死因ははっきりしていないようだから、食べたものが原因でないと断定されたら――」DVDのケースを叩く。「これを見て、わたしたちが毒を盛ったりしていないとわかれば十分なの。古い話を持ち出したところで、誰の、何の得にもならないじゃない？」

唇を舐めると、舌の感覚がもどっていた。

麻痺が残っているのは、頭のなかだけらしい。

14

　帰宅する途中でバッキーに電話をして、ＤＶＤのコピーをもらったことを伝えた。そしてあした、いっしょに見る約束をする。だったらシアンにも来てもらおうと彼はいった。話している最中にトムから着信があったので、バッキーとの電話が終わってからすぐ折り返す。

「もしもし、トム？　いまようやく帰るところ。何時に来られそう？」

「いや、予定が変わったらしいんだ」

「うちに来ないの？」

「ああ」

「だけど、クレイグはわたしに見せたいものがあるんでしょ？　それはどうするの？」

「彼の気が変わってね」

「あなただけでも来ない？」

　すぐに返事はなかった。

「いいわ、気にしないで。お誘いは撤回よ」

「いっしょのところをあまり見られないほうがいいと思うんだ、今回の調査が終わるまでは」

「ええ、まえにもそういってたものね」わたしのアパートなら、〝見られる〟可能性は低くなるのに。

「じゃあ……」ためらいがちに。「また連絡するよ」

「わかった」口先だけでそう答える。

アパートに着いたときは、いろんなことがあったせいで、くたびれはてていた。部屋のドアを開けると、出迎えてくれたのは焼きたてのパンの香りだった。そして人の声もする。どうやらお客さんがいるらしい。

「オリー、帰ったの？」母の大きな声がした。

わたしはジャケットを脱ぎ、鍵をいつものボウルに入れた。

「遅くなってごめん」

「お腹は？」

すいていた。スティーヴの話が終わったあとは三人とも疲れ、ステーキの残りをスージーからもらうのを忘れてしまった。

「いいにおいがするわね」

キッチンのテーブルでは、祖母とウェントワースさん、スタンリーがコーヒーを飲んでいた。わたしを見てスタンリーが立ち上がる。

「さあ、すわって」

わたしは手を振って彼をすわらせ、冷蔵庫をあけてのぞきこんだ。

「ポーク・チョップをつくったのよ」と、母。「あなたが好きなトッピングでね。少し食べる？」

母がいてくれると、子どもにもどったようなほっとした気分になる。母も忙しく動きまわるのが楽しいようだ。家庭の味のポーク・チョップをひと口食べ、世のなかにこれほどおいしいものはない、と思った。ずいぶんうれしそうに食べていたのだろう、みんな動きを止め、わたしを見ていた。

「お疲れだね？」祖母がいった。

口いっぱいに頬ばりながら、わたしはうなずいた。

「ニュースによると、大統領はカール・ミンクスの告別式に参列しないんですってね」ウェントワースさんがいった。「お通夜はあしたらしいけど」

公邸で亡くなった人物の葬儀に大統領が参列しないことが、スタンリーには不満らしい。

「おかしいよ」と、彼はいった。「そりゃあ、政治もたいへんだろうが、弔意を表するのに数分だけ抜けたところで困ったことにはならないだろう」

誰も何もいわず、わたしはポーク・チョップを食べつづけた。

「〈シズルマスターズ〉のところに行ったたって、お母さんから聞いたけど」ウェントワースさんがいった。「どうだった？　ディナーの席でどんな手違いがあったのか、ふたりに心当たりはあったの？」

スタンリーは彼女をじろりとにらんだ。「そんな言い方をしたら、ミンクスは厨房の不手際で死んだと決まったみたいじゃないか。きっと自殺したんだよ。ＮＳＡにいれば、薬はいくらでも手に入るだろうし」

ウェントワースさんは眉をぴくりと上げた。

「おれはただ、何でもすぐに決めつけちゃだめだ、といいたいんだよ。誰かが解答を見つけてくれるまで待たないと。たとえば、ここにいるオリーとかがね」スタンリーはわたしをふりむいて、にこっと笑った。

わたしは目をそらしたけど、スタンリーだけでなく、ウェントワースさんの視線も感じた。

「わたしはね、あなたにかかってるような気がするわよ、オリー」

口から食べものを噴き出しそうになったのは、これで二回めだ。でも今回は片手で口を押さえ、ちゃんと嚙むことができた。

「なんの話ですか？」

隣人たちのきょとんとした顔は、まるで双子のようにそっくりだった。ウェントワースさんがわたしの手を軽く叩いた。

「まえと同じことをなさい。誰の仕業か突き止めるの。あなたなら、たちまち謎解きできるわよ。そうしたらまた、新聞の見出しになるじゃない？」

「信頼していただけるのはうれしいですけど」と、わたしはいった。「それこそ、シークレット・サービスがわたしにさせたくないと思ってることなんです」

ウェントワースさんは鼻を鳴らした。「ただのジェラシーよ」

全身がぽかぽかしてきた。部屋の温度とは関係なく、何かもっとべつのものだ。わたしは家にいて、おいしいものを食べてくつろぎ、気にかけてくれる家族や隣人に囲まれている。そのうえさらに、シークレット・サービスやNSAや、専門家たちが突き止められずにいる真実を、わたしなら突き止められると思ってくれている。わたしもお返しに、ウェントワースさんの手を軽く叩いた。認めてもらえてうれしかった。

「ありがとう、ウェントワースさん」

残念ながら、ぽかぽか気分は長くはつづかなかった。あくる日の朝、配達された新聞をキッチンのテーブルで広げ、〈リスの深掘り〉のページをめくったとたん、心臓が止まりそうになった。見出しを見て、みぞおちを殴られたように思い出したのだ——きのう、母がハワード・リスの記事にどんな投稿をしたのかを、確認しないままだった。いろんな出来事が重なって、あわただしく動き、頭のなかはもういっぱいで、母が投稿したことを完全に忘れていたのだ。

「まいったな……」

本日は〈リスの深掘り〉よりひと言——「ママ、ありがとう！」

熱心な読者は、このつつましいコラムが、とある張りつめた神経をいかに逆撫でしたかに興味をもたれるにちがいない。まさに昨日のことである。ひとりの〝匿名〟読者が、つぎのようなコメントを投稿してきた（ウェブサイトから全文転載）：

リスさま
あなたのコラムは、読者の人間性のもっとも低俗であさましい部分につけこんでいるにすぎません。なぜあなたは、ホワイトハウスの厨房職員がカール・ミンクスの死に関係しているとほのめかすのでしょう？　それよりもっと、ましなことができないのでしょうか？　オリヴィア・パラスは情熱とプライドと尊厳をもって、厨房をとりしきっています。彼女が仕事にもどれないのは、あなたのコラムと、あなたの読者が撒きちらしている、はしたないコメントのせいです。卵転がしが中止になる責任を、彼女に負わせてはいけません。彼女ではなく、あなたのせいなのですから。あなたと、あなたみたいな人たちの。真実の探求より、新聞の販売部数の増加を望む人たちのせいなのです。
敬具
怒れる読者より

これは、これは。まさに怒れる読者だ。彼女は（投稿者は女性だと自信をもっていえる）、わたしにもっとましなことができないかと訊いている。そこできょうは、こういわせてもらいたい――「ママ、ありがとう」。なぜなら、このメッセージを読んだあとで、とても興味深いことに気づいたからだ。わが国のエグゼクティブ・シェフの近況を見てみたところ、娘である彼女に会うために、母親と祖母がワシントンDCを訪れていることがわかった。熱心な読者のみなさんなら、オリヴィア・パラスがホワイトハウスに勤務するかたわらで、一躍名を成したことを思い出すだろう（〝悪名高い〟というべきか？）。ミズ・パラスは仕事に飽き飽きし、悲惨な結果をもたらす可能性など一顧だにせず、ディナー版ロシアン・ルーレットをしたのではないかと、先日このコラムで触れたところ、ホワイトハウスの広報から、その件については記事にしないようにとお達しがあった。まあ、それはそれでいいだろう。しかし昨日、ミズ・パラスの母親から（誰が投稿したかは疑問の余地がないだろう？）もっとましなことを書けと懇願され、わたしはより詳しく調査せねばならぬと考えた。

するとと昨夜、ミズ・パラスは〈シズルマスターズ〉のスージーとスティーヴとともに長時間を過ごしたことがわかった。彼女はその理由を説明できるだろうか？　あのふたりもまた、疑惑の渦中にあるのだ。熱心な読者のみなさん、どうか続報を待っていてほしい。これから数日のうちに、〈リスの深掘り〉は〈シズルマスターズ〉のスティーヴと、いまは亡きミンクスとの関係について、より多くをお伝えできるだろう。

さあ、いまのうちに〝共謀〟という言葉の定義を辞書で確認しておこうではないか。

「まいったな」わたしはもう一度つぶやいた。ここまでのことになるとは――。

「どうしたの？」母がキッチンに入ってきた。まだナイトガウン姿だ。

わたしは大きなため息をつき、約一秒で心を決めた。

「ううん、なんでもないわ」そういって、新聞を閉じる。

「いやなニュースでも読んだみたいね」母はカウンターに行ってコーヒーをついだ。

「先にシャワーを浴びたら？　そのコーヒーは少し時間がたってるから、おいしくないわよ。シャワーのあいだに新しいのをいれておくわ」

母は怪訝そうにコーヒーポットを見つめた。「たくさん入ってるじゃない」

「だけど少し薄いの」ちょっとしかめ面をして、コーヒーが半分残っているマグを掲げる。

「わたしもお母さんも、濃いほうが好きでしょ？　薄いのは、ナナ用にべつのポットに移しておくわ」

母はわたしが朝のコーヒーにそこまでこだわることに首をかしげつつ、「わかったわ」といった。「軽くシャワーを浴びてくるわね。ところで、きょうの予定は？」

「何本か電話をかけなきゃいけないの」かなり控えめな表現だった。いますぐにでも、母には浴室に行ってほしい。そうすれば、ダメージ・コントロールを始められる。「だけど、いくつか案があるから、シャワーを浴びてから相談しましょう」

ようやく母はキッチンから出ていった。

トムは最初の呼び出し音で応答した。「きみの家族にも困ったもんだ」

「まいったわ」これで三回め。「どうしたらいいかしら？」

「きみは何もしなくていい」彼は短く笑った。こういうときに笑うのは不適切では？「子は親に似るっていうからな」

「どういう意味？」

「今度ぼくがきみに、よけいなことに首を突っこむなといったら、ＤＮＡがそうさせるんだといえばいい」そこでまた笑う。「お母さんはお気の毒だよ。力になりたい一心だったのはわかるが、その結果をどう受けとめているかな？」

祖母がキッチンに入ってきて、コーヒーをカップについだ。

「母はまだ見ていないの」

「見せないつもり？」

祖母がわたしの向かいに腰をおろし、カップの縁ごしに目を細めてわたしを見ている。

「ええ、そのつもり」

トムは鼻を鳴らした。「そのほうがいいと思うのか？」

何がいいのかなんてわからない。どうすればいいのかも。だから、そういった。

「オリー」厳しい声でトムはいった。「ハワード・リスは、ただひっかきまわすだけなんだよ。くれぐれも、新しいネタを提供しないように。いいね？　読者はあのコラムを気晴らしのために読むんであって、ニュースを知るためじゃない。来週になれば、全部忘れている」

「卵転がしが中止になれば、忘れないわ」わたしはぶすっとしていい、全身から不機嫌モードが発散されるのを感じた。「卵転がしが最後に中止になったのはいつ？　天候とか戦争以外の理由で？」

「オリー」相変わらず声は厳しい。

「ハワード・リスはわたしのことを、スポットライトを浴びたいがためにゲストを危険にさらす愚かなシェフ、といわんばかりよ。新聞の一面に載るのをわたしがどれほどいやがっているか、彼に教えてやりたいわ」声が大きくなっていた。耳をすますと、シャワーの音が聞こえてほっとする。ただ、祖母はじっとわたしを見ていた。眉間に深い皺を刻んで。

「うん、うん」いかにもなだめる調子でトムはいった。「あまり、かりかりしないこと。リスなんか無視するんだ。いまはあんなやつにかまってる暇はないだろう？」

わたしはうめいた。

「ところで、用件はなんだい？」

「スージーとスティーヴから、あの日のDVDを借りてきたわ」

彼は喜ぶどころか腹をたてた。「ぼくから手に入れられそうにないから、自分でさがしたのか？　この調査にはかかわるなと頼んだよね？」

「だから電話をしたのよ。スージーたちはわたしに、というか、あなたたちにDVDを見てほしいと思ってるの。DVDを見れば、誰も厨房でおかしなことはしていないと証明されるはずだから」

「まず第一に——」講義が始まる予感がした。「映像から断言できることはひとつもないだろう。いいかい、誰かが何かを料理にふりかけたとして、それが塩なのかヒ素なのか、DV

Dでどうやったらわかるんだ？」

「でもみんな、DVDが無実の証拠になると思ってるわ」

「いや、証拠にはならない。きみや〈シズルマスターズ〉が何をいっても、何をしても、たいした効果はないからね。ミンクスの死は、段階を踏んで調査される。あらゆる可能性を考え、それをひとつずつ潰していくことで――」

「お願い、聞いて」わたしは彼をさえぎった。「スージーとスティーヴには、見てほしいと思う理由があるの」

短い沈黙。「理由？」

「具体的にはいえないけど、それでも――」

「オリー」

「わたしを信じてちょうだい」

トムがいらいらしたようにため息をついた。

「この件にはかかわってくれるなと、ぼくはきみに頼んだ」

わたしは何も答えず、トムが静寂を破った。

「スージーとスティーヴから何を聞いた？」

メアリーのことやミンクスとの関係は他言しないでほしい、というスティーヴの気持ちは尊重したかった。でも、きょうのハワード・リスのコラムはそのことをほのめかしていて、世間に知られるのは時間の問題だろう。

「ごくごく個人的なことを教えてくれたの。だけど、あなたには黙っていてほしいといわれたわ」

「それできみは、疑問をもたなかったのか？」

「もったわ。ただし、ふたりが人に知られたくないと思っていることに、疑問はもたなかった。誰にだって、秘密のひとつやふたつはあるもの」

また、いらいらしたようなため息。

「どうしてきみは、我関せずでいられないんだ？」

「普段どおりにしていればいいといわなかった？　友人たちと会ってもいいって？　スージーとスティーヴは友だちよ」声がまた大きくなった。そして、シャワーの音が止まった。祖母はまだじっとわたしを見ている。

「ふたりは友人だもの」もう一度、さっきよりは小さい声でいう。「どうしても必要なら、ふたりから聞いたことを話してもいいわ。ミンクスに何かしたとは思わないけど、べつの理由で監視されるかもしれないから」

電話の向こうから聞こえてくるのは、たぶん顎を掻く音だ。

「で、ぼくにどうしろと？」

「あなたにいわれたとおり、最新情報はかならず伝えるから、その点は信じてちょうだい。自分から首を突っこんでるわけじゃないけど、たまたま耳にしたことはあなたにも話しているでしょう？　それではだめなの？」

彼は何もいわない。

「わたしはＤＶＤを見るつもりよ。バッキーとシアンにも見てもらうわ。何かおかしなことに気づいたら、すぐに知らせるから」

「いいかい、オリー」トムはやさしくいった。「厨房にいた誰かがミンクス殺害を計画していたら、カメラに映らないところでやったとは思わないか？」

わたしの声は沈んだ。「見ても仕方がないということね？　だったらあとは、検死官が死因を突き止めて、厨房の過失ではなかったと宣言してくれるまで、じっと椅子にすわっているしかないの？　厨房スタッフのキャリアがかかっているのに」

「それはわかってるさ。そしてきみも、ぼくが情報を教えられないのはわかっているだろう？　ぼくにいえるのは、捜査関係者は昼夜を問わず、事件解決に向けて努力しているということだけだ。何かほかに、夢中になれることを見つけたらどうだい？　悩みを忘れさせてくれるようなことを？」

わたしは電話に向かって顔をしかめた。

「そう簡単に見つからないとは思うが、出勤停止は贈りものだと考えたらいい。お母さんとおばあちゃんが来たんだし、三人でたっぷり楽しんだらどうだい？」

電話を切ると、祖母が唇をゆがめて訊いた。「誰が何をまだ見ていないって？」

母がもうあと数分、浴室にいてくれますようにと願いつつ、わたしは新聞のコラムがあるページを開いて祖母に見せた。

「お母さんがね――」祖母が読みはじめたところで説明する。「きのう、その人のウェブサイトにコメントを送ったの。結局、藪をつついて蛇を出しちゃったみたい」

祖母は読みかけの場所に指を当ててから目を上げた。

「トムはなんといってる？」

「そんなコラムは無視しろって」

ナナは続きを読みはじめた。

わたしは立ち上がり、狭いキッチンをうろうろした。バッキーの家のキッチンはほんとうにすてきだったと思い、急に嫉妬心がこみあげてくる。ひとついやなことがあると、何もかも悪いほうに考えてしまうのはなぜだろう？　わが家のキッチンが、きょうはみすぼらしく見えるのはどうして？　これまでそんなふうに思ったことは一度もないのに。そしてわたしはこれまで、自宅で銀のお皿を使ったこともなければ、自分が銀のお皿に載せられ、人前に差しだされたこともない。きょう、ハワード・リスにされたように。母がそれに一役買って――。

「わたしのことをねじ曲げて書いたコラムを無視することなんてできないわ。これは個人的な問題よ！」

「何が個人的なの？」母がキッチンに入ってきた。髪はまだ濡れているけど、着替えてメイクもしている。

わたしが答えるより先に祖母がいった。「仕事がのろい検死官のことだよ」

祖母は〝話を合わせなさい〟という目でわたしを見た。

「どういうこと?」母はテーブルまでやってくると、祖母の肩越しに新聞をのぞきこんだ。

「あの人がまた何か書いてるの?」

冷静沈着な祖母は、母が記事を目にしないうちに新聞をたたんだ。

「いいや。きょうは事件のことは何も書いてないよ。オリーはまだ仕事にもどれないのかねって話していただけ」

母はコーヒーに目をやり、怪訝な顔をした。「新しいのをいれてくれるんじゃなかったの?」

「ごめん。トムとの電話が長引いちゃったから。すぐいれるわ」

母は手を振ってわたしを止めた。「いいわよ」

わたしと祖母の目が合い、祖母はテーブルに両手をついて立ち上がると、新聞を脇にはさんだ。

「さて、つぎはわたしがシャワーを浴びよう」

母は新聞を指さした。「まだ読んでいないんだけど」

祖母は新聞を広げて揺すり、紙面の一部をテーブルに落とした。

「そこに天気予報と、おもしろい話が……」いくつか記事の内容をいってから、ウィンクする。「今朝のわたしは気前がいいからね、ここに置いていくよ。ふつうだったら、わたしが先に読むんだけど」

母は笑いながらあきれた顔をし、祖母がコラムの紙面を脇にはさんだままなのには気づいていないようだ。

わたしは朝の雑用をすませ、Eメールをチェックし、それからバッキーとシアンに電話した。

キッチンのテーブルにいる母と祖母は、すぐにでも出かけられそうだ。わたしはそちらへ行って提案した。

「いっしょにバッキーの家へ行かない？」

ふたりはとまどいつつも、興味津々の顔つきだ。

「厨房の仲間に会ってほしいの。あまりいいタイミングとはいえないけど」

「オリーの顔は、それだけじゃないといってるように見えるよ」と、祖母。

「じつはね、ふたりに手伝ってもらいたいことがあるの。ポール・ヴァスケスが――ホワイトハウスの総務部長で、全体を仕切ってる人なんだけど――最終的には、卵転がしを予定どおり実施してくれるはずだって、バッキーもシアンもわたしも信じてるの。だから、ゆで卵をつくりはじめたほうがいいと思って」

「あなたたちがやるの？」母がいった。「検死官が結果を――」

「テレビドラマの〈ＣＳＩ〉じゃないんだから、最終的な結論が出るまで何日もかかるわ」自分で自分の言葉にぞっとする。「じっとしているわけにはいかないの。卵転がしが中止になったら、部屋じゅうゆで卵だらけになるけど、それならそれで仕方ないわ。でも、開催されることになったら？　もしそれが、前日の午後に決まったら？　翌日までに、必要な数はゆでられないわ」

「では、そうしよう」祖母がいった。

母もうなずく。「ええ、やりましょう」

「よかった。バッキーにはお昼まえに行くといってあるの。午後いっぱい作業しても、いったん帰って着替えて、ミンクスのお通夜には間に合うわ」ひとりで行くのは、はっきりいって気が重かった。それに家族といっしょなら、非礼にならずに早々に辞去できるだろう。

「お通夜にも、いっしょに来てくれるでしょ？」

母の頬が染まった。「もちろんよ。あなたをひとりでは行かせたくないもの」

祖母がくっくっと笑う。「話せるチャンスを——べたべたできるチャンスを逃したくもないしね、あのカプという人と」

しまった、彼のことを忘れていた。

「お通夜で？」母はむっとした。「わたしはそんなことはしません」

カプのことを忘れていた自分を蹴とばしたかった。

「いいのよ、わたしひとりで行っても」

「だめです」と、母。ほとんど即答だった。「あなたをひとりでミンクス家の人たちと対面させたくはないわ」

わたしは返事をのみこんだ。

15

バッキーの家に到着してリビング・ルームに入るとすぐ、シアンはわたしを脇に引っぱっていった。

「ねえ、すごいじゃない？」彼女は目だけで部屋を見まわした。「ずいぶん華麗よね。予想外どころじゃないわ。来てみてびっくりよ」

バッキーは入口近くにいて、上着をフックに掛けながら、母たちと軽く世間話をしている。

「気持ちはわかるわ。わたしもこのまえ初めて来て、ここなら計画にうってつけだと思ったの。それにしても……」ソファに指をはわせる。「紫のスエードよ」

「彼は結婚してるの？」

わたしたちはずっとひそひそ声だった。「訊いてみたら〝まだ〟だって」

「きょうはやることが山ほどあるな」両手をぱんぱん叩きながら、バッキーがいった。いつもの彼らしくなく陽気で、他人が四人、家のなかをうろうろしているのにおちつきはらっている。「それじゃあ、始めようか」

彼はきょうもショートパンツの上にエプロンという格好だ。わたしたちを奥のほうへ、広々としたキッチンへ急かした。明るく、いかにもプロの調理場といった空間に足を踏み入れると、母と祖母は大喜びで、はしゃぎまくった。シアンは口をぽかんとあけ、ゆっくり歩きまわりながら恍惚の表情でつぶやく。

「すごいわ。ホワイトハウスの厨房をリフォームすることになったら、あなたがデザインしてね」

バッキーはちらっとわたしを見た。シアンの言葉にわたしがむっとしたのではないかと心配しているようだ。

「ええ、そうしましょう」わたしはシアンに同意した。「厨房の改装費が出たら、バッキー、あなたがリフォーム担当ね。ほかに適任者は思いつかないわ」

バッキーは不思議な、半端な笑みを浮かべた。でも、それはすぐに消えて、また両手をぱんぱん叩く。仕事開始の合図だろう。この家では、もちろんバッキーがボスなのだ。

「卵はもう届いてるからね」

シアンは超大型の冷蔵庫のなかをのぞき、しかめ面でふりかえった。

「ぜんぜん足りないわ。百個くらいしかないじゃない」

それは困った。卵の仕入れは自分がやるとバッキーがいったから、彼に任せて再確認はしなかったのだ。だけど彼はシアンの言葉にかぶりを振った。

「ほかは地下室にあるんだよ。行ってみるかい？」

祖母だけ一階に残り、わたしたちは階段をおりて地下の暗い食品庫へ行った。

「ずいぶん寒いわね」石壁にシアンの声が響く。

短い行列の先頭にいたバッキーがふりかえった。

「うん。室温は摂氏二度に設定してある」重い扉を開け、なかの温度計を指さす。そして
「ほら、ここ」といって彼が照明をつけると、わたしもシアンも息をのんだ。

彼のいうとおりだった。あちこちに卵がどっさり、山と積まれている。

「ホワイトハウスの保管庫と変わらないくらい広いわね」シアンは目をまるくしていた。

「これなら自宅で独立してビジネスができるわ」

バッキーの顔が曇った。ホワイトハウスでの今後のことが頭をよぎったのかもしれない。

彼は一歩前に進み出ると、新鮮な卵が積まれたカートのひとつに手を置いた。

「卵業協会に古い友人が何人かいてね、事情を話したら同情してくれて、少し無理をいって
これだけ運んでもらったんだ」わたしをふりかえる。「ただ、卵転がしが終わったらすぐ埋
め合わせる約束だから」

「ええ、問題ないわ。感謝よ、バッキー」

ふたたび半端な笑い。「ポールとは話した？」

「家を出るまえに電話したけど、とくに新しい情報は何も」

「だったら、これからすることは無駄になるかもしれないんだね」

「ええ」

バッキーはうなずいた。

「わかった。厨房のボスはきみだ」

「わたしは名案だと思ったわ」と、シアン。「家にいて、電話が鳴るのをひたすら待つだけなんて、ほんと、参っちゃうもの。何かしているほうがいいわ」

一階にもどり、みんなで流れ作業の配置につく。ここにある卵の数は、ほぼ六千個だと見積もった。

「では、いざ出陣といきましょうか」わたしはいった。「いまある分をゆで終えたら、残りはあと数日で用意できるでしょう。月曜日までに準備完了ね」

シアンとわたしが運搬係で、大きな四角い木箱を持ち、石の階段を上り下りして卵を運ぶ。それから母と祖母がひとつずつ、水を入れた巨大なお鍋に入れていく。割れないように、慎重に。

ゆであがった卵はバッキーが冷水にさらし、その後、水気を拭きとって箱にもどす。

「どうしてわざわざ拭くんだい？」祖母がバッキーに訊いた。「わたしはいつもほったらかしだよ。水分は熱で蒸発するから」

バッキーは木箱のひとつを指さした。「濡れたままだと水分がしたたりおちて、卵はちょっとした水たまりのなかに置かれた状態になるんですよ」首を横に振る。「それではだめです」

「だけど、どうせ色をつけるんだろう？」

「そのためにも、乾かします」バッキーは辛抱強く説明した。短気かつ辛辣な物言いで知られるバッキーが、母と祖母には驚くほどやさしく接してくれる。「たとえば、湿ったままだったら」彼は布を丸め、卵を置くくぼみを拭いた。「ひとつずつ取るたびに、こうやってくぼみを乾かさなくてはなりません。そうしないと、色をつけた卵はどれも、下のほうに水の染みができてしまうから」鼻に皺が寄る。「それじゃだめですよね」

お鍋の卵がゆであがるごとに、祖母、母、シアン、わたしも一つひとつ、手作業で水気を拭きとり、ピンク、青、緑、黄など鮮やかな食紅の液に浸けていった。

卵、卵、また卵。今夜は卵の夢にうなされそうだ。ずいぶん長い時間、湯気と熱と染料と卵に囲まれ、わたしの頭はぼうっとしてきた。

「ねえ、バッキー、これだけの卵《エッグ》を集めるなんて、ほんとうにたまごった《エッグセレント》わ」

彼はあきれ顔をし、シアンはけらけら笑った。

「まあまあ」と、母。「ただのジョークよ、そんなに黄身悪《ヨーク》がらないで」

祖母はピンクに染めた卵をひとつ掲げた。「この色、すば卵《らん》しくすてきだね」

このときはさすがに全員がうめいた。

そしてバッキーが時計を見上げた。これで三度めだろうか。シアンも気づいたようで、わたしたちは顔を見合わせた。

バッキーがこちらをふりむき、「下にはあとどれくらい残ってる？」と訊いた。

「行って見てくるわ」シアンが立ち上がる。

「いや、いいよ」バッキーはすぐにいった。「べつにかまわない。ちょっと思っただけだから」

そしてまた、壁の時計を見る。

「いとしの黄身でも待ってるの？」と、シアン。

彼女の果敢な挑戦にみんな笑ったけど、バッキーだけは眉をひそめた。

「きょうのところは、これで終了としないか？」エプロンで手を拭きながらそういうと、彼は返事を待たずにお鍋の湯を捨てた。卵はあと一分ほどゆでたほうがいいのだけど。

「もう時間も遅いし」と、バッキー。「今夜はＤＶＤも見なくちゃいけないから。ぼく用のコピーはどこだい？」

「ＤＶＤはみんなで……」わたしは自分とシアンとバッキーをぐるっと手で示した。「いっしょに見るつもりだったけど」

「時間がたつのを忘れていてね」バッキーはあっさりといった。「コピーはつくったんだろ？　それをもらえるかな？　今夜、見たいから」

「いいえ、コピーはないわ」わたしはかなりとまどっていた。「余分に必要だなんて思わなかったから」母と祖母は立ち上がり、あと片づけを始めた。

「あ、気にしないでください」バッキーはふたりを止めた。「ぼくがやりますから」

「なんだかへんよ、バッキー。どうしちゃったの？」

「べつの約束があったらいけないかい？」いつもの気難しさがもどった。「時間がたつのを忘れていたといっただろう？　ぼくはただ……」

家の裏手でばたんという音がして、みんな黙りこくった。間違いない、あれはドアが開いて閉じた音だ。そして足音が近づいてくる。わたしはバッキーをふりむいた。なんだか困りはてた顔をしている。

そのとき、「バッキー？」と呼ぶ声がした。女性の声だ。なんとなく聞き覚えがあるような。「ちょっと手伝ってくれない？」

バッキーは顔を真っ赤にして、「すぐ行く！」というと、裏口へ走っていった。

小声で話すのが聞こえ、わたしたちは裏口のほうへ耳をそばだてた。言い争っているようすはないけど、バッキーの低く抑えた声はぶっきらぼうだ。やがて彼は食料品が詰まったエコバッグをふたつ手にしてもどってきた。あきらめたような、憮然とした表情。

そして戸口で立ち止まった。わたしたちの視界をさえぎりたいかのように。

「バッキー？」彼の背後から声がした。「通してくれない？」

その女性は背が高く、髪は赤毛だった。アイルランド人のような透き通った肌に、満面の笑みを浮かべている。わたしはひと目見るなり、「あら、ブランディ」とつぶやいた。

彼女は持っていた買い物袋をカウンターの手近な場所に置き、わたしのほうへやってきた。

「オリー、元気にしてた？」キッチンをぐるっと見まわす。「ずいぶんたくさんできたみたいね」手足が長く明るい目をした彼女は、〝火酒《ブランディ》〟の名にふさわしく、いつも自信に満ちている。

母と祖母は困惑ぎみにわたしを見つめ、シアンはびっくりした顔で「ブランディ、久しぶりね」と声をかけた。

わたしは礼儀を失することのないよう、母と祖母を紹介した。

ブランディはシアンとわたしが視線を交わしたことに気づいたようだ。

「そうなのよ」頭をのけぞらせて笑う。「わたしはとっておきの――」指で空中に引用符をつくり、「〞機密事項〞なの」というと、その手で裏口を示した。「彼ったら、食料を届けにきただけということにしてくれ、なんていうのよ。信じられる？」また声をあげて笑う。

「ごめんね、バッキー」彼女はバッキーの頰にキスした。彼はずっと気まずそうにしていたけど、この愛情表現を拒むようすはまったくない。

わたしがホワイトハウスで働きはじめた当初から、アメリカ卵業協会の窓口はブランディで、とても有能な人だった。

「あなたたちは、いつから……」わたしは指で家のなかを示しながら訊いた。

ブランディはバッキーをちらっと見やり、バッキーのほうは唇を固く結んでいる。彼女はウィンクしていった。

「かなりまえからよ」

わたしは心のなかでうめいた。いつだったか、彼女にホワイトハウスの男性職員をくっつけようとしたことがあったのだ。

何も知らなかった。ブランディのこと、同僚のバッキーのこと――。わたしにとって彼は才能豊かな料理人、でもつきあいにくい偏屈な年上の男性だった。ブランディは、わたしより五つ六つ年上だろう。彼女の横にいるバッキーが、突然ずいぶん若く見えてきた。まるでコペルニクス的転回だ。

「ということは」遅ればせながら気づく。「こんなにたくさんの卵を用意してくれたのも、ブランディだったのね？」

彼女はにっこりした。「なかなか便利な友人でしょう？」

「黄身のいうとおり！」

わたしがおどけると、母と祖母はとまどいつつも苦笑したけど、シアンはまじめな顔でこう訊いた。

「これまでずっといっしょに仕事をしながら、ふたりは秘密を守りぬいてきたわけ？」

バッキーは顔をしかめてわたしたちを見た。「ほかの誰かさんよりはましだろ？」

顔が火照るのを感じた。ブランディはバッキーの肩をやさしく叩きながら横を通り、冷蔵庫に向かう。

「シークレット・サービスのハンサムなボーイフレンドは元気かしら、オリー？」

わたしはかぶりを振った。「ミンクスの件以来、いろいろややこしくて」

ブランディは鼻に皺を寄せた。「そう。なんとなく想像はつくわ。いまはつらい時期ね。だけどトムはしっかりした人だもの。大丈夫よ」

わたしはうなずいたけど、彼女にまでわたしとトムの交際を知られていたとは思わなかった。

バッキーは片づけるのを中止した。

「みんなそろったことだし、やることをやってしまったほうがいいかな」

「お腹はすいていない？　何かデリバリーを頼むわ」ブランディがいった。「食事をつくるつもりだったけど――そのつもりで食料品を買いこんだんだけど――シェフがひとりどころか三人もいたら、さすがにおじけづくわ」

遠慮しようとしたところで、お気に入りのエスニック料理店があるとバッキーがいった。宅配もしてくれるという。

「つくらずにすめば、みんなでDVDを見ることができるよ」

きょうはこれで何回めだろう、バッキーに驚かされるのは。


さらに卵をゆでてからキッチンを片づけて、二時間後、DVDを見はじめた。バッキーがリモコンを持ち、わたしたちは映像を見て、止めて、話し合うのをくりかえしながら、あの日の厨房のなかを細かく確認していった。

紫色のカウチに母と並んですわっていた祖母は、バッキーが最初に再生ボタンを押してすぐ、こっくりこっくりしはじめた。

「よくできた映像だけど――」いったん最後まで詳しく見て、もう一度、頭から見直しているときにわたしはいった。「カメラマンはアングルにこだわってるみたい。ほら、ここも」画面ではスージーがサラダの野菜をお皿に盛りつけていた。「カメラは何台か回っているのに、ほとんどが凝った撮り方をしているわ。お皿の料理そのものやわたしたちの表情がメインよね。実際はみんな、忙しく動きまわっているのに。これだと、ミンクスの料理に何か入れる人がいたのかどうか確認できないわ」

バッキーはリモコンをテレビに向けながら、どのボタンも押さずに考えこんだ。シアンは画面が何か教えてくれるのを待つかのように、ひたすらじっと見つめている。ブランディは母に、アイスティーのお代わりはどうかと訊いた。

「それなら」バッキーがいった。「カメラに映っていない人間をさがすのがいいかもな」

スージーとスティーヴも含め、厨房にいた者をそれぞれ追う担当を決め、ふたたびじっくり見ていく。たまに厨房を出ていく者もいた。何かを取りに食品庫へ行くとか、理由はいくらでもある。誰もがつねに動いていて、用もないのにカメラの外へ出たかどうかを見極めることはできそうもなかった。カットされたシーンのほうを見ても、よくわからない。

「ミンクスの食事に何かが入っていたとして、それはサラダではないと思う」と、わたしはいった。「あれは全員区別なく給仕されたもの。付け合わせの一部もそうよね。それからデザートも。もし毒が入っていたとすれば、メイン・ディッシュじゃないかしら。そうしないと、ミンクス以外のゲストが食べる可能性があるもの」

いったとたん、はっとした。

「毒が入っていたのはサラダかデザートで」と、シアン。「ミンクス以外の人が狙われたとは思わないの？」

考えるだけでも恐ろしかった。犯人はキャンベル大統領を狙ったのに、失敗した？　わたしは首を振った。

「空想にふけるのはよしましょう。わかっていることだけ考えないと」

「わかっていることなんか、ひとつもないよ」バッキーがいった。

母とブランディは立ち上がってキッチンへ行き、わたしたちはさらに五分、むなしくDVDを見た。時計に目をやると、思った以上に長居している。

「今夜はミンクスのお通夜に行かなくちゃいけないの」わたしは立ち上がった。

「えっ？」シアンとバッキーが同時にいい、その声に祖母が目を覚ました。

わたしはルース・ミンクスから電話があったことを話した。

「なんだか少しへんじゃない？」と、シアン。

母はまだキッチンにいるけど、わたしは声をおとした。

「事情を知ったらそうでもないわよ」カプがルース・ミンクスに謝罪電話をさせたのだと話す。「彼はたぶん、うちの母の気を引きたいの」

「あの男の人はそれを隠そうともしないよ」祖母はこれがいえるほど目覚めてはいるらしい。

「じゃあ、ほんとうにお通夜に行くのね？」シアンは信じられないという顔だ。

「ぼくはそういうのは気に入らないな」と、バッキー。

「楽しみにしている人もいるのよ」と、わたし。

行かずにすむならそうしたいけど、断わるのはまず無理だろう。未亡人に参列してくれといわれたのだ。ルース・ミンクスのことはほとんど知らないものの、どうしてもいやだったら、わざわざ時間をとって電話などしてこないと思う。悲しみへの対処法は人それぞれだ。わたしは彼女にとって、悲しみに一区切りをつける象徴なのかもしれない。

それからいったん帰宅して卵のにおいを洗い落とし、お通夜にふさわしい服に着替えた。そして母と祖母と三人で、メリーランド州郊外の葬儀場へと車で向かう。

「地位の高い人だったら、ふつうはワシントンDCで葬儀するものだけどね」後部座席で祖母がいった。

わたしはバックミラーごしに祖母にほほえんだ。

「式に参列しない大統領の顔をたてるためだと思うわ。それに、葬儀場はたぶん、ミンクスの実家に近いところにあるのよ。最終的に決めたのはきっと奥さんでしょう」

「決めるのにずいぶん時間がかかったもんだ」祖母は鼻を鳴らした。

「司法解剖があったからよ」心臓がまたどきどきしてきた。わたしの今後は検死官の手にかかっていると考えるたびにこうなる。

現実は刑事ドラマのように早くは進まない。だけどそれにしても、すでに四日たっていた。

母は助手席で、ずっと外の景色をながめている。

「元気？」わたしは母に訊いた。

「ええ、ええ、大丈夫よ」母は手の指輪をいじりながら答えた。

わたしは黙って待った。

「あなたのお父さんのことを考えていたの」

「いまでも思い出してさびしくなる？」

「ええ、毎日」

16

ルース・ミンクスは熟考してこの葬儀場を選んだようだ。駐車場はかなり広く、建物は荘厳だった。わたしは祖母に、大きな張り出し屋根のある入口で降ろそうか、と訊いたら、祖母は穏やかな口調ながらきっぱりと拒否した。

「まだ歩けないほどおばあちゃんじゃないよ」

わたしは首を振り、入口から半ブロックほど先の、数少ない空いた場所に車を停めた。ずらりと並ぶ公用車や輸入高級車の横を、わびしいパンプスの音を響かせながら歩いていく。会場の外では、ビジネススーツの男女が小人数でまとまって立ち話をしていた。数人がタバコを吸い、全員がわたしたちをふりむいたけど、重要人物ではないと思ったのだろう、すぐまた会話にもどる。わたしはそれでよかった。調理服とコック帽がないと、わたしだとわからない人は多い。そして今夜はとくに、そのほうがありがたかった。

礼拝堂には百を超える供花があり、どれも悲しい色合いで、たとえ目をつむっていても葬儀場だとわかる香りがした。死亡告知では供花を贈る代わりにチャリティ団体への寄付を呼び掛けていたけど、大勢の人がその一文どおりにしなかったようだ。あるいはこういう場でも、政治上の駆け引きがなされるのか。美しい花々が遺族の慰めになっているかどうかはさておき、送った側の気前のよさはおおいにアピールできていた。

服喪の装いの人びとが列をつくり、ルース・ミンクスとジョエル・ミンクスに弔意を伝える順番を待っている。わたしたちの前に、五十人以上はいるようだ。列が数センチずつ進むあいだ、供花に添えられたカードを読むことができた。棺の横にある大きなふたつの供花は星条旗と同じ赤、白、青で、金色のリボンが掛けられている。母が驚嘆したように目を見開いた。

「あのふたつはきっとホワイトハウスからよ」と、わたしはいった。「それに、こっちもすごいわ」

母と祖母がカードに顔を近づけた。「これはスポーツ・ジムからね」わたしたち三人は感心して顔を見合わせる。「これくらい偉い人になると、誰も彼もが花を送るんだねえ」

それから十分くらいかけて、見える範囲にあるお悔やみのカードを全部読んでしまっても、列は三十センチも進まなかった。

「記帳だけして帰ってもいいかしらね？」わたしは母にいった。

母はカプに会いたいだろうけど、この人の多さに圧倒されているのは明らかだった。

「そうね、そうしましょうか」

祖母は鋭い視線で会場全体を見渡した。

「祭壇はどこだい？」

わたしと母は同時に祖母をふりむいた。

「ほら、故人の写真はないのかい？　人生の節目の写真だよ。誕生、結婚、バカンス、子どもの誕生や成長とか」祖母は会場をぐるりと見回して、集まっている親族や友人たちに目を凝らした。

わたしは会場の左端のテーブルに置かれた、銀のフレームのモニターを指さした。

「最近は紙の写真じゃなくてデジタルなのよ」

祖母は信じられないといった目でわたしを見た。

「家族みんな集まって——」と、祖母。「ボードに写真を貼りながら思い出話をして、笑ったり、泣いたりしないのかい？」

「もちろん、するでしょう。だけど写真をテープや糊で汚さずにすむように、葬儀社がスキャニングしてスライド・ショーにしてくれるのよ」

「見てくる」そういって祖母は列を離れた。

「シカゴではあまりやらないの？」わたしは母に訊いた。

「お金がある人はするんじゃないかしら」

わたしは母とともに列を離れ、記帳台に向かった。

「これだけ人が多いと、ルース・ミンクスはわたしたちに気づかないわね。お母さんとナナまで引っぱってきてごめんね」

「何いってるの。娘がやるべきことをやって、母親としてはうれしいわ。内心いろいろあっても、ちゃんとここまで来たあなたが誇らしい」

「オリヴィア・パラスさん？」

呼ばれてふりかえると、背の低い男性が片手を差し出していた。ほかの参列者と同じようにスーツを着ているけど、ほかの参列者と違って笑顔だ。

「お目にかかれてうれしいですな」と、彼はいった。「フィル・クーパーと申します。こちらは妻のフランシーン」

わたしは彼と握手し、目の覚めるようなブロンドの女性とも握手した。

「日曜のディナー以来、あなたもいろいろたいへんでしょう。お察ししますよ」と、フィル・クーパーはいった。「こんな場でいうのは無神経かもしれないが、あの日の夕食はとてもすばらしかった」気どって首をすくめる。「とても楽しく過ごしていたのに……突然……」

彼は棺のほうに目をやった。そんなことをしなくても、何がいいたいかはいやでもわかる。

「ありがとうございます」ふさわしい言葉かどうかの自信はなかった。

フランシーンが夫にすりより、腕をからめた。

「あのお食事は、ほんとうにおいしかったわ。わたしがホワイトハウスに行ったのはあの日が初めてなの――ゲストとしてはね。信じられる？　生まれてからずっとDCで暮らしているのに、見学ツアーでしか行ったことがなくて。フィルといっしょに招待されて、わくわくしたわ」頰はピンク色で生気にあふれ、葬儀場には似つかわしくない明るい笑みを浮かべている。「とてもすばらしい時間だったわ。ほんとに、信じられない」

「ありがとうございます」わたしはもう一度いい、彼女の〝信じられない〟という言葉はどういう意味だろうと考えた。ホワイトハウスでのディナーのことか、それとも夫の上司が食事後に命をおとしたことか？　わかりますというように相槌《あいづち》をうちながら、わたしはこの場を離れる口実をさがした。記帳台に並ぶ列がすぐそばだったので、その最後尾につく。どうか、列が速く進んで、ここから出て行けますように。

フィル・クーパーが何歩か近づいてくると、ほとんどささやき声でいった。周囲の話し声にまぎれそうで、わたしは耳をそばだてた。

「あの晩のことで、何か聞いていないかな？」

わたしはかぶりを振った。NSAの職員がエグゼクティブ・シェフに訊くのはおかしな気がした。

「クーパーさんのほうこそ、何かご存じないですか？」

「たいしたことは何も」左右をちらちらっと見る。どうやら、ほかの人には聞かれたくないらしい。「月曜の卵転がしはどうなるのかな？　厨房の職員のみなさんは？　潔白が証明されるのはいつごろになりそう？」

連邦政府の高官が、料理人の心配をしてくれてるの？

「まだ指示待ちの状態なんです」できの悪いスパイ映画のような会話になってきた。おまけに彼が目配せし、「あっちを見てごらん」と小声でいった。

奥の隅に近いところに、年配の男性がひとりいた。両手で杖によりかかるようにしている。

「どなたですか？」

「知らないのか？」

わたしはもう一度、目をやった。「はい、存じあげません」

クーパーがわたしにさらに近づき、ふたりは並んで同じ方向を見た。フランシーンは夫の腕を放し、わたしの母とおしゃべりしている。

「ハワード・リスだよ」

思わず息をのんだ。駆け寄って文句をいいたい衝動をこらえる。お通夜の席で、そんな振る舞いは許されない。

「ここで何をしているんでしょう？」

「彼は物語に〝没頭する〟ことが好きらしい。少なくとも、本人の弁ではそうだ。わたし個人は彼を、新しい餌を求めてうろつくハイエナだと思っているがね」わたしの顔を見てウィンクする。「忠告しておこうと思っただけだ。最近、あの男のレーダーに引っ掛かったようだから」

「ありがとうございます」

「噂では、つぎのターゲットはわたしらしい」

「どこでそんな噂を？」

クーパーは答えなかった。「いやいや、パラスさん、お目にかかれてほんとうによかった。幸運を祈りますよ」

クーパーは背を向けてその場を去り、祖母がもどってきた。ようやく記帳の順番がまわってきて、わたしは名前と住所を書き、つぎの人のために脇にどいた。

「カードはもらわないのかい？」と、祖母。

礼拝者に配られる聖画の描かれたホーリー・カードを、わたしはきょうここでもらう気にはなれず、いらないわ、と答えた。

「ふむ」祖母は一枚もらおうと手をのばした。「わたしはいただいておこう」

「もう帰らない？」ささやくようにいい、クーパーから聞いたことを母と祖母に話した。それからハワード・リスを盗み見る。

「意地の悪そうな顔よね」母がいった。「わたしの目にはそうとしか見えないわ」

だけどわたしの目には、どちらかというとやさしそうに見えた。意外というかなんというか、杖に寄りかかり、細身で白髪の、気品のある風貌なのだ。ただし、新聞掲載の写真は、十年以上は昔のものだろう。ジャーナリズム一筋というより、大学教授に近い印象だ。専門は経済学といったところか。あるいは哲学。そして間違いなく、そろそろ退任だ。

「気づかれないうちに出ましょう」

そういって礼拝堂のドアロまで行ったところで、三人の足が止まった。

「コリン！」カプが母の名を呼んだのだ。わたしの耳には、いささかはしゃぎすぎに聞こえた。

「カプ！」母がはしゃいだ声で応じる。

「来てくれたんだね。うれしいよ」彼はそういうと、わたしを見て目を細めた。「今夜のルースはどうだった？　礼儀正しかったかな？」

「いえ、その……直接お話しする機会がなくて」漠然と棺のほうを手で示す。何人もの人たちが棺を囲んでいて、わたしはふと、自分が故人の顔をまったく見ていないことに気づいた。

「弔意を伝える方が大勢いらっしゃるので……」

「それはいけない」彼は母の腕をとりながら、わたしに笑いかけた。「ルースも話したい人とだけ話すわけにはいかないからね。いまきみが帰ったら、がっかりするだろう」

「でも、ご迷惑を――」

「迷惑なものか」彼は身をかがめ、わたしの耳もとでささやいた。「じつはルースは、きみに尋ねたいことがあるそうなんだ」

わたしは怪訝な顔をしたにちがいない。彼はあわてて付け加えた。

「それが何かは、わたしは知らないよ。ただ彼女は、なんとしてでも答えを見つけようとするたちだからね」

「答えはじきにわかると思いますが」ここから早く抜け出したくて、わたしはじりじりしていた。「先日のご夫人の発言を責める気は毛頭ありません。真実がわかればすぐに、わたしたちは厨房にもどれますから」

「まだ仕事復帰できていないのかい？」

カプの言葉にわたしは目をまるくした。これに関しては、連日のように報道されている。あなたは洞窟で暮らしているの、と訊きたくなったけど、良識がわたしを制した。

「はい。検死結果で潔白が証明されるまではもどれないんです」

気がつけば、ハワード・リスがすぐそばまで来ていた。たぶん会話のほとんどを聞いていただろう。

「やあ、やあ。あなたはオリヴィア・パラスさんだね？ わたしは――」

「存じあげています」

彼は握手を求めてこなかった。神に感謝だ。もし求められていたら、わたしは拒否していただろう。含みのある笑みを浮かべ、彼は首をかしげた。

「あなたはわたしのコラムを読んでくれているようだ」

「はい。あなたのおかげで休暇が増えて感謝しています」

「それもひとつの見方だな」彼の視線は〈ターミネーター〉のアーノルド・シュワルツェネッガーさながらわたしの目を射ぬいた。「つまり仕事復帰の許可はまだ出ていないわけだ」

「はい、出ていません」軽い口調を意識する。「でも、許可が出たことを真っ先に知るのは、たぶんあなただと思います」

彼の唇がめくれた。どうやらこの状況を楽しんでいるらしい。

いいかえると、わたしはこの場を去るべき、ということだ。

「それでは、失礼します」

「あなたがオリヴィア・パラスさんのお母さんですね？」リスはわたしを無視していった。「お会いできて光栄です」

わたしは母の腕に触れた。「さ、行きましょう」

カプが母とリスのあいだに立ちはだかり、「どうしてここにいる？」とリスに訊いた。

ふたりはほぼ同年代で、どちらも背が高く白髪だ。でもリスは杖を持ち、陽光が燦々《さんさん》とふりそそぐ日でも屋内でコンピュータの前にいるせいか、肌はミルクのように白い。かたやカプは日に焼けた肌色でたくましく、バイアグラの宣伝モデルにもなれそうだった。リスは胸を張ってみせた。長身とはいえ、そうやってもカプより若干低い。

「まったく同じ質問を、パラスさんにしようと思っていたところだ」また、鋭い目つき。「パラスさん、あなたは故人と――」口の端がゆがむ。「どういう関係なのか？　あなたは彼に最後の晩餐をふるまった。それ以外にどんな関係が？」

とても小柄な祖母が、大きな心臓と（いつになく）大きな声で、「このカードの意味がわかるかね？」と、リスの手にホーリー・カードを押しつけた。「ここはお通夜の場だよ。礼儀を知らない人間は帰ったほうがいい」

周囲の人たちが、こちらのようすに気づきはじめた。

リスは押しつけられたカードを見て笑った。聖ゲオルギオスの絵の裏面に記された、ミンクスの没年月日を指さす。「これはどういうことだろう？」返事を待たずにつづける。「おかしいと思わないかね？　ミンクスはなぜ、この日に死ななくてはいけなかった？」かぶりを振る。「パラスさん、もしあなたが関与しているなら、市民にはそれを知る権利がある」

母がそっとつぶやいた。「見下げはてた男ね」

「ええ、たぶん」と、リスはいった。「しかし、わたしのコラムを読むのは、あなたのような人たちだ」にっこり笑う。「そしてあなたたちが期待どおりの反応をするおかげで、わたしは仕事にあぶれずにすむ」

リスとわたしたちの会話に気づき、ルース・ミンクスがこちらへやってきた。ジョエルもいっしょだ。

わたしはこの場から逃げ出したくなった。

「オリヴィア」近づいて来ながら彼女がいった。「いらしてくれたのね。ありがとう」

ルース・ミンクスはリスのほうを見ようともしない。カプのことも無視しているようだ。わたしは彼女の手をとった。「心からお悔やみ申し上げます」

唇を噛み、彼女はうつむいた。リスは目を細めて、わたしたちをゆっくりと見まわしていく。わたしは未亡人の手を放してジョエルに弔意を伝えると、リスに背を向けた。母と祖母が横に立ち、カプもすぐそばに来る。こうしてリスは、輪の外になった。

「どうか、弔問にいらした方たちとお話しください」わたしはルース・ミンクスにいった。

彼女はカプに冷たい目を向けた。

「ふたりにしてくれないかしら？　オリヴィアと少し、お話ししたいの」

わたしは心のなかで、お願い、それはやめて、と叫んだ。やはりここに来るべきではなかったと後悔する。

「申し訳ありません、ほんとうにもうお暇《いとま》しないと」

ルースは息子をふりむいた。ジョエルはつらく悲しげな表情を浮かべている。

「あなたはもどってちょうだい」息子の腕を軽く押しながら、彼女はいった。「お父さんはあなたに、みなさんと話してほしいと思っているはずよ。感謝の気持ちをお伝えしなくてはね」

ジョエルは母親をひとりにしたくないらしく、異を唱えようとした。

「わたしのことは心配しないで」と、彼女はいった。「これはとても大切なことなの。さあ、お行きなさい」

ジョエルはその場を去った。

わたしは母をカプのもとに残していくのは気が進まなかった。でも、母は賢明な大人の女性だ。娘のわたしにとやかくいうことはできない。それに、祖母《ナナ》もいることだし――。子どもがデートするようになったとき、親はたぶんこんな気分なのだろう。心配で、不安で、行かせたくないと思う。わたしはため息をつき、ルースについて会場の左手の奥へ行った。カール・ミンクスの生涯をスライドで再生しているモニターのあるところだ。いまは制服姿の彼が映しだされていた。

ルースは目を閉じ、顔をそむけた。

部屋のこちら側にも、正面に負けないほどの供花があった。ルースが気持ちをおちつかせるのを待つあいだ、花の香りにむせそうになりながら、お悔やみのカードを読む。しばらくして、彼女は口を開いた。

「わたしも弔問に来てくださった方たちにご挨拶しなくていけないのだけど」涙をこらえるようにまばたきする。「でも、どうしてもお尋ねしたいことがあって」

「はい、なんでも訊いてください」

人はどうして、嘆き悲しむ者の罪を許し、手を差しのべようとするのだろう。人間にはそうなるように何かが組み込まれているのかもしれない。ルース・ミンクスが人前でわたしを殺人者呼ばわりしたのは、わずか二日まえのことだ。なのにいま、わたしはこうして彼女とふたりきりで話している。

「リスのコラムを読みました」彼女は話しはじめた。「そしてあなたが、スージーとスティーヴの友人だと知りました」

わたしは黙って続きを待った。

ルースは何度か目をしばたたいた。「主人はスティーヴに対して、何か思いがあるようでした」

わたしは黙ったままだ。

「ふたりのあいだのわだかまりについて……お心当たりはありますか？」

得意とする防衛策をとろうと思った。話の要点をそらすのだ。

「どうしてわだかまりがあると思われるのですか？」

彼女の目の色が、古い記憶を映すように淀んだ。そこに何を見ているにせよ、唇は固く結ばれている。

「主人は話そうとしませんでした。わたしも、無理に訊かないほうがよいとわかっていました」そういってまたまばたきしてから、部屋の正面に顔を向けた。そこには彼女の夫の棺がある。弔問者に囲まれて棺そのものは見えないものの、彼女の呼吸は速く、浅くなった。目をそらし、肩をおとす。「あの日、〈シズルマスターズ〉が厨房にいると知ってさえいれば……」

「ふたりがご主人の死にかかわっているとは、思ってらっしゃいませんよね？」

ルースの顔が上気し、この会話がいかにつらいかがわかった。全身が小刻みに震えている。

「ふたりは何かいっていませんでした？　あの夕食会の日、何かふつうでないことをしていませんでした？」両手をわたしの腕に置く。「お願いです。なんでもいいの。何か思いついたら、悲しみを癒すのに役立ちそうなことを思いついたら、どうか教えて」

悲しみを癒せるのは時間しかない、といいたい気持ちもあったけど、思いがけない悲劇に直面した人には何らかのけじめが必要だろうとも思った。それがなくては、静かに悲しみにくれることもできない。夫の突然の死で、ルースは正気を失わないために、藁にもすがりたい気持ちだろう。そんな彼女を責めるわけにはいかなかった。

「わたしにできることは何でもします。でもいまは、みなさんのところへもどられたほうが……」

彼女はうなずいた。「来てくれてありがとう、オリヴィア。オリーと呼んでもいいかしら？」

「もちろんです」彼女の手をとる。「わたしで力になれることがあったら、いつでもおっしゃってください」


葬儀場から半ブロックも離れないうちに、後部座席の祖母がいった。

「ふつうじゃなかったね」

バックミラーをのぞくと、祖母は考えこんだように窓の外をながめていた。

助手席の母が後ろをふりむく。「何がふつうじゃないの？」

「デジタルなんたらかんたらの写真だよ」

わたしは葬儀場を出てほっとしていたし、祖母の口調がおかしくてほほえんだ。

「どこがだめなの？」

祖母は首を横に振った。「だめなわけじゃない」眉をひそめる。「だけどあれじゃ足りないよ」

わたしはスライドのうち、制服姿のミンクスをちらっと見ただけだった。

「ふつう、お通夜の写真にはね」と、祖母。「小さい子どものころとか、学生時代とか、結婚式の写真もあるんだよ」祖母はまた窓の外を見た。「だけどさっきは、最近の写真ばかりだった。仕事の写真はあったけどね。大統領たちと写ったものが三枚くらい」

「それがミンクスの遺志だったんじゃない？」

母がいい、わたしはうなずいた。

「たぶんそうよ。彼が出世の階段を着実にのぼっていたのは間違いないもの」

「のぼる途中でいっぱい敵をつくってね」

もう一度バックミラーごしに祖母を見る。おそらくジョゼフ・マッカーシーのことを考えているのだろう。

「制服にやたら勲章がついた、あのからだの大きな軍人は誰だい？」祖母が訊いた。

そういう人は何人もいたように思う。「ほかにどんな特徴があった？」

祖母が説明し、それで見当がついた。「たぶんブライトン将軍ね。彼も大物よ。でも、どうして？」

「おまえのボーイフレンドと話していたよ」

「え？　トムが来てたの？」
○・五秒後、結論を早まったことがわかった。祖母が後ろから母の肩を叩いて、「違うよ」といったのだ。
「その軍人が話していたのはカプ。短い時間だったけどね」

「ワシントンDCは小さい町だから」わたしは母にからんで〝ボーイフレンド〟という言葉を使うのにいささか抵抗があった。「だいたいみんな顔見知りだわ」

「だけど気になることを話していたよ」

「盗み聞きしたの？」

「それができたらよかったんだけどね。そこまで近くには行けなかった」

わたしはトムの、〝子は親に似る〟という言葉を思い出した。

「でも、何か聞こえたんでしょ？」

「中国とか機密とかいってたよ」祖母はいかにも自慢げだ。

わたしの顔つきから感じるものがあったのだろう、祖母はこうつけくわえた。

「聞いたのはほかでもない、このわたしだよ。まあ、それ以外はあんまり聞こえなかったけどね。たまにミンクスの名前も口にしていた。ほんの何度かね」人差し指を立てる。「ただ、ふたりのようすから、大事なことを話しているのはわかったよ」

家に着くと、わたしは総務部長のポールに電話をかけた。たぶんいないだろうと思っていたら、本人が出たのでちょっと驚く。

「電話してくれてうれしいよ、オリー。変わりはないかな？」

少し雑談してから、用件をきりだす。

「厨房にもどれる方法はないでしょうか？」

彼が大きく息を吸いこむのがわかった。いやな話をする準備かもしれない。そこでわたしは間をおかずつづけた。

「たいしたことではないかもしれませんが、今夜のミンクスさんのお通夜では、わたしに注意を払う人などいませんでした。厨房スタッフがミンクスさんの死にかかわっていることをほのめかす噂は下火になったと思います」

「カール・ミンクスの通夜に行ったのか？」ポールは当惑したらしい。「きみが彼と知り合いだったとは」

「いえ、知り合いではありません」わたしはかいつまんで説明した。「数日まえ、アーリントン墓地で初めて奥さんのルースに会ったんです。そうしたら、どうしても参列してほしいといわれて」

彼はしばらく無言だった。「これが別人のいうことだったら、信じなかったろうね。きみのまわりでは、オリー、奇妙なことがよく起きる」

「ええ、ほんとに……。そうならないようにしたいんですが」

短い沈黙のあと、「スージーとスティーヴについてはどうだ？」と、彼は訊いた。

言外の意味はわかった。厨房から運ばれるすべての料理に関して、その責任はわたしたち――最終的にはわたしにあるのだ。万が一、スティーヴとスージーがミンクスの料理に毒を盛っていた場合、わたしの首は飛ぶだけでなく、階段の下まで転がっていくだろう。

「ふたりがミンクスの死に関係しているとは思えません」

「なあ、オリー」彼は疲れたようにいった。「いまこの瞬間も、厨房にもどっていいぞ、といいたいんだがね。わたしにはそれができないんだよ、申しわけないが」

「何か進展はあったのでしょうか？」電話を長引かせたいと思った。いまのところ、わたしとホワイトハウスをつなぐのはこれしかないのだ。命綱といってもいい。長く話せばそれだけ、禁止令が解かれたという通達がポールのところに届くような気がした。「近いうちに、新しいことがわかったというニュースが聞けるでしょうか?」

また疲れたようなため息。「そのときは、ちゃんときみに伝える。安心しなさい」

「はい、わかりました」

「きみたちが厨房にもどれるよう、わたしなりに手を尽くしているから」今夜初めて耳にする、明るい言葉だった。「きみも、事態を混乱させるようなことをしないでくれよ」

トムとの約束を思い出す。「はい、行動には気をつけます」

でも、それがどんなにたいへんなことか、トムはたぶん気づいていないだろう。

17

その晩、ミルクとコーヒー・ケーキを横に、わたしは家族会議を呼びかけた。

「まだ小さかったころ、わたしをいじめた子たちのことを覚えている？」

母と祖母はうなずいた。

「だったら、わたしが泣くせいで、よけいいじめられるんだ、といったことは覚えている？」

ふたりいっしょにうなずく。

「ハワード・リスは、あのいじめっ子たちと同じだと思わない？」

母はうなずき、「まさしくそうよ」といった。

「であれば、今後二度と、リスの記事は読まないと宣誓しましょう。これ以上、わたしたちに意地悪をさせないように」

「その意気よ、オリー」と、母。

祖母は大あくびをした──「はい、はい。リスの話はこれでおしまいね」

翌朝、母が訊いた。

「何か新しいニュースはある？」調子は明るいけど、その目はわたしが誓いを破ってリスのコラムを読んだのではないかと疑っている。

「中国はますます混乱しているみたいね」わたしはおちつきはらって答えた。「ねえ、これを見て」新聞の記事を指さす。「中国政府はここにきて、暗殺事件の責任はアメリカにあるといいだしたみたい」

母は興味を引かれたらしい。わたしの肩越しに新聞を読んでいると、祖母が入ってきた。シャワーを浴び、早くも外出着だ。

「どこに行くの？」わたしは祖母に訊いた。

「きょうは気分がいいからね」ウェストポーチを叩く。「どこへでもすぐ行けるようにしておこうと思って」

「了解。DCをもっとあちこち案内するわ」

「あら、まあ」母は記事を読んでいる。「アメリカはふたりを捕えて尋問する代わりに暗殺した、と中国政府はいってるのね」

「そんなことってあるの？」

「自分で読んでみなさい」

わたしは記事に目を通した。アメリカ人特派員が書いた記事で、不確実なことは徹底して排除しているのがうかがえる。情報源について何度も述べ、表明された事実についても、正しく証明されるまでは額面どおりに受け取るべきではないと、くりかえし書いていた。と同時に、中国政府の驚愕すべき主張について、これがもし真実なら、アメリカにどのような影響があるかも論じている。

「要するに――」ざっくりまとめてみる。「中国はアメリカにスパイを送りこみ、アメリカはそれに気づくと中国に出向いてふたりを暗殺したってこと？ なんだかへんよねえ。たぶん、ほかにもっと何かあるわ」

母と祖母がわたしを見た。

「だって、おかしくない？ 中国のスパイがアメリカに潜入して、よしんば重要な情報を得たとしても、どうしていまごろ殺すの？ ふたりはしばらくまえに中国に帰ったんでしょう？ とっくに報告は済んでいるはずよ。この期に及んでアメリカがふたりを暗殺する動機って何？」

「アメリカ政府は裏でいろんなことをやってるわよ」母がいった。

「でしょうね。だけど、今度の件は信じがたいわ。もしもよ、スパイの報告した内容が中国政府にとって都合の悪いことだったら」首をすくめる。「政府は何らかの処置を講じるんじゃないかしら。でも、そのことでアメリカが責められてもね。ただでさえ、他国からさんざん悪口をいわれてるんだから」

「ほかの国は羨ましがってるだけだよ」

祖母の言葉に、母もわたしも笑った。

「ふたりとも、朝からやけによくしゃべるね」と、祖母。「たぶん〈リスの深掘り〉を読んでいないからだろう」

「たぶんね」わたしはほほえんだ。

玄関でノックの音がした。ここは十三階だから、一階のエントランスからの連絡なしでドアをノックできる人物は限られている。

「わたしが出るわ」ドアをあけると、ウェントワースさんだった。

関節炎で曲がった指できょうの新聞を高く掲げ、もう片方の手は杖を握っている。

「まだ家にいたの？」

どういう意味か尋ねようとしたら、ウェントワースさんは杖でわたしを脇におしやり、部屋のなかに入っていった。

「あなたの友人のリスは、今度の件で誰彼かまわずネタにしているようね」

止める間もなくキッチンに行き、「おはよう」と、母たちに挨拶する。そしてテーブルの新聞に目をとめ、わたしをふりかえってにらみつけた。

「どうして、もう見たといってくれなかったの？」

「なんのことですか？　リスのコラムのこと？　ああいうのはもう読まないことにしたんです。嘘ばっかりで――」

ウェントワースさんはじれったそうな顔をした。

「彼はいい人よ」反論はうけつけない、というように手を振る。「ええ、ええ、彼が最近どんなことを書いたかは知ってるわよ。あなたに何度もパンチをくらわせたこともね。だけど憶測部分は無視して事実にだけ目を向ければ、彼はずっと正しい、間違いのないことをいってるわ」

「間違いのない？」わたしは首をかしげた。「そうは思えませんけど」

「でも今回ばかりは、そう思いたくなるわよ」

ウェントワースさんはわたしたちの前に新聞を広げると一歩下がり、期待に満ちた目でにっこり笑った。

「いいニュースを知らせるのって、気分がいいわ」

好奇心をかきたてられ、わたしは身をのりだした。何がウェントワースさんをうちまで来させたのか、それをさがしてざっと記事を読んでいく。そして、見つけた。

まずここから読んでほしい

わたしたちもホワイトハウスとともに、こういおう――「おかえりなさい！」

〈リスの深掘り〉は、カール・ミンクスの予期せぬ死に関し、ホワイトハウスの厨房スタッフに対する疑惑が晴れたことを知った。同スタッフには間もなく通達がいき、ただちに職場復帰となるだろう。信頼できる情報筋によると、大統領と大統領夫人は正規のスタッフが不在中、意欲は満点ながら訓練不足のシークレット・サービス製料理を食べるしかなかった。わがよき友人、エグゼクティブ・シェフのオリヴィア・パラスは、事態の進展を喜ぶことだろう。自分自身はもとより、スタッフのためにも。

オリーへひと言：いかがかな？　きみの頭上に疑惑の雲を呼び寄せたのはわたしだと、もう非難することはできないだろう？　わたしは事実を伝えている。捏造《ねつぞう》などいっさいしない。

「〝わがよき友人〟ですって？」頭から煙が出そうだった。「どうしたらこんなことがいえるのよ」

ウェントワースさんはその部分を指で叩きながらいった。

「新聞を売るためよ、お嬢さん」

「そう、そういうことなら、わたしは購読中止しようかしら」ハワード・リスに対する腹立ちはいつものこととはいえ、今回とくに怒りを覚えたのは、厨房スタッフの仕事復帰が決まったと、根拠も明記せず断定していることだった。「これは間違いないことなんでしょうか？わたしにはそうは思えませんけど。もしこの記事がほんとうなら、いまごろはもう総務部長からわたしに連絡があるはずですから」

そのとき、携帯電話が鳴った。呼び出し音は小さく、設定しているメロディとは違ったけど、わたしは反射的に自分の携帯電話を手に取った。

「あら、わたしじゃないわ」

母は一瞬とまどい、それからあわてて立ち上がった。

「わたしの電話みたい」明らかに驚いている。「めったにかかってこないから、つい……」

あとの言葉は聞こえなかった。母が小走りで寝室に行ったからだ。そして呼び出し音がやむと、「もしもし」という声が聞こえた。

二秒後、母は寝室のドアを閉めた。

「かけてきたのは紳士ね？」と、ウェントワースさん。

祖母は鼻を鳴らした。「その紳士は誰なのか、当てられるよ」

「カプでしょ」わたしは母が、きょう〝デート〟することをすっかり忘れていた。

「まあまあ、オリー、やきもきしなさんな」祖母は小さな子にするように、わたしの腕をやさしく叩いた。「ここにいるあいだ、お母さんの思いどおりに楽しませてあげなさい」

そうなのだ、祖母のいうとおりなのだ。わたしはこの旅行が、祖母と母にとって最高の思い出になるようにしたいと思っていた。ホワイトハウスを内側から見ることでワシントンDCを好きになってほしい、ホワイトハウスの廊下を観光客ではなく関係者として歩いてもらいたいと思っていたのに、現実はこのありさまだ。ミンクスの予期せぬ死と、わたしの自宅待機のせいで、母たちの旅行は台無しになってしまった。

現実を直視しなければならない。母にとって、この旅のハイライトは、カプとの出会いといっていいだろう。一週間もしないうちに母と祖母はシカゴに帰ってしまう。どうしてわたしは過保護な親のように振る舞い、母の幸せの邪魔をしようとしているのか？　好意をもってくれる同年代の男性といっしょに過ごしたいと思うなら、そうしてはいけない理由がどこにある？

祖母とウェントワースさんが雑談するそばで、わたしは葛藤した。よし、カプの電話は母にとってうれしいことなのだから、それでよしとしよう。と心を決めたとき、顔を上気させた母が寝室から出てきた。

「ナナ！」母はどこか差し迫ったようすで祖母に声をかけた。「お昼から、わたしひとりで出かけてもいいかしら？」そして思いついたように、わたしの顔を見る。「あなたも平気？」

わたしが答えるより先に祖母がいった。

「もちろんいいよ」手の甲でわたしの腕を叩く。「おまえもいいだろう？」

「カプがどこかへ連れて行ってくれるの？」ウェントワースさんが訊いた。

その瞬間、不安がふたたびわたしを襲った。心のなかの葛藤はどこかへ消えて飛んでいく。カプには何かおかしなところがある、見かけどおりの人物ではないように思えて仕方ないのだ。いまのわたしに自信をもっていえるのはひとつだけ――自分の直感を信じろ、だ。母をカプとふたりきりで出かけさせてはいけない。彼がこの時期に、いきなりわたしたちにかかわってきたのは、あまりにも偶然すぎる。いったい彼の狙いは何か？

「そうなの」母がウェントワースさんに答えた。「ふたりで食事をしましょうって。そのまえに、ナショナル・モールをもう少し見てまわるつもりだけど」

「わたしもモールに行こうと思ってたのよ」抑えたつもりでも、声にいらだちがのぞいた。

「みんなでいっしょにね」

母はほほえんだ。「あなたが忙しいことはわかってるから、オリー……」

「彼はどうして葬儀に参列しないの？　きょうはミンクス家といっしょにいなくていいの？」

「じつはわたしも、そう訊いたの」

「それで？」

「ルースとジョエルは、埋葬はごく内輪でしたいらしいわ。身内だけでね」

皮肉が口から飛び出した。「彼は家族同然なんだと思ってたけど」

母は子どもを叱る目でわたしを見た。

「ナナとわたしもいっしょに行ってはだめ？」そしてふりむく。「よかったら、ウェントワースさんも」

「わたしはきょうはやめとくよ」祖母がいった。「年寄りの身には、寒さがこたえそうだ。残念だけどね」

ウェントワースさんはとがめるような、たしなめるような目でわたしを見た。

「せっかくだけど、あとでスタンリーが来るのよ。きょうはふたりで予定があるの」

わたしだけでも母とカプについていく、というのは、少なくとも魅力的な提案ではないだろう。

電話が鳴り――今回は家の電話だ――その提案は口にできなかった。

「ちょっと待ってて」わたしは受話器に手を伸ばした。「カプに返事をするまえに――」

「わたしは出かけるわよ、オリー」母はいった。「二時に迎えに来てと、もういってあるの」

頭のなかをいろんな思いが駆けめぐり、着信番号を確認しないまま電話に出た。

「もしもし？」

「オリー、ポールだ」総務部長が自宅に電話をしてきた。あの月曜の電話がよみがえる。今度はいったい何だろう？

「はい？」間抜けな応答をした。

「リスの記事は読んだかい？」

「はい、つい先ほど」

ポールは怒りと諦めが入りまじったような口調でいった。

「誰があんな情報を流したのかはわからない。だが、きわめて残念だ。ホワイトハウスの職員が公式ルートではなく、新聞を通して職場復帰を知ることになるとはね」

母とカプのことを一瞬忘れ、ポールの話に全神経を集中させる。

「わたしたち、ほんとうに仕事にもどれるんですね？　また仕事ができるんですね？」

「いますぐに。早ければ早いほどいいだろう」

安堵の波が押し寄せてきて、こびりついた不安を洗い流した。

「ありがとうございます！」

「わたしに感謝することではない。大統領ご夫妻が山を動かし、検死官に早く結果を出せと迫ったんだよ。もちろん、事件の真相を知りたいからだ」

話の続きはまだありそうだった。

「しかしね、それだけではないんだよ。あのコラムで、リスはもうひとつ正しいことを示唆している」ポールはつづけた。「大統領もファースト・レディも、シークレット・サービスがつくる料理に飽き飽きしてね。いつ厨房にもどってこられる？」

選択の余地はなかった。ホワイトハウスにもどるようにいわれたのだから、家でじっとしているわけにはいかない。母にはカプと出かけてほしくないけど、それを止めることはできなそうだ。結局、電話を切ってから、母と祖母に合鍵を渡し、トラブルが起きたり、困ったりしたらかならず連絡してくれといった。

「どんなトラブルが起きそうだと思ってるの？」母はいささかはしゃぎすぎだ。

「そういう問題じゃないわ。もし起きたら、というだけよ」

祖母が、くぼんだ目をきらきらさせてわたしを見上げた。

「おまえがいないあいだに、はめをはずすな、ということだね？」

三十分後、ミンクスの死以来初めて、ホワイトハウスへ向かうため地下鉄に乗った。そしていろんなことを考えていたわりに、肝心な場所——身のまわりには、気が向いていなかったらしい。

乗客がほとんどいない車両なのに、わたしのあとに乗ってきた男性がボックス席の隣にすわってようやく、彼に気づいた。古風なフェルトの茶色い帽子を目深にかぶり、コートの襟を立てている。手袋をはめた手を杖にのせていること以外、とくに目をひくところはなかった。せいぜい、アフターシェーブのにおいがきつすぎることくらいだ。

気がゆるみかけ、すぐに自分を叱った。過去にはこれよりもっときわどい状況があったのだ。そこでわたしはためらわず、「すみません」と立ち上がり、べつの座席に移動することにした。

「オリヴィア」その男性がわたしの名を呼んだ。

ひとつ後ろのボックス席の通路側にすわりかけていたわたしは、彼をふりかえった。

「え？」

「こっちにもどってきてくれ。話したいことがある」

彼は顔が少し見えるくらいに、帽子のつばを上げた。

わたしが「リス？」と大声をあげそうになると、彼は人差し指を口にあて、「しーっ」といった。隣の座席を片手で叩く。「ここにすわってくれ。早く。時間がない」

「まるで陰謀を企てるテロリストみたいね」ほかの乗客に聞こえるのもかまわず、大きな声でいう。「あ、ごめんなさい」指を鳴らす。「訊くまでもなかったわ！」

わたしは彼に背を向け、もっと離れた座席へ向かった。

リスはわたしをにらみつけている。コートの襟の上からのぞく目と鼻しか見えないけど、激しく怒っているのは明らかだ。本か何か、読むものを持ってくればよかったと思う。仕方なく、わたしは窓の外に顔を向けた。残念ながら地下鉄なので、見るものなどほとんどない。

そこで、窓ガラスに映る自分と目を合わせた。自分から自分に力をもらうのだ。

リスは杖を頼りに立ち上がると、わたしの向かいの席にすわった。数えるほどしかいないけど、ほかの乗客もわたしたちに気づきはじめた。でも、かまわない。

「きみがホワイトハウスにもどれると書いた今朝の記事は正しかっただろう？」

わざわざ答えるまでもない。わたしは窓の外を見た。

「情報提供者がいてね」

「当ててみましょうか。〝ディープ・スロート〟でしょ？」

彼がわたしの頭から足先まで見ているのを感じる。

「ウォーターゲート事件のときは、まだ生まれていなかったんじゃないか？」

「事実と歴史はわたしにとっては重要なんです。わたしたちみんなにとってね」

この卑劣な男には、いいたいことをいってやる。彼はわたしばかりか母までも悪意あるコラムの題材にしたのだ。いまここで失うものはない。むしろ彼がどんどんしゃべってくれれば、わたしも徹底して対戦できる。

彼は声をおとし、身をのりだした。

「この国の根幹を揺るがしかねない事実を知っているといったら、どうする？」

「あなたが知るわけないじゃない、その――」下品な言葉が飛び出しそうになり、咳払いをする。「あなたは、はったりをいってるだけよ」

彼は白い眉をぴくりと上げた。「やはりきみは、気むずかしいシェフだな」

わたしはもう一度席を替わろうと、向かいの座席の背もたれに手をかけて立ち上がった。

「頼む、待ってくれ」彼はわたしの手に自分の手を重ねた。「あやまるよ」

すかさずわたしは手を引っ込めた。「いまさら謝罪なんて結構です」

四列先の座席に腰をおろす。対面には年配の女性がすわっていて、彼女はわたしに不安げな目を向けてから、床に視線をおとした。リスは追ってはこなかった。

マクファーソン・スクエア駅までずっと、彼は同じ席にすわっていた。電車がホームに入り、わたしは立ち上がった。

速度がおちたところでリスも立ち上がる。そしてこちらにやってくると、ドアがまだ開かないうちに、わたしの耳もとに口を寄せた。

「NSAで問題がもちあがっている」と、ささやき声。「中国関連だ。ミンクスはフィル・クーパーを調べようとしていた、自分の副――」

わたしは彼をふりむき、きっぱりといった。

「フィル・クーパーが誰かは知ってます。あなたがなんでもかんでも書いたから。ワシントンDCの住民なら、みんな知ってます」

目が動揺し、彼は左右をちらちらっとうかがった。まるで一九四〇年代のスパイ映画のようだ。

「そんなに大声を――」

「指図しないでください。それにどうしてわたしにそんなことを？　あなたの陰謀論を聞く暇などありません。スクープがあるならコラムに書いたらいかがです？　わたしはこれから仕事なんですよ」

いまや乗客全員の視線がこちらに向いている。

リスは小声でいった。「きみなら、フィル・クーパーと彼の反アメリカ活動に関する情報を提供してくれると思ったからだ」歯を食いしばり、全身が緊張しているけど、視線はそらさない。「シークレット・サービスのボーイフレンドから仕入れた情報をね」

どうしてトムのことを知ってるの？　いい返したかったけど、言葉が出てこない。

彼はここぞとばかりに、また身をのりだした。

「ロマンティックな関係を公表されては困るだろう？　マッケンジーの上司が見出しを見たら、どう思うかな？」

車両のドアが開いた。

「小さな穴をつついて、卑劣な嘘をひねりだす。あなたはそれがお得意でしょう？」

わたしは電車を降り、一度もふりかえらなかった。

18

　ハワード・リスへの怒りは収まらなかったけど、ホワイトハウスの厨房に一歩足を踏み入れただけで、晴れやかな気持ちになった。清潔で、よく片づいている。調査が終わったあと、すべてもとどおりにしてくれたのだろう。空気のにおいも、厨房そのものだ。イーストとコーヒーの香り、かすかな洗浄剤のにおい。たとえほのかでも、四日間も締め出されていたわたしにはとても強く感じられ、心臓が高鳴った。しばらく目を閉じ、漂う香りを胸いっぱいに吸いこむ。

「すてき」静かな独り言。「やっと帰ってこられたわ」

「ほんとにそうね」

　シアンの声がして、わたしは目をあけた。

「家族と過ごすのも楽しかったけど、仕事をしたくてたまらなかった」

　シアンは腰にエプロンを巻き、ちょうど入ってきたバッキーに声をかけた。

「会社に行きたくないってぼやく友人は何人もいるし」と、シアン。「実際、性に合わない仕事をやってる人もいるわ。後ろめたくなるくらいよ、ここの仕事に大満足してる自分が」

「ほんとにしあわせよね」

「あとはそのしあわせが、どれくらいつづくかだな」バッキーがつぶやいた。

わたしとシアンは同時にバッキーをふりむき、同じように首をかしげて彼を見つめた。

「だって、事件はまだ解決していないんだよ、検死官の今朝の発表を聞くかぎり」

「ニュースでやってたの？」

バッキーの顔つきから、マイケル・イシャム医師が発表した内容はけっして喜ばしいものではなかったことがわかる。

「ああ、やってたよ。ポールから電話をもらってすぐ、テレビをつけたんだ。検死局はまだ、ぼくたちに対する疑惑を完全には晴らしていない。ドクターは、結果はまだ保留だといっていた」

「じゃあ、どうしてわたしたちは復帰できたの？」

バッキーは大げさに首をすくめてみせた。

「ぼくらがいないと、卵転がしができないからだろう。厨房スタッフなら、子どもが遊んで転がす固ゆで卵を二、三千個はつくれると当てにしてるのさ。でもたぶん、イベントで出す料理はつくらせてもらえないんじゃないかな」強調するように人差し指を立てる。「料理を出さずにすむような理由をひねりだすと思う」

「毎年かならず料理を出すわ。それが呼びもののひとつなんだもの」と、わたしはいった。

「出入禁止が解けたんだから、正常な状態にもどるってことよ」

バッキーは頭を振ると顔をしかめ、そのまま横を向いた。シアンが目顔でわたしに〝きのうの陽気なバッキーはどこへ行っちゃったの？〟と訊いた。

「やあ、お帰り！」ポールが戸口から声をかけてきた。

それからしばらくは挨拶と、仕事復帰の喜びを語りあった。そしてわたしはポールに、SBAシェフを二、三人加えてほしいと頼み、希望としてはレイフと、新顔のアグダがいいと伝えた。仕事量を考えると、さらに数人の臨時シェフが必要だとも。

「それに関しては」と、ポール。「きみたち三人とマルセルのチーム以外、〝未知の人物〟は厨房には入れられない。ミンクスの調査がすべて終了するまではね」

信じられなかった。日常の食事はさておき、卵転がしがある月曜の料理を三人だけでつくるなんて、考えるまでもなく、到底無理な話だ。

「卵転がしの参加者に出す料理はどうするんですか？　レイフとアグダはこの厨房で仕事をした実績があります。〝未知の人物〟とはいえないと思いますが。それにふたり増えたくらいでは、まだまだ人手は足りません」

「きみのいうことはわかる。ちょっと説明するとね、月曜の計画は一部変更されたんだよ」

バッキーが「いったとおりだろ」という目でわたしを見た。

ポールは大きく息を吸いこむ。「じっくり検討した結果、大統領ご夫妻は、イベントを限定的にすることが最善だと判断した。卵転がしは予定どおり行なうが、その後のホワイトハウスでのパーティはない」

バッキーはなかば得意げ、なかば悲しげだ。

「でも……」なんといったらいいのかわからない。「どうしてです？」

「ミンクスが亡くなってまだ間がないのに、公式パーティを催すのは不適切と考えられるからだ。たしなみがない、とね。しかし卵転がしは子どもたちのためにも、反対する者はいないだろう」

バッキーのいうとおり、これは単に表向きの理由でしかないような気がした。バッキーは背を向けたけど、わたしとシアンはポールの話が終わるのを待った。

「大統領とファースト・レディはきみたちを心から信頼している。その点は、どうかわかってほしい。ご夫妻は、きみたちにできるかぎり早く復帰してほしいと願っていた。こうなったのは――」両手を広げる。「その気持ちの証《あかし》だよ。それを重く受けとめてほしい」

わたしたちは無言でうなずき、ポールは厨房を出ていくとき、わたしの肩をやさしく叩いた。

「状況はすぐによくなる。わたしはそう確信しているから」

ポールが去って、わたしたちは夕食の準備にとりかかった。徐々に心地よいリズムがもどってくる。コンピュータを起動すると、ファースト・レディからメッセージが届いていた。

お帰りなさい、オリー、そしてスタッフのみなさん。主人もわたしも、みなさんの復帰を知って、心底ほっとしました。試練のときを耐えてくれたことに感謝します。

メッセージをシアンとバッキーに見せると、ふたりとも掛け値なしに喜んだ。今夜の夕食はイタリア料理ふうにして、三階の菜園の採れたて野菜を使う。春の青菜のサラダにブルスケッタ、そしてパスタはチキンとアスパラガスにチェリー・トマトとベビー・スクワッシュを使ったプリマヴェーラだ。マルセルが、メープルシロップをかけてクルミをのせた温かいブリー・チーズに新鮮なベリー類を添えて夕食を締めくくることにする。

ブルスケッタのトッピングをつくりはじめたところで、わたしはバッキーにいった。

「ゆで卵をシークレット・サービスに取りにいってもらわなきゃね」

彼は顔を上げただけで、何もいわない。

「食事の準備がすんだらシークレット・サービスに相談してみるけど、詳しいことを知りたがると思うわ。あなたの都合がいい時間はある？　家にはブランディがいるかしら？」

バッキーはさっと手を上げ、息をのむような、それでいて〝しーっ〟と息を吐くような不思議な音を発した。

「何？」よくわからずに、わたしは訊いた。

彼はわたしとシアンに、こっちに来いと腕を振った。どうも怒っているらしい。

「二度といわないでくれ」険しい口調でいってから、周囲を見まわす。わたしたち三人しかいないのに、それでも彼は声をひそめた。「いまのような言い方をされては困る。知られてしまうじゃないか、ぼくたちの、その……」

「関係を？」

わたしをにらみつける彼の目が暗さを増した。

「そんなものは存在しない」

「あら……」シアンが唇を撫でながら訊いた。「それはどういう意味？」

ふたたび不思議な音。「オリーのいう〝関係〟は個人的なものだ。そんな関係は――」人差し指でカウンターの表面をこつっと叩く。「ここでは存在しないんだよ。そういう意味合いのことを、彼女のことも、いっさい口にしないでくれ。ぼくたちは見せ物にされたくないんだ」わたしとシアンの顔つきを見ていいそえる。「内密にしておきたいんだよ」

「わかったわ」といいつつ、わたしは考えこんだ。作業にもどってアスパラガスと葉菜類を洗いながら、わたしとトムの関係を〝公表されては困るだろう？〟といったハワード・リスの脅しを思い出す。そしてそれが、現実味をともなう恐怖となって、じわじわと喉もとまでせりあがってきた。

「どうかしたの、オリー？　顔色が悪いけど」シアンが訊いた。

自分でも血の気が引いたのを感じる。想像したくもない悲しみに胃が締めつけられ、吐き気すら覚えた。これほど大きな不安は、わたしが何か手を打たないかぎり、消えてはくれないだろう。でも、どうすればいい？　それが問題だ。わたしは大きく深呼吸した。

「外の空気を吸いたいわ。すぐもどってくるから」

ポケットの携帯電話を取り出しながら、厨房の外へ行く。さらにノース・ポルチコに面した中庭へ。

「トム？」彼が電話に出ると、わたしはいった。

「どうした？」

トムはわたしのようすがおかしいことにすぐ気づいたらしい。わたしも彼も、黙っていても相手のいいたいことがわかるときがよくあった。いつのまにか、ふたりはそうなっていた。安らぎ――。それはたしかに存在した。少なくとも、しばらくのあいだは。

わたしは話したかった。でも、電話で話すようなことではないと思った。

「大丈夫か？」

「うん、大丈夫」なぜこんなことしかいえないのだろう。「みんな元気よ。だけどリスが……ハワード・リスがね」

「ホワイトハウスにもどれただろう？　きみへの疑いは晴れたと聞いた。だから電話したかったんだが、きょうは訓練があって」

「あら、じゃあいま忙しいのね」

「いいや、さっき休憩に入ったんだ。きみの電話は絶妙のタイミングだよ」

「最悪のタイミングもあるわ……」

「話してごらん。ただ、手短に頼む。もうすぐ、つぎのセッションが始まるから」

三十秒で話せることではなかった。

「もしよかったら、訓練後に電話をもらえない？　すぐにかけてくれたらうれしいわ。だめかしら？」

「いったいどうしたんだい？」

「たいしたことは何も」真っ赤な嘘にからだがすくんだ。

「オリー、気になるじゃないか」

「ごめんなさい。でも、あとでも大丈夫だから。そのときに全部話すわ」

トムは短く笑った。「いい話なのか悪い話なのかもわからないな。ん、もう行かないと。あとで電話するよ」

「訓練が終わったらすぐにしてくれる？」

「ああ、終わった瞬間にね」

肩をほぐしてみたけど、気分はよくならなかった。胃が締めつけられる感覚は消えてくれない。空を見上げる。灰色の雲。わたしは震えた。外はとっても寒い。いま初めて、それに気づいた。このもの悲しさは、リスに脅されたせいではないだろう。すでにあった悲しみを自覚させられたにすぎない。何をしなければいけないのかは、わかっている。でも、そうするだけの強さが、わたしにあるだろうか。

空を仰いでも答えは見つからない。わたしは厨房にもどることにした。厨房ならどんなときでも、わたしのからだと心を温めてくれる。


廊下でマーガレット・シューマッハとばったり会った。

「よかった、ちょうど会いに行くところだったのよ」濃い肌色の快活な秘書官は無限のエネルギーにあふれ、うらやましくなるほどの粘り強さがある。「例の計画変更のことは聞いた？」

わたしは聞いたと答えた。「イベント後のパーティが中止になってほんとに残念よ。毎年みんな楽しみにしているのに」

マーガレットは鼻に皺を寄せた。

「これだけはいわせて。まずパーティ中止は、わたしもいい考えだとは思わない。でもファースト・レディと話して、どうしてそうなったかがわかったの」

「ミンクスが亡くなって一週間しかたっていないからでしょう？」

「それもあるわ」彼女は認めた。「だけど……」

「ほかにも理由があるの？　わたしたちが聞かされていないこと？」

マーガレットは唇に指を当て、「ここだけの話にしてね」といった。

心臓がどきどきした。「わかったわ」

会話の相手が左右をきょろきょろ見るのは、きょうはこれで三度めだろうか。それぞれに事情があって、気軽にはしゃべれない。その点はわたしも承知していた。この世界では、それが当然なのだから。

そして、妙な実感があった。自分はいつも、何かの真っ只中にいる。オリヴィア・パラスは、生まれついてそうなのかもしれない……。

「去年のホリデイ・シーズンのことを覚えてる？」

「忘れるわけないでしょう」爆弾騒ぎから始まって、多事多端どころではなかった。

「ファースト・レディは今回、安全第一でいきたいと思っているの。子どもたちには卵転がしをさせてあげたい。だけど夜に大人たちをもてなすことで、夫人の言葉を借りれば〝神意に逆らう危険〟は冒したくないんですって」

「神意に逆らう危険？」

マーガレットはうなずいた。「少なくとも、ミンクスの調査が終わるまではね」

「つまりファースト・レディは、ミンクスは殺されたと思っているのね？」

「なんともいえないわ」

わたしは彼女をまじまじと見た。「知らないの？　それともいいたくないの？」

彼女はモナリザのような微笑を浮かべ、「だから、なんともいえないのよ」といった。そしてすぐに話題を変え、当日のゲストに関する最新情報と、警備が強化されることを教えてくれた。

「当日のイベントをまるまる中止することは考えなかったの？」

マーガレットは疲れたような顔をした。「あちらを立てればこちらが立たずでね。だけど子ども向けのイベントを中止すると、市民の期待を裏切ることになるわ。一年に一回なんだもの、卵転がしを首を長くして待っている家族も多いし。ほかの州からはるばるやってくる人たちもいるでしょう。ファースト・レディはそういう人たちをがっかりさせたくないのよ」

「ピエロたちや読み聞かせ会、マジック・ショーも例年どおり？」

「もちろん、すべてやるわよ」

「でも警備は強化される」

「かなりの人員が配置されるでしょうね」

「集まった子どもや大人は気づかないかしら？」

彼女はにっこりした。「不安がらせないように、増強要員の護衛官には扮装してもらうの」

「まさか、ウサギの着ぐるみとか？」

彼女は声を出して笑った。「なかにはね。でもたいていはふつうの服装で、一般参加者に紛れこむと思うわ」

「それはいいわね。ともかく、ゲストの最新情報をありがとう。スタッフにも伝えておくわ」

腕時計を見て、そうだ、母はいまごろカプとデート中だと思った。電話してみようかと思ったけど、邪魔が入って喜ぶ人はいないし、わたしの電話は母にとって確実に邪魔だろう。だったら、アパートのほうに電話しようか。もしかしたら、祖母から最新情報を聞けるかもしれない。

夕食のブルスケッタのトッピングを冷蔵庫にしまってから、ポケットの携帯電話を取り出そうとした。すると、その腕をバッキーにつかまれた。でも彼自身、自分のしたことに驚いたようで、すぐ手を離す。

「上の階に来いといわれたよ」

「誰に？」

「シークレット・サービスに」ごくりと喉を鳴らす。「もう少し質問したいことがあるそうだ。きっと、ぼくがやったと思ってるんだよ」

いまやわたしにとって右腕のバッキーは、感情の浮き沈みが激しい。淡々としているかと思えばたちまちパニック状態へ、ここまで激変する人はそういないだろう。

「バッキー」冷静な声でいう。「シークレット・サービスは、あなたがやったと思ったら、厨房にもどしたりしないわよ」わたしはカウンターや下ごしらえ中の食材を手で示した。「あなたに殺人の疑いをかけていたら、アメリカ合衆国大統領の食事をつくらせるかしら？」

バッキーは両手で頭を抱えた。

「料理はまだ出していないだろう？　ぼくらを厨房にもどしたのは、もっと尋問したいからだ」

「何をそんなに怖がってるの？」

わたしの質問に、彼は啞然とした。

「どうしてきみは怖くないんだ？」あとずさりする。「ミンクスの事件のせいで、シークレット・サービスは堂々とぼくたちの私生活に首を突っこむ」

「そうだけど、でも――」

「ぼくが誰といっしょに住んでいるかを彼らに知られたら……」〝きみはもう知っちゃったよね〟とでもいうように、大きく目を見開く。そして両手で顔をごしごしこすった。「クビになるかもしれない。そのうえ……」

最後まで聞かなくてもわかった。だけどバッキーは、心配しすぎのように思える。アメリカ卵業協会とホワイトハウスの職員が個人的関係をもつことによって、なんらかの利害の対立を引き起こすとは考えにくい。だけどもしそうだとしたら、わたしとトムとの関係は？

それを思うと、口の中がからからになった。きょう、このあとで彼と話すことを考え、胃が不安でいっぱいになってよじれた。バッキーが安心できるようなことを、わたしにいえるはずもない。何かひとつでもあれば、わたし自身も安心できるのに。

すると厨房に、ガジー兄弟のひとりが入ってきた。

「バックミンスター・リードさん？」

バッキーが顔を上げた。

「いっしょに来てください」

彼が厨房から出ていくとき、わたしとシアンは無理に笑顔をつくった――大丈夫よ、バッキー、たいしたことないわよ。だけどバッキーは顔をこわばらせ、何かいいたげにこちらを見てから、ガジーとともに出ていった。

「彼はきっと大丈夫よ」その言葉で自分自身も慰めて、何とかなると思いこませる。ホワイトハウスにもどってこられたんだもの。これが正しい方向に進む最初の一歩なのよ。

「ええ、そうね」シアンは力なく同意した。

仕事は夕食の準備だけではすまなかった。厨房をしばらく離れていたので、やることはいっぱいある。傷んでしまった食材を捨て、これから必要になるものを切ったり洗ったり刻んだりして、そのあいだ、わたしとシアンはほとんど口をきかなかった。

一区切りついたころ、バッキーがもどってきた。青白い顔に汗がびっしょりだ。

「何を訊かれたの？」

「資料の件だ」彼の目はうつろだった。

ミンクスの資料ファイルのことだろう。「それで、なんていってた？」

「ぼくの停職を考えてるって」

「それはおかしいわ」エプロンをはずしながらわたしはいった。「ちょっと話してくる」

バッキーが両手で止めた。「やめてくれ」

「わたしに失うものなんかないもの」怒りがこみあげてくる。「つぎはわたしが停職になるだろうし」

シアンはきょとんとしていた。「資料って何？　どうしてふたりとも停職になるの？」

わたしはバッキーが、ミンクスの資料を自宅のコンピュータに送ったことを話した。

「それでバッキーに、わたし用にプリントアウトしてもらったの。だからふたりは同じ運命よ」厨房の入口をちらっと見る。「もうちょっとしたら、わたしも呼ばれるわ」

「オリーも資料を持っていることは話していない」バッキーがいった。

「え？　話さなかったの？　どうして？」

彼はコンピュータのそばのスツールを引き寄せて腰をおろすと、脚の上で頬杖をついた。

「ふたりともが厄介な目にあう必要はないよ」

バッキーの口から一体感をほのめかす言葉を聞いたのは、初めてのような気がした。わたしは彼の肩にそっと手をのせた。

「ありがとう、バッキー……」

彼は曖昧にうなずいた。「卵をなんとかしなくちゃな。停職になったら、ぼくの家に保管してある卵は使ってもらえないだろうから」

その可能性はあった。「ブランディに頼めないかしら」わたしは静かにいった。「彼女なら、べつのルートで運んでくれるかも」

非難を覚悟のうえで彼女の名前を出したのだけど、バッキーはまばたきしてひと言いっただけだった。

「そうだな」

「いつわかるの？」シアンが訊いた。「その……ほんとうに停職になるかどうか」

バッキーは首を振った。「さあ、いつだろうか」

「やっぱり、かけあってくるわ」わたしはエプロンをたたんでカウンターに置いた。「こんなのはただの見せびらかしよ。徹底的に調査してますってアピールしたいだけ。もしファースト・レディがこれを知ったら……」わたしは最後までいわなかった。

「知ったらどうなるの？」と、シアン。

バッキーがわたしを見上げた。冷笑と期待がないまぜの顔。ほんとうにバッキーは矛盾に満ち満ちている。

「いずれにしても、いまの調査は木を見て森を見ずなのよ」

「どういうこと？」

「いいの、気にしないで。ともかく行ってくるから」

ポールは執務室にいた。

「やあ、オリー」笑顔はない。「用件はわかってるよ」

「バッキーを停職にしないでください」

彼はかぶりを振った。「わたしにはどうしようもないんだよ」

「みんな資料は自宅でも読みます。年じゅうやっていることです」

「だが、ゲストが年じゅう死ぬことはない」

「ミンクスが亡くなってさえいなければ、シークレット・サービスはバッキーの資料の件を知ってもここまでのことはしなかったと？」

ポールはまあそんなところだというようにうなずいた。

「なんともいえないが、この件に関しては断固とした措置をとるのではないかと思う。ホワイトハウスのゲストが、大統領も出席したディナーの席で亡くなった——あるいは殺された——場合の対処法を示したマニュアルなどないからね」

「バッキーの身元保証で、わたしにできることはないでしょうか？」

ポールはまた曖昧に首を振り、その目は悲しげだった。

「さほど効果があるとは思えない」

「わたしの程度では、なんの保証にもならないということですか？」

ポールは目をそらした。「そうではないが」

「そういうことですよね」棘《とげ》のある言い方だとはわかっている。でも、自分を止められなかった。「ホワイトハウスでほんとうは何が起きたのかを、真剣に考えている人はいるんでしょうか？　どうしてみんな、わたしたちを疑うんでしょう？　信頼する気がないのに、なぜ厨房にもどしたんですか？　わたしたちがまた誰かに毒を盛るとは思わなかったんでしょうか？」

声がだんだん大きくなった。興奮状態に近いのが自分でもわかる。これではプロとはいえない。わたしは懸命に声を抑えた。

「申し訳ありません。理解できないことばかりで」

「まえにもいったように、きみが――きみのスタッフも――ここにもどれたのは、大統領夫妻がそう望んだからだ。上からいわれれば、シークレット・サービスは従うしかない」

さっき思いついたことが、脳裏によみがえった。

「わかりました。ありがとうございます」

「何か必要なものはないか？」

「いえ、ありません。カール・ミンクスが自然死だという証明書以外は」

彼は両手を広げた。「すまないが、その点については何もできない」

厨房にもどると、祖母に電話するつもりだったことを思い出した。携帯電話を取り出そうとして、バッキーががっくりと肩をおとし、エプロンをはずしているのが目に入った。

「ポールがね……」わたしは彼に話しかけた。

バッキーは目を合わせない。「双子の――ガジーといったかな――護衛官の片方がやってきて、いわれたんだよ。仕事はきょうで打ち切っていいのに、ここで何やってるんだって」

ようやく彼は顔を上げた。その目はうつろで悲しげで、わたしは見ていられなかった。

「バッキー、お願い、まだ帰らないでちょうだい」

「なんで?」

「ちょっとしたいことがあるの」

彼は首を横に振り、何かいおうとしたけど、わたしは止めた。

「ほんの二、三時間でいいから、ね? わたしを信じて」

こんな言い方をしたら、わたしがこの状況をなんとかしてみせる、と約束したようなものだ。ほんとうに、そんなことができる? 助け舟を確実に得られる保証はある?

「ほらほら、バックミンスター・リード!」シアンは明るくいい、それがかえって彼女のつらい思いを表わしているようだった。シアンは小麦粉だらけの指で時計を差した。「たかだか二、三時間のことよ。つきあってちょうだい」

けはじめた。

「ぼくがここにいても役には立たないよ」バッキーはそういいながらも、またエプロンをつけはじめた。

「では早速、来週の献立を三人で考えましょう」と、わたし。

「停職なんだから、ぼくは来週ここには来ない。停職期間もいわれなかったしね。たぶん無期限だ」

投げやりな口調で、わたしはまたバッキーの脆《もろ》さに驚かされた。彼はいつだって口うるさい皮肉屋で、困り者だった。だから（控えめにいっても）一度ならず忠告したい気持ちに駆られたけど、最近はわたしも、少し違った目で彼を見るようになっていた。何が彼を意固地にさせているのか？　気むずかしくて扱いにくい人間に？　でもそんな彼の鎧《よろい》に、ブランディが穴を開けることができたらしいと知って、わたしはうれしかった。彼の生活にも暖かい日の光が射しているのだ。

わたしには考えがあった。名案だ、と思っている。でも、自分で自分の首を絞める可能性もなくはなかった。

「それでは」と、わたしはいった。「来週、卵転がしのあとに大きなイベントはないから、大統領一家のお気に入り料理に新しい食材を加えてみるのはどうかしら。何かお勧めはある？」

三人で意見を出し合い、わたしはバッキーが話に夢中になれるよう気を配った。あえて彼の提案に反対し、不機嫌にさせるのだ。バッキーがぶつぶついうたび、わたしはほっとした。

いつもの厨房風景がもどってきたような気がする。

一週間分の献立計画を立てると、わたしはコンピュータの前に行った。所定のフォーマットに入力してから、ファースト・レディに提出するのだ。背後でバッキーがため息をつくのが聞こえた。

「これで終わりだな。そろそろ帰るよ」

「味見用のスプーンを補充してくれない?」シアンが彼に頼んだ。「ここにあった分は洗い場の人に渡したんだけど、まだ一本ももどってきていないのよ。帰るまえに確認してくれないかしら?」

バッキーはあきれた顔をしただけで、拒否はしなかった。

彼が厨房を出ていくとすぐ、シアンがわたしのそばに来た。

「バッキーもほんとうは帰りたくないのよね」

「帰らずにすむよう、なんとかしてみるわ」

シアンはわたしの肩越しにコンピュータ画面を見てぎょっとした。

「本気なの?」

わたしは入力をつづけながら首をすくめた。

「みんなそれぞれ役割があるから」入力を完了し、メールの送信ボタンをクリックする。

「さて、幸運を祈りましょう」

少なくとも、わたしにできる精一杯のことはやったのだ。気持ちが高ぶっていた。深呼吸をし、行動することの喜びに浸る。だけどそれも、長くはつづかなかった。

「オリヴィア・パラス」ピーター・エヴェレット・サージェント三世の声は呼びかけという
より、号令のようだった。

式事室長の思いがけない出現に、わたしはうんざりしながらもふりむいて返事をした。

「こんにちは。何かご用ですか？」

彼は目を細めた。「話したいことがある」

「予定変更については知らせをうけています、ピーター。月曜のパーティは中止なので、料理に関する〝デリケート〟な点について話し合う必要はないでしょう。卵転がしのビュッフェ・メニューはとっくに承認されていますし。お話がなんであれ、来週まで持ち越しても問題ないでしょうから、そうしてもらえると助かります」

彼は問いかけるように、かつ見下すように首をかしげた。そしてその目に、楽しげな光があるのをわたしは感じた。

「それほど単純なことだったらいいんだが」彼はほほえんだ。「残念ながら、もっとはるかに深刻でね」

パーティの中止以上に深刻なことがあるのかしら。わたしは彼の餌に嚙みつくことにした。

「わかりました。では――」

鼻に皺を寄せ、彼はシアンをふりむいた。「席をはずしてもらいたい」

シアンがわたしを見て、わたしは黙ってうなずいた。

「だったら、下に行ってるわね」

シアンが厨房から出たのを確認してから、サージェントはいった。

「なぜ彼女を使いつづける？　まず第一に――」

「用件はスタッフに関することではないですよね」わたしは彼をさえぎった。「よろしければ、本題に入っていただけませんか？」

サージェントの相手をすると、きまってからだがこわばり、口調も硬くなる。この人にはくだけたところがまったくなく、わたしは会話がぎくしゃくしないよう、無意識のうちに彼の堅苦しい態度を真似しているのかもしれない。

「いまのきみの発言は間違っている」と、サージェントはいった。

わたしはびっくりして、びっくりしたことを彼に気づかれ憮然とした。

サージェントの笑みが広がる。「本題はまぎれもなく、厨房スタッフに関するものだ。バックミンスター・リードの即刻解雇について話し合おうと思って来たんだよ」

まったくの予想外だった。わたしは知恵をかき集め、反論をさぐった。

「バッキーはあなたの部下ではありませんし、あなたの統括下にも入っていません」

「だからだよ」辛抱強さを見せつけるようにいう。「わざわざこうしてここまで来たんだ。バックミンスター・リードの雇用に関してわたしに権限がないのは、残念ながら事実だからね。しかし、彼が何をしたかを聞いて、雇用を継続するのは容認できないと思った」顔には微笑が貼りついたままだ。「きみも同じ思いのはずだが」

「バッキーは何も悪いことはしていません」

サージェントは眉をつり上げた。

「内部資料を不用意に自宅のコンピュータに転送することを、まさかきみは許可しているんじゃないだろうね」

わたしは大きく息を吸いこんだ。でも言葉が出ないうちに彼は話をつづけた。

「きみたちが習慣的にやっていることを詳細に調べ、無責任な行為の実態がないことを願うばかりだ」

「食事資料を自宅で精読することは、無責任な行為ではありません」

「まあ、そういえなくもないだろうが」口もとがゆがむ。「しかし、きみは現政権で〝人気者〟扱いされている。それゆえ、きみの逸脱行為はまともに調べられたことがない。わたしはぜひとも、調べてもらいたいと考えている」

〝人気者〟の箇所で意味がわからずとまどっているうち、サージェントはくるりと背を向け歩きだした。

そして戸口で立ち止まり、ちょっと天井を仰いでから、わたしをふりかえった。

「いずれ、キャンベル大統領の任期も終わる。そうすれば、きみが大統領に——そして大統領夫人に——かけた魔法も、消えてなくなるだろう」また鼻に皺を寄せ、内緒話でもするように声をひそめる。「その日が待ち遠しいよ」

数分後、誰もいない戸口をまだじっと見つめているところへシアンがもどってきた。

「陽気な室長さんは消えてくれた？」

わたしは頬の内側を噛んだ。

「何があったの？」

説明する気になれなかった。「いやなやつ、としかいいようがないわね」首を横に振る。

「用心したほうがいいわ」

バッキーが味見用スプーンの入ったステンレスのボウルをいくつか抱えてもどってきて、カウンターの上に置いた。それから両手を腰に当て、しばらく厨房を見まわす。

「きみたちふたりでやる仕事が山ほど残ってるな」

「でしょう？」と、わたし。「考えるだけでうんざりするわ。バッキーがいてくれないとどうしようもないのがわかってもらえる？」

バッキーはうれしそうにわたしを見た。ただし、顔はしかめ面のままだ。

「冷蔵庫に、卵が全部収まるだけのスペースをつくったほうがよさそうだな」

「そうね、お願い。そのあいだわたしは――」

コンピュータから新着メールを知らせる音がした。

「そのあいだ、どうするの？」シアンが訊いた。どうやら受信音には気づかなかったらしい。

「ちょっと待ってて」わたしは急いでコンピュータのほうへ行った。

バッキーとシアンは冷蔵庫に向かい、わたしは受信トレイを開く。メッセージは簡潔で、要点のみが書かれていた。

知らせてくれてありがとう、オリー。ほんとうに残念ですね。一日も早くリード氏への誤解が解けて、わたしたちのキッチンにもどってきてくれることを祈っています。

がっかりした。ファースト・レディならなんとかしてくれると、なぜ思いこんでしまったのか。どうして、すぐに事態が変わると思ってしまったのか——。それでも、キャンベル夫人がこんなに早く返信してくれたことを喜ばなくてはいけない。わたしは献立案を送るとき、バッキーの身に降りかかったことを簡単に説明し、力を貸していただけないかとお願いしたのだ。分をわきまえないメールであるのはわかっていたけど、スタッフが窮地にいるのに、ほかにどうすればいい？

「あとはふたりでやってくれ」シアンといっしょにもどってきたバッキーがいった。「ぼくはこれで帰るよ」

ほかに分担できる仕事はないし、引き止めるだけの説得力ある理屈も思いつかない。キャンベル夫人によるトップダウンの停職解除もあきらめるしかなさそうで……もはやお手上げだった。

「連絡はとりあいましょうね」

「ぼくらのうち、どっちかはかならず連絡するよ、卵のことがあるから」

彼はエプロンをはずすと、背を丸めてジャケットをはおり、キャップをかぶった。肩にのしかかる重荷が見えるようだ。

考える間もなく言葉が口をついて出た。「早く仕事にもどれるように、わたしにできることはなんでもするから」

彼は唇をゆがませた。「うん、わかってる」

バッキーは厨房を出ていった。

「これからしばらく、応援なしでやっていくなんて絶対に無理よ」しんと静まりかえったなかで、シアンがいった。「SBAシェフはだめで、バッキーもいなくて……」

わたしも同じことを考えていた。申し分ない計画のはずだった。母と祖母をワシントンDCに呼ぼうと決めたのは、スタッフ全員に応援団がいれば支障なく仕事をこなせると思ったからだ。ところがこの先、わたしとシアンだけできりもりするとなると、厨房にはりつく以外に手はない。

ため息が出た。これから三日くらいは、母と祖母だけで過ごしてもらおう。それもたぶん、短くて三日だ。こんなはずではなかったのに——。

携帯電話でアパートの電話にかけた。時計に目をやり、あとどれくらいで家に帰れるだろうかと考える。

「もしもし、ナナ？　お母さんはいる？」

「まだ帰ってきてないよ」

もう一度、時計を見る。さっきは時刻を見間違えたのかしら？

「何時間もまえに出かけたんじゃないの？」

「楽しんでるんだよ」

「でも、外が暗くなってきたわ」

祖母は声をあげて笑った。

「おまえが初めてデートしたとき、お母さんがいった言葉とおんなじだ」

「状況が違うでしょ。ここはワシントンＤＣよ。それに道も不案内だし」

「カプがよく知ってるよ」

わたしが心配しているのは、まさにそこだった。

「電話はあった？」

「初めてのデートのとき、おまえは家に電話したかい？」

「ナナ――」わたしは真剣な口調でいった。「心配じゃないの？」

「ああ、ぜんぜん。おまえもやきもきするんじゃないよ。お母さんはいい大人なんだから」

「何時ごろ帰ってくるかしら？」

「太陽が昇るころかね」

「ナナ！」

祖母は笑い、わたしは鼻を鳴らした。

「ねえ、お願いがあるんだけど……お母さんから連絡があったら、わたしに教えてくれる？」

「それは無理だねえ」祖母は明るくいった。「ウェントワースさんにトランプ遊びを教えてもらうことになってね、いまからあちらの部屋に行くんだよ。おまえはちょうどいいときに電話してきた。あと五分遅かったら、ここには誰もいなかったよ」

通話を終え、小さな携帯電話をじっと見つめた。

「どうしたの？」と、シアン。

言葉を発するのに一分はかかった。「仕事のために実家を離れても、家族はずっと変わらずそのままでいてくれると思ってたんだけど……」顔を上げると、シアンは何のことかよくわからないというように首を振った。「なんというか、自分は変わっていっても、母や祖母はずっと昔のままだと思っていたの。だけど、みんな同じなのね。母も祖母も歳月とともに変わっていくんだわ」

「それがいけないこと？」

「ううん、そうじゃなくて、わたしがまだうまくついていけないだけ。要するに、わたしの問題なのよね、母や祖母の問題ではなく。ふたりの思い出に、わたしはしがみついていたんだと思う……自分が子どものころにもどったみたいに。でもわかったわ。昔は昔、いまはいま」

「わかるような気がするわ」そういうシアンの目を見ると、言葉どおりなのだと感じた。「お母さんたちといっしょにいる時間を大切にしてね」

地下鉄駅に向かいながら、トムに電話をした。約束していた電話がかかってこないので、気持ちは少しもやもやしていた。

「オリー！」トムのほっとした声が聞こえ、もやもやは吹き飛んだ。

「何かあったの？」

「訓練が終わるとすぐ、緊急会議があったんだ。それが終わると、今度はクレイグに呼ばれてね」

声が暗くなったので、わたしは思わず「どんな用件？」と訊いた。

「それはいえない。あと十分くらいしたら電話するつもりだったけど、せっかくきみのほうからかけてくれたんだから、いま話そうか。何か気になることがあるんだろ？」

わたしは歩きながら深呼吸した。「会えないかしら？」

「これから？」

彼を不機嫌にさせたくなかったし、つらい話になるのはわかっていたけど、前に進むしかなかった。

「早いほうがいいと思う」

「いやな予感がするな。どんな話だい？」

「まだマクファーソン・スクエア駅には着いてないの」訊かれたことには答えず、おちついて話せる場所はないか考える。「もしあなたが近くにいるなら、あのマティーニ・バーはどう？　あなたがいつか入ってみたいといっていたお店」

「バーに行きたいのか？　フロッギーズにしないか？」

フロッギーズは大事にしたい、とはいえなかった。あそこには、ふたりの楽しい思い出がたくさんある、それを大切に守っておきたい——。トムに会ってどんなふうに話せばいいかは、まだよくわかっていなかった。だけど、どこかべつの場所のほうがいいことだけはわかる。

「マティーニ・バーのほうが近いもの。二、三分で行けるわ」

トムは奇妙な声を漏らした。「ぼくに選択の余地はないみたいだね」

わたしはマティーニではなくコーヒーを飲むことにした。トムは小さな革表紙のメニューをざっと見て、ビールを注文する。

「ビールでいいの？　いつもと違うものを試したいんじゃなかった？」

わたしたちは薄暗いバーの入口近く、窓ぎわの高脚テーブルにいる。

「それで……ぼくたちがここに来た理由は何だ？」

一日じゅう、わたしはいろんな場合を想定し、頭のなかでリハーサルした。話の切り出し方、進め方、トムの反応、わたしはなんと答えればよいか——。でも、そんな準備は全部、窓の外に流れていった。通りの向こうのカップルをながめる。腕を組み、笑っていた。やわらかい風に撫でられながら、ふたりは曲がり角の向こうに消えていった。

トムがわたしの腕に触れた。

「オリー？」

トムを正視することができない。腕にトムを感じて、なおさらできなくなった。

「つらいの」

「つらい？　何が？」

彼の目をよぎったのは恐れ？　それとも外を走りすぎる車のヘッドライト？　わたしはため息をついた。

「オリー、こんなことはやめよう」彼はわたしの手を握った。「ぼくがこのまえいったことに腹をたてているのはわかる。ぼくはきみを理解していない、と思っていることも――」

「ほんとうに、わかってくれている？」

彼は握る手に力を込めた。「うん」

わたしは手を引いた。「クレイグに、あなたを脅すのをやめてもらいたいの」

彼は椅子の背にもたれた。傷ついたような顔。

「ぼくはクレイグを怖がってなんかいない」

「わたしは怖いの。彼があなたに対して、あなたのキャリアに対して何をするのかが」

トムは蠅《はえ》を追い払うように、さっと手を振った。

「それくらい、なんとでもなるよ」

「嘘ばっかり」

また傷ついたような顔。

胃が締めつけられ、心臓が早鐘を打ちはじめた。ここでいわなくては、二度といえなくなるような気がした。

「クレイグに、わたしたちは別れたといってちょうだい」息が苦しい。「わたしたちはもう交際していないって」

トムは首を横に振った。

「それはおかしいよ」窓の外に目をやる。「ぼくたちの人生がクレイグに……この調査に左右されるなんてことがあってはいけない」顔をもどし、わたしの目をまっすぐに見る。「きみもぼくも、自分に正直にならないと」

わたしはうなずいた。

「それはまたべつの話なの」

彼はとまどったようだ。

「わたしはあなたが望むような人間にはなれない」

トムは無言だ。

わたしはテーブルの上で両手を組み合わせ、それを膝にのせた。

「このままにしておけないの」

「ぼくたちの交際を？」

「そうじゃなくて……」胸が苦しくなった。「厨房がずっと疑われているのに、何もしないでいることができないの。自分自身すら守れずにいることが」

「でも、オリー、きみにその権限は――」

「ないのはわかってる。自分で調査しようなんて思ったこともないし。だけど、じっと見ているだけなのは、とてもつらいの。そして何かするたびに怖くなるのよ、これは調査に首を突っこんでいることにならないか、トムのキャリアを危険にさらしていないか。トムが怒ったらどうしよう、ルース・ミンクスと話したから、スティーヴやスージーと会ったから、ミンクスの資料を読んだから……。頭のなかがそんなことばかりになってしまうの」

「ミンクスの資料はどこから手に入れた？」

今度はわたしが手を振る番だった。

コーヒーは冷め、ビールはぬるくなっていくけど、調査に干渉しないという約束をしてから、自分がどう感じてきたかをトムに話した。

「調査にかかわりたいなんて思わないわ。それはわかってくれるでしょう？　だけど自分を欺くことはできない。もしかして余計なことをしたかしらと、不安に思ってばかりいるのはつらいのよ」トムと目を合わせる。「わたしはわたしでいたいの。自分に正直でいたいの。だけどわたしたちの環境では、自分らしくいることができない。あなたといっしょにいると、ほんとうの自分でいることができないの」

トムは唇をゆがめ、視線をそらした。そしてまたわたしの目を見て、こういった。

「それがきみの話したかったことかな」

「あなたはどう思うの？　何かいいたいことはないの？」

彼の顔がこわばった。

「うん、ないよ。きみの気持ちはよくわかった」財布を取り出し、お金をテーブルに置いて立ち上がる。「駅まで送ったほうがいいかい?」まったくの無表情だった。「もう遅いから」

わたしはトムが何か訊いてくると思っていた。反論してほしいとさえ思っていた。でも彼は……元ボーイフレンドとなってしまった彼は、テーブルの脇に立ち、わたしが椅子から降りるのを待っている。

「大丈夫」と、わたしはいった。「ひとりで帰れるから」

彼は指で鼻をつまんだ。

「いいなおすよ。きみさえいやでなかったら、地下鉄の駅まで送ろう」

「ありがとう」どうしたらいいかわからないときは、つねに礼儀正しく、というのが母の教えだ。悲しい思いがよぎった。母は初めてのデートに行き、わたしにはこれが最後のデートになった。「送ってもらえるとうれしいわ」

駅に着くまでずっと、わたしたちは無言だった。トムは駅の階段を降りようとはせず、わたしは階段の一段めで立ち止まった。おやすみをいわなくちゃ。でもふりむいたとき、彼はもう歩きだしていた。

「トム」彼の背中に呼びかける。

彼は手を振り、ほんの少しふりかえった。でも、足を止めることはなかった。

19

地下鉄の車内から、何もない窓の外に目をやる。トムとの会話が悲しい映画の惨めな場面のようによみがえり、言葉一つひとつを、そのニュアンスを考えてみたけど、それほど複雑な会話はかわしていなかった。わたしがしたことは正しかったのだろうか？　気づかないうちに、彼を責めてしまったのではない？　自分のやりたいようにやらせてほしいなんて、わたしのわがままでしかないの？

心臓の鼓動がいつもより遅い気がする。どくんどくんとするたびに痛みが走った。トムとの関係は終わったかもしれないけど、トムへの思いは変わらない。彼はいまも、かけがえのない大切な人。そしてたぶん、これからもずっと。わたしは正しい決断をしたのかしら……。でもトムは、ほんとうのわたしではないわたしを求めていた。彼の人生の法則に従うガールフレンド。その法則に、わたしはついていけなかった。

彼の人生では彼が正しく、わたしの人生ではわたしが正しい。どちらが悪いわけでもない。そしてハッピー・エンドでもなかった。窓の外の暗闇をじっと見つめる。

ため息が出た。正しい決断だからといって、やりきり、のりきるのが簡単なわけではない。

「お帰り」アパートの部屋に入ると祖母がいった。明るく元気いっぱいに迎えてくれたけど、わたしは笑顔を返すことができない。

「お母さんは？」

「ずいぶん楽しかったようでね」祖母はわたしの気分などお構いなしだ。「ほんの三十分まえに帰ってきた」

思わず時計を見る。

「ほんの三十分まえ？」狭い玄関ホールに立ったまま訊いた。祖母の言葉がぴんとこない。

「だって、もう十二時を過ぎてるじゃない」

祖母はにっこりした。

「まあ、いいけど」まだ生々しいトムとの会話が、頭のなかでわたしをちくちく刺している。このままベッドにもぐりこみ、眠って痛みを忘れたい。ともかくひとりきりになりたかった。

「オリー」母がキッチンから出てきて、時計を見た。「とっくに帰ってきてると思ってたんだけど」

わたしは目をそむけた。「休んだぶん、仕事がたまってたのよ」

祖母は満面の笑みで娘を見て、その娘は（わたしの母は）わたしをじっと見ている。

「何かあったの？」

首を横に振って否定する。「ものすごく忙しかっただけ。それにバッキーが停職になったのよ」

ふたりは同時にとんでもないといい、次つぎ質問をしてきたけど、わたしには順序立てて説明できる自信がなかった。いらいらしているし、疲れているし、気持ちのやり場がなくて、自分が話すよりは人の話を聞くほうがまだいいと思った。

「カプはお行儀がよかった？」わたしは母に訊いた。

「お行儀？」

母は明るくいったけど、わたしの言い方にむっとしたのはなんとなくわかる。

「申し分なかったわよ、もちろん。すてきなレストランで食事をしたの」そういって高級シーフードレストランの話を始めた。

「そこはチェーン店で」と、わたしはいった。「シカゴにもあるでしょう？　ダウンタウンで一軒、見かけたもの。ショウンバーグにもあるし、オークブルックにもあったんじゃないかしら」

母の笑顔がわずかに曇った。

「そうかもしれないけど、わたしは初めてだったの」

「そこそこ良いレストランよね」怒りが湧いてきて、抑えるべきだとわかっていてもできなかった。「DCならではのお店に連れていってくれたらよかったのに」

母はまばたきした。「レストランなんて、どこでもいいわ。誰といっしょにいるかが大切だから」

「いっしょにいた人は、親友のお葬式に参列せずにデートしたんでしょう？」

「オリヴィア！」

「ごめんなさい」これは本心だった。でももうこれ以上長く話すのは無理だと思った。母がいけないのではない。わたしがいけないのだ。それがわかっていても、感情をコントロールできそうになかった。穴を見つけて隠れたい。この世界から逃げ出したい。心が悲しみに千切れてしまった。ともかくひとりになりたかった。

母と祖母の顔にあった憤りの色は薄らぎ、いまは心配そうにわたしを見ている。

「ごめんなさい」わたしはもう一度いった。

「何があったの？」母が訊いた。

自分をずっと、生まれたときからずっと見てくれている人なら、つらくて苦しいときには支えてくれる。事情なんかよくわからなくても、強い味方になってくれる。そして今夜のわたしを許してくれる。ひとりになりたい気持ちとは裏腹に、ふたりがいてくれて、わたしはうれしかった。

「いやなことがいっぱいあったの」ようやくわたしはいった。「もう寝るわね。でないと、もっと八つ当たりしそうだから」なんとかほほえんでみせたけど、母たちの目はごまかせない。「最悪の一日を終わらせて、あしたは気分一新でがんばらなきゃ」

母と祖母は目を見合わせた。

「そうね、それがいいわね」と、母がいった。

ベッドに入っても眠れず、暗闇を見つめる。やがて目が慣れ、部屋のなかがはっきり見えるようになった。人生もこんなふうだったらいいのに、と思う。何かを見つめつづけることで、その真の姿が浮かんできたらいいのに。

母と祖母はキッチンで話をしていた。ささやき声で言葉までは聞こえないけど、たぶんわたしを心配してくれているのだろう。小さいころを思い出した。夜、わたしはベッドに横たわり、母たちの静かな話し声を子守唄のように聞きながら眠りにおちていった。そうだ、あのころにもどろう、つかの間だけでも……せめて今夜は。

暗闇で眠りがちらつき、ちらつくだけで近づいてはこない。天井をながめ、トムとの会話を思い返し、ぼんやり光る時計に目をやる。デジタルの数字が少しずつ、確実に増えていく。あしたはきっと、きょうよりいい日。自分に何度もいいきかせる。でも気づいたときにはもう、太陽が顔をのぞかせる時間だった。

20

〈リスの深掘り〉は二度と読まないと宣言したものの、きのうハワード・リス本人と地下鉄で会ったせいで不安になった。わたしとトムの関係を〝公表〟していないか確認しようと、新聞を広げる。そのうちリスも、公表の意味がなくなったことを知るだろう。記事ネタをひとつ、わたしが自分でスクープしてつぶしたのだ。だからといって、けっしてうれしくはないけれど。

すばやくコラムに目をとおし、わたしにも、そしてトムにも触れていなくてほっとした。きょうのリスは、カール・ミンクスのつぎのターゲットは誰だったかに焦点を当て、アリシア・パーカーとフィル・クーパーについて記し、なぜミンクスはふたりが勤務時間外にテロリストと接触していると疑ったのか、その根拠を論じている。

リスがわたしをターゲットにしなかったことに満足し、彼の頭はやはりおかしいと確信もした。わたしは新聞をたたみ、これはよい前兆だと自分にいいきかせる。一日のスタートとしてはすばらしい。

コーヒーをいれて朝食の準備にとりかかり、マイナス思考を払いのけた。わたしがしっかりしなくては、母たちにも迷惑をかける。母に対するゆうべのわたしの態度は弁解のしようがなかった。

手づくりワッフルにバナナとイチゴとブルーベリーをトッピングすれば、明るい一日を始められるだろう。いい香りが混ざりあい、漂い流れていく。こんなに狭いキッチンだから、じきに母たちも香りに誘われ目覚めるはずだ。

そして数分後、寝ぼけまなこの母がキッチンに入ってきた。

「どうしたの？」バスローブ姿で、キッチンの時計に目をやる。「ずいぶん早いじゃないの」

「あと一時間もしたら仕事に行くから、そのまえにちょっとおしゃべりしたくてね」

母は怪訝な顔でわたしを見た。「何か手伝いましょうか？」

「ううん、お母さんはすわってて。きょうはわたしがやるから」

母は腰をおろし、新聞を広げた。「読んでおいたほうがいいことはある？」

「きょうはハワード・リスのレーダーに引っかかっていないみたい」わたしは明るくいった。

「いまのところはね」

母にコーヒーをつぎ、ミルクを添える。「それでね……」

母は新聞から目を上げた。「ん？」

カウンターの前にいたわたしは、母からは横顔しか見えない。ワッフルのトッピングをしながら、一呼吸おいてからいう。

「ゆうべはいいすぎたわ」

母は黙ってうなずき、しばらくしてから「ほんとにね」といった。

「ごめんなさい。心からあやまります」

「はいはい、これからは気をつけましょう」母は新聞に目をもどした。

イチゴをのせたワッフルに粉砂糖をかけ、母の前に置く。

「ブルーベリーがよかった？　バナナもあるけど？」

「あら、これで完璧よ」

イチゴは母の大好物なのだ。歳月を経ても変わらないものだってある。

「ホイップクリームは？」

母は笑った。「わたしを太らせたいの？」

「ううん。きのうの埋め合わせをしたいだけ」

「あなたもすわりなさい」

わたしはフルーツをのせた自分用のワッフルを手にテーブルについた。

「オリー」母の声はやさしかった。「きのうは楽しい一日だったわ」

「よかった、ほんとうに。ただ、よくわからないのは――」

母は目でわたしを黙らせた。

「この休暇がいつ終わるかは、わたしはわかっているし、オリーもわかっているでしょう。そのあと、わたしとナナはまたシカゴで、平凡でつまらない暮らしを送るのよ」

「つまらない？　お母さんはいろんなことを――」

「話を最後まで聞きなさい」母はわたしを制した。「不満はないわよ。でも……ちっぽけというかね。あなたみたいに、国をつかさどる重要な人たちに囲まれているわけでもないわ。あなたが見たり聞いたりすること、あなたが実際にしていることは、わたしたちみたいな人間には夢物語なの」

「だからって、お母さんのしていることが無価値なわけじゃないわ」

「もちろんよ。ただね、あなたはわかっていないようだけど、わたしはここに来て、あなたの生活を少しだけ分けてもらっているのよ。そしてカプは……」うっとりした顔になる。「カプは、その一部なの。とてもおもしろい人。どこにでもいる男性とは違うわ」くすっと笑う。「セクシーだしね」

わたしは自分のほっぺたが赤らむのがわかった。

母はまた笑い、からかうようにわたしの手を叩いた。

「せっかくここまで来たんだから、楽しく過ごしたいだけよ。シカゴでは無理だもの」

わたしはうなずいた。ゆうべの態度を後悔して胃がきりきりし、手つかずのワッフルを見下ろす。そしてもう一度あやまった。

「ほんとにごめんなさい」

「はい、では許してあげましょう。あなたの気持ちはわかるもの。その昔、ナナがデートに行ったときを思い出すわ」

「ナナがデート？」

まるで呼ばれたかのように、祖母がキッチンの戸口に現われた。

「そうだよ、したよ」鼻をくんくんさせ、わたしのお皿を見る。「そのうち、どんな人たちとデートしたかを話してあげるよ」

「人たち？　何人もいるの？」

祖母はわたしの向かいに腰をおろした。

「食べるのか、ながめるだけなのか、どっちだい？」

わたしはワッフルのお皿を祖母のほうにずらした。

「はい、どうぞ」

祖母が食べはじめると、わたしは立ち上がった。片手を母の肩に置き、かがんで頬にキスをする。

「ありがとう、お母さん」


地下鉄の車両にハワード・リスの姿はなく、胸をなでおろした。といっても、彼がこれほど早い時間に起きて活動しているとは思えない。たいていの人はそうだろう。

だから留守番電話の着信音が鳴ったときは、びくっとした。夜のうちは携帯電話の電源を切り、家を出るまえにまた入れておいた。ということは、メッセージを残したのが誰であれ、この何分かのうちに電話をしてきたことになる。たぶん、母か祖母だろう。

電車はスピードを落とし、地上にあるアーリントン墓地駅で停車。この車両の前方車両に乗客がひとり乗ってくる。その時間を利用して、わたしはメッセージを聞くことにした――『オリヴィア』息を切らしたような声。『ハワード・リスだ。これを聞いたら、すぐに連絡をくれ。ただし、リダイヤル機能は使わないように。私用の番号にかけてくれ』リスは電話番号をいったけど、わたしは書きとめなかった。そのとき電車が動きはじめた。『きわめて重要なことだ』リスは息をつぎ、同じ言葉をくりかえした。『きわめて重要だ。わたしとはかかわりたくないだろうが、午前半ばまでに折り返しの電話がない場合、このまえ話したように、きみたちの〝関係〟をおおやけにする。きみが――』

そこで携帯電話の電波が途切れた。

悪態をつく。

ふたりの乗客が目を上げた。

わたしは片手を上げ、「すみません」とあやまった。

乗客のひとりは新聞に目をもどし、もうひとりは窓にもたれて目を閉じた。やれやれだ。またしてもハワード・リス。いったいどんな用件なのか？　わたしが彼のために何かすると思っている？　『このまえ話したように、きみたちの関係を……』卑劣な男だ。いま電波が届かなくて、彼はツイてる。そうでなかったら、わたしはすぐに折り返しただろう。そして彼の妄想を打ち砕く。

電車がマクファーソン・スクエア駅に着くまで、果てしなく時間がかかった。わたしはぐつぐつ煮立ってから一気に爆発するタイプで、いつだったかトムに、小さな火山みたいだといわれたことがある。電車が駅に到着し、地上で携帯電話を取り出すころには頭から湯気が立ち上るほどで、自分を抑えるのが精一杯だった。誰かが彼を黙らせなくてはいけない、それはわたしだ。

リダイヤルボタンを押す。彼は最初の呼び出し音で出た。「ハワード・リスだ」

「オリヴィア・パラスです」素っ気なくいう。最初の一撃を頭のなかで何度もリハーサルしていたけど、実際に口をついて出た言葉はこれだった――「わたしを脅迫してどうするの？」

喉が鳴るような音がした。「ああ、きみか。おはよう」

わたしは電話を耳に押しつけた。「いうのはそれだけ？　脅しのメッセージを残しておいて〝おはよう〟しかいわないの？」

彼は声をおとした。「この番号にはかけないようにいったつもりだが」

「ええ、そうね」わたしは大きな声でいい、ホワイトハウスを目指して南へ歩いた。「それに関してもそうよ。あなた、わたしをなんだと思ってるの？　ホワイトハウスで起きたことに二回くらいかかわったからって……」記憶がよみがえり、つかの間、言葉が途切れた。「あなたの馬鹿げた妄想につきあうほど、わたしはおめでたい人間じゃないわ。それに――」

「頼む。個人用の番号にかけなおしてくれないか？」

は？　この人はわたしの想像以上に頭がおかしいらしい。電話を切ろうかと思った。でも、できなかった。頭がどんなにおかしくても、彼にはわたしの人生を台無しにできる力があるのだ。そして、トムのキャリアも。電話を切るまえに、重要な情報をひとつ伝えなくてはいけない。

　このままリスが地下鉄で使ったのと同じ呼称を使おう。

「これだけはいっておきます。〝マッケンジー〟とわたしはもう関係がありませんから」

　まったくの無音。

「リス？」耳に聞こえるのは、わたしの早歩きの靴音だけだ。「もしもし？」

　カチッと音がして、電話は切れた。怒りの言葉を口にし、留守番電話をもう一度聞く。今度は彼が〝お望み〟の番号を覚え、メッセージを聞き終えるとすぐにかけた。

「オリヴィア？」リスが応答した。「これでいい、助かった」

「いったいどういうこと？　だらだらおしゃべりする気はないから、これだけいいます。〝関係〟を公表するというあなたの脅しは、もう効きませんから」

　ふたたび無音。

　恥知らずで無節操なおしゃべり男がまた一方的に電話を切ったのなら、新聞社に乗りこんで直接対決してやる。と思っていたら、不意打ちをくらった。

「ちょっとそのまま待っていてくれ」リスがささやくようにいったのだ。

　ほどなくして、静かだった電話の向こうから、人や車が行き交う音、風の音が聞こえてきた。

「もしもし、まだつながってるか？」リスの声がした。

「長くは話せないわよ」けっして誇張ではない。地下鉄駅からホワイトハウスの正門まで、わたしは記録的な速さでたどり着こうとしていた。そんなことができたのも、ひとえに腹をたてているからだ。

するど、ホワイトハウスのフェンス沿いに長蛇の列が見え、わたしはぎょっとして歩をゆるめた。でもそこで、きょうが何日かを思い出した。卵転がしのチケットが配られる日で、早くも何百人という人が並んでいるのだ。なかには野宿して一夜を明かした人もいる。そういう人たちは朝の寒さ対策に厚着をし、小さなグループでかたまって、ローン・チェアにすわったり、冷たい歩道の上で寝袋にくるまれていた。

「聞いてくれ」リスがいった。

「いえ、聞くのはあなたよ。トムとの関係について、わたしはさっきちゃんと話しましたからね」ぎゅっと目をつむる。リスと話すとき、ファースト・ネームの〝トム〟は使わないつもりだったのだ。そのほうが冷静で客観的な会話になる。だけど電話を切られたり待たされたりしていらいらするあまり、つい口走ってしまった。わたしはひとつ咳払いをし、もう一度明言した。「わたしとマッケンジーさんに個人的な関係はありません」

「それはそれは、お気の毒に」

この人の頭のなかを、本気で見てみたい。

「よくそんなことがいえますね。あなたが卑劣な脅しをかけなければ――」

「わたしが話したいのは、そのことではない」

正門まで、あと十メートルほど。チケット配付を待つ人たちに聞かれないよう声をおとした。でもほとんどの人は眠そうで、まわりには無関心だ。

「まえにもいったように、あなたとは話したくありません。何についてもいっさい。それにマッケンジーさんはもう脅迫ネタにはなりませんからね。はい、これで会話は終了です」

「誰がミンクスを殺したか、きみは知りたくないか？」

わたしは足を止めた。「いいかげんにしてください。いかにも情報をもっているように聞こえますが、ほんとうに犯人を知っているなら、公表すればいいでしょう」

「知っていることと証明することは別物だ。きみもそれを学んだはずだがね、オリヴィア」

彼はおそらく事務所を出て外にいるのだろう。背景の騒音と私用電話にこだわった点からそう推測したのだけど、いま、彼の話しぶりは傲慢きわまりなかった。「きみにも——きみの部下のバッキーにも、うれしい話だと思うがね。もし、べつの一味が真犯人として目をつけられたら？」

「わたしが何かを突き止めたら、〝もし〟なんていわずに断定します。そしてしかるべきルートで知らせます。空想癖のあるジャーナリストの妄言を通してではなく」

彼はチッというような音を発した。

「では、よい一日を」電話を切るのに、ほかに言葉が浮かばなかった。

「待ってくれ」

「わたしは忙しいんです」

「それなら、きみの母上に聞いてもらおう」

携帯電話を持つ手に力がこもった。「あなた、まさか母に――」

「きみのお母さんはゼノビオス・カポストゥロスがお気に入りなんだろう？　〝カプ〟といったほうがいいかな？」

しばし絶句した。だけどそういえば、ミンクスのお通夜で母もカプもいっしょにいたのだ。

「それは誤解よ。これで何度め？」わたしは正門に向かって歩きだした。

「ほう？」見下した、からかうような調子。ほんとにいやなやつだ。「つまり、きのうの彼とのディナーについて、母上はきみに話していないんだな」

「いいかげんにして」わたしはいったん言葉を切り、大きく深呼吸してからつづけた。「うちの家族のやることをのぞき見るより、もっとましなことはできないの？」

「母上のお友だちのカプは、ミンクスの死に関与している」

「え？　関与って？」

「おお！　ようやく耳を貸す気になったか」唇を舐めるような音。背後の音が突然、膜がかかったように小さくなったから、たぶん送話口を手で覆ったのだ。「詳細は不明だ、いまのところ」

あわてて記憶を呼びもどし、つなぎあわせる。

「カプは日曜の夕食会にはいなかったわ。何もできないわよ」

「断言できるかな？」

「ゲストじゃなかったのはたしかです」

リスは小さく笑った。「そんなことはどうでもいい。彼には何もできなかったと断言できるか、と訊いている」

そこまで断言するのは無理だ。「だったら彼に何ができたか、いってみてちょうだい」

「いまはいえない。しかし、彼単独で動いてはいない、とだけはいえる。それにわたしは、カプが本名だとも思っていない」

腕時計をちらりと見た。急がなくては。寒い朝、外に立っておかしな話を聞いている場合ではない。でもなぜか、不思議な既視感があった。

わたしは正門に向かって歩きはじめた。「では、さようなら」

「頼む、待ってくれ」あまりに切羽詰まった言い方に、わたしは思わず立ち止まった。「フィル・クーパーだよ」

「彼が何を？」

大きなため息が聞こえた。「まだ時期尚早だが、仕方ない、きみには話そう」

「だったら早くしてください」

「フィル・クーパーが殺人を犯したと信じるに足る根拠がある」

「さっきはカプだといわなかった？」

また唇を舐めるような音。自分でも気づかないうちに、いらだっているのだろう。

「カプは関与している、といったんだ。よく聞いてくれ。このふたりはきょう、顔を合わせる予定になっている」そして早口で付け加えた。「とある筋からの情報だ」

「どうしてわたしに話すの？」

「べつの情報源がきみを信頼しているからだ。それにきみを通じて――きみのお母さんを通じて――カプに近づくことができる」

論外だった。母を巻きこむなんてとんでもない。

「話は終わりね」わたしは大きな声でいった。列に並ぶ人たちを「すみません」といいながらかきわけて正門まで行き、リーダーにＩＤカードを差し込む。「さようなら」

「カプもクーパーも中国政府と結びついている。ふたりでミンクスを消したんだ」話しぶりに余裕がなくなった。「それを証明できる情報源がいる。わたしは間違っていない。近いうちに〈リスの深掘り〉に書くつもりだ。力を貸してくれないか？　注目を浴びるのは好きだろう？」

正門の警備員詰所の前を通ると、なかにいた警備員がこちらを心配げに見ていた。わたしは彼に小さく手を振る。

「お断わりします。はっきりいわせてもらいますが、〝深掘り〟はただの〝底なし沼〟です！」

彼が何かいうまえに、電話を切った。

「ごめんなさい」わたしはジャケットを脱ぎ、エプロンをつけた。

「もっと早く来るつもりだったんだけど」

シアンはわたしに向かってスパチュラを振った。

「ぜんぜん遅くないわよ。わたしもいま来たところ」

「何をつくってるの？」

シアンは朝食準備の進行具合を説明してくれた。といっても、料理の大半はできあがっていたから、いま来たばかりというのは嘘だろう。こんなに信頼できるスタッフがいることに、わたしは心のなかで感謝した。でもバッキーの状況を考えると気持ちは沈む。

「さっき、ハワード・リスから電話があったの」グリルからアスパラガスとアーティチョークのフリッタータを取りだして給仕皿にのせる。そして顔を上げたところで、給仕長のジャクソンが入ってきて笑顔で訊いた。

「準備はできたかな？」

「ちょっと待ってね」シアンはそういいながら、フレンチ・トーストにシナモンを振りかけた。これはキャンベル大統領用で、朝食に関し、夫妻の好みは正反対だった。スクランブル・エッグやハッシュドポテト、フレンチ・トーストといった基本的なものが好きな大統領に対し、夫人のほうは冒険心に富んでいるのだ。今朝のフリッタータも、それ自体はとりたてて珍しいものではないけれど、以前ひと味変えて出してみたところ、その後は夫人お気に入りの一品になった。

このところ何かと騒がしかったから、今週はご夫妻がほっとするものを出すことにした。わたしはお皿にフルーツと食べられる花《エディブル・フラワー》を添えると、「お待たせしました」とジャクソンにいった。

給仕長が料理ともども厨房を出ていき、わたしとシアンは片づけを始めた。

「ハワード・リスがどんな用事で電話をしてきたの？」と、シアン。

できるだけわかりやすく説明したかったけど、結局はこの程度しかいえなかった。

「妄想にとりつかれてるのよ。彼の電話に長々とつきあった自分が情けないわ。すぐに切ればよかった」

「オリーは行儀がよすぎるのよ」

「だからトラブルに巻きこまれる？」

シアンは笑った。「その点ではトムも異論はないでしょうね」

手が止まった。

シアンが声をおとし、「どうしたの？」と訊いてきた。

わたしは首を横に振るだけだ。そしてあしたの献立レシピを取り出そうとしたら、シアンに腕をつかまれた。

「話せないようなこと？」

「あしたの復活祭のディナーまで、やることは山のようにあるでしょ。翌日の月曜は卵転がしだし」

「それなのにバッキーがいなくて、人手不足の極みよね」シアンはうなずいた。「だけど少しくらいなら、おしゃべりしてもいいんじゃない？　何があったの？」

「終わったのよ」簡潔に。「わたしが終わらせたの」

きょうのシアンのコンタクト・レンズはスミレ色だった。紫がかった視線に見つめられ、わたしはおちつかない気分で話しつづけた。

「トムがね、職場でむずかしい立場なの、わたしのせいで。クレイグ・サンダーソンがトムをわたしの監視役にしたのよ。そうすれば、わたしが調査に首を突っこまないと考えたらしいわ」

「まるでふたりを別れさせたかったみたいね」

わたしは力なくほほえんだ。「ほんと、ひどい一週間だった」

シアンは唇を噛んでいる。何をいえばいいのかわからないのだろう。

わたしは彼女の肩を叩いた。「なんとか乗り越えられるわよ」

「あなたもトムも？」

「ううん、この厨房のこと」わたしはコンピュータの前のスツールに腰をおろした。卵業協会のブランディにメールを送らなくては。「最優先事項から片づけましょう。ゆでた卵をここに運ぶ手配をしないとね。まだまだやることはあるわ」

「そういえば、きょうの昼食にゲストがふたり加わるわよ」

わたしは画面のファイルをクリックした。「ここには書いてないけど」

「オリーが来るまえに、ポールからいわれたの。ファイルを更新する暇がなくて」

「だったらいま入力するわ」キーボードの上に手をのせ、シアンにゲストの名前を尋ねる。

彼女はエプロンからメモを取り出した。

「ひとりはフィル・クーパーで――」シアンはうんざりしたように首を振った。「もうひとりは舌を噛みそうな名前よ。ゼ、ノオ……」

「ゼノビオス・カポストゥロス？」わたしは思わず立ち上がった。

「あら、よく知ってるわねえ」シアンが目をまるくした。

わたしは答えず、その場をうろうろ歩きまわりながら、リスとの会話を頭のなかで再生した。彼は正しかった――またしても。

「ふたりは大統領に会うの？　ホワイトハウスで？　きょう？」

シアンはうなずいた。

リスは大統領には触れなかったけど、クーパーとカプが会うとはいっていた。ほかの話も正しいのだろうか？　ミンクスの死にカプもからんでいる？　母をデートに誘った人が？

膝がガクガクしてきて、スツールにどすんとすわりこんだ。

シアンはわたしのようすに動揺し、「どうしたの？」と訊いた。だけどわたしは答えられず、彼女は心配そうにわたしの顔をのぞきこむ。「ずいぶんへんよ、大丈夫？」

情報をつなぎあわせようとしたけど、悲しいかな、つなぐほどの情報はなかった。

「クーパーの資料はコンピュータに入ってるわよ」シアンは状況が理解できず、それならもっと何か話せば手がかりがつかめると思ったらしい。「ポールの話だと、ゼノなんとかという人の資料はできるだけ早くとりよせるって」

「よかった……。彼の資料も見られるのね？」

「その人、誰なの？」

「〝カプ〟はね、わたしの母とデートしてるの」

「その彼がホワイトハウスに来るの？」

時間は刻々と過ぎていく。すわっておしゃべりする時間が長くなればなるほど、状況は切羽詰まってくるだろう。シアンの質問には答えず、わたしはいった。

「応援が必要ね」

シアンはふくれっ面をして、わたしの返事を待っている。

「あとで話すわ。でも、まずは卵を運んでもらわないと。それから、厨房には最低限もうひとり必要よね」

「でもポールは――」

「彼に頼んでみてくれる？　ヘンリーを呼んでもらえないかって。せいぜい二、三日のことだから」

シアンは満面の笑みを浮かべた。「名案だわ！　それならポールも了承してくれるわよ」

「だけどあしたは復活祭だから、ヘンリーには予定があるかもしれないでしょう」

シアンの笑顔がほんの少し曇った。「ともかく訊いてみるしかないわね」

21

いくら大きな不安があろうと、ホワイトハウスの昼食を注意力散漫で準備してはいけない。なのにわたしはフォークを落とし、ラズベリー・ソースをこぼし、アーモンドの容器をどこに置いたかを忘れ、自分を信じられずにオーヴンの設定温度を三回も確かめた。

カプの資料が届いたので読んでみると、職業は〝コンサルタント〟で、企業に属さず独立してやっているらしい。ホワイトハウスに出入りするような、どんな分野のコンサルタントなのだろう？

わたしがうろたえているのは、リスがこの昼食会を予言したからだけではない。カプがミンクスの死に関与しているとリスが主張したからでもない（もちろん、頭の中にいすわる大きな問題ではあるけれど）。わたしがそわそわし、不安を覚え、柄にもなくとりみだしているのは、ホワイトハウスでフィル・クーパーに食事を出そうとしているからだ。彼は日曜の不幸な夕食会にも出席していただけでなく、リスによれば有力な容疑者のひとりだった。わたしはリスが嫌いだけど、そういう感情はさておいて、彼には事実を明らかにする力がある。

きょうの昼食会では、料理はもちろん、すべての面で何ひとつトラブルがあってはいけない。だけどもしクーパーが、何かたくらんでいたら？　いかがわしいジャーナリストのほのめかしだけで、確かな根拠もないまま、シークレット・サービスに通報してもいいものだろうか……。

わたしとシアンは、ほぼ無言で仕事に没頭した。昼食会の準備の合間に、あしたの復活祭の下準備もできるかぎりこなしていく。でも、わたしがまたスプーンを落とすと、シアンが我慢しかねたように声をあげた。

「こっちまでいらいらしてくるわ」

「ポールはヘンリーのことで何かいってきた？」わたしが尋ねると、シアンは作業の手を止め、わたしを見つめた。

「これで四回めよ」時計に目をやる。「たった二時間のあいだに」

わたしは手の甲で額を拭った。「ごめんなさい」

「しっかりしてちょうだいよ。ヘンリーが来られなかったときのためにも。ポールは直接ヘンリーに電話するといっていたから、結果がわかればすぐに教えてくれるわ」

「そうだったわね」同じ答えを何度も聞いたのを思い出す。「だけど心配でたまらないのよ、きょうの昼食会でも何か起きるんじゃないかって」厨房のなかを手でぐるっと示す。「準備してから給仕されるまで、大統領の食事に何事もないことを確かめなくちゃいけないわ」

「どうやって確かめるの？」

わたしは頭を振った。自分でもまだよくわからないのだ。

「昼食会の場所はどこ？」

シアンは〝何度も答えたでしょ〟という顔をした。

「そう……プレジデンツ・ダイニング・ルームだったわね」目の前のサラダを見下ろしてから ドアに目をやり、それから時計をじっと見る。「あそこだとむずかしいかな」

「何がむずかしいの？」

「わたしたちも料理についていかない？」声に出していってみると、ただ考えていたときよりずっといい案に思えた。「給仕係には、食卓に出す直前に仕上げが必要だと説明するわ」

シアンは驚いたらしい。「そんな料理はひとつもないでしょ？」

「誰も反対しないわよ」

「プレジデンツ・ダイニング・ルームはウェスト・ウィングなのよ！」シアンはわかりきったことをいった。「頭がおかしくなったんじゃない？」

「お願い、聞いてちょうだい」わたしはなだめるように両手を上げた。「給仕はいつもどおりにやってもらえばいいわ。でも、わたしたちはダイニング・ルームの外にいて、給仕係が運ぶ直前に、一皿ずつ料理を渡すの」

「できるわけないでしょ。本気でそんなことを考えてるの？」

「でもそうすれば、大統領の料理に間違いがないことを保証できるわ。名案だと思わない？ 給仕されるまで、ほかの誰も料理に近づけないんだから」

「給仕係を信用していないの？」

「もちろん信用してるわよ。だけどそれでも不安なの。日曜日にあんなことがあって、いまだに解明されていないんだもの。調理されてテーブルにのるまで、料理の信頼性が確保されて改竄《かいざん》がないことがわかれば安心できるでしょう。そのためには自分が立ち会うしかないわ」

「信頼性の確保？　テレビの裁判ドラマじゃあるまいし」シアンはあきれたように首を振ったけど、いくらか心が動いたようだ。「でも、給仕長の了解をもらわないとね」

「それにもうひとつ――」気持ちがだんだん高ぶってきた。「ダイニング・ルームのようすもわかるかもしれないわ。食事中の話題とか」

「オリー！」信じられないといったように。「そこまではやりすぎよ。それに会話が聞こえるほど近くまでは行かせてもらえないと思うわ。ウェスト・ウィングでは無理よ」

「たしかにね。だけどカプが何をしているかはわかるかもしれない」

シアンは疑うようなまなざしを向けた。「ひょっとして、オリーはそのためだけにそこまでやろうとしているの？　探偵のまねごとをするのは、彼がお母さんと親しくなったから？」

「違うわよ」これは本心だった。「ともかく会食の場にいたほうがいいと思うだけなの。ハワード・リスは、カプとクーパーがミンクスの死に関係があるとはっきりいったわ。もし彼のいうとおりだったら、大統領はきょうのお昼に、ふたりの暗殺者と食事をすることになるのよ」

「オリー」シアンはなぜか、同情するような顔つきになった。「あなたがミンクスの死を個人的なことととして捉えているのは知ってるし、理解できるわ。わたし自身も同じだから。でも、オリーにもわたしにも、できることは何もないのよ。わたしたちが手を出せることじゃないの」

ずばりといわれ、高ぶっていた気持ちが一気に沈んだ。サラダ用の葉菜をつまむ。

「そうね、あなたのいうとおりだわ」

「それにわたしたちには、料理人としてやることがいっぱいあるでしょ」

「おやおや、何やってるんだ？」厨房の入口から、よく通る声がした。「突っ立っておしゃべりか？　それとも仕事中か？」

「ヘンリー！」わたしはエプロンで手を拭くと、駆け寄って抱きついた。「来てくれたのね！」

「ポールから電話をもらってすぐに家を出たんだよ」手をのばし、シアンの肩も抱きしめる。「断われるわけないだろう？　きみたちに来いといわれたら」

喉に熱いものがこみあげた。ヘンリーに会えてうれしい。この厨房にヘンリーがいるのが、とってもとってもうれしい。皺は増えていたけど血色はよく、全体的にスリムになって、引き締まって見えた。

「見違えたわ。何かしてるの？」

「食事に魔法の成分を加えてるからね」ヘンリーはウィンクした。「パワーみなぎる秘密の成分だ」

シアンは笑った「その秘密の成分を全世界に公表したら大金持ちになれるわよ」

「教えるもんか」ヘンリーは指を一本、横に振った。いっしょに仕事をしていたときより、何倍も晴れやかな笑顔だ。「だめだめ、トップシークレットだよ」

「ふうん……秘密の成分ね」わたしは両手を腰に当てた。「ヘンリー、白状なさい。彼女の名前は何？」

「おや、わたしの……復興《ルネサンス》は女性のおかげだと思うんだな？」目が笑っている。

わたしとシアンは黙って答えを待った。

「彼女の名前は〝女神〟だよ。さて、頭の切れる探偵さんたち、現状はどんな具合かな？」

シアンとわたしはざっと説明したけど、バッキーの停職の件は、ヘンリーもすでにポールから聞いて知っていた。

「まさしく非常事態だな」と、ヘンリー。「だが、この厨房が苦境に立たされたのはこれが初めてではない。いつものように、力を合わせて克服しよう」そしてわたしの目を見る。

「ミズ・エグゼクティブ・シェフ、なんなりとお申しつけください」


ヘンリーが加わり、作業はとんとん拍子で進んでいった。気心が知れて信頼し合っているから、何事も最小限の確認だけですむ。そしてヘンリーはその存在感で、わたしとシアンの士気も高めてくれた。

昼食会の開始まであと三十分ほど。わたしはウェスト・ウィングまで同行して、大統領の料理が安全に給仕されるのを見届けたいという思いを捨てきれていなかった。

コンピュータの前を横切るとき、新着メールがあるのに気づいた。

「よかった！」メールを読んで声を上げる。

「どうしたの？」と、シアン。

「ブランディがね、手を貸してくれ……」

そこで考えこむ。

カウンターの向こうで、チェリー・トマトを花の形に飾り切りしていたヘンリーが顔を上げた。シアンが話の先をうながす。

「手を貸すって、何に？　卵のこと？」

「これでうまくいくわ」

ヘンリーとシアンがちらっと視線を交わした。

「それはよかったわね。で、何がうまくいくわけ？」

「ブランディが、卵を協会の倉庫まで運ぶよう手配してくれるの。完璧じゃない？」

シアンはとりあえずうなずいたけど、まだよくわかっていないらしい。

「シークレット・サービスに、倉庫まで卵を取りにいってもらわなくちゃいけないでしょう？　ウェスト・ウィングにいるクレイグ・サンダーソンにそれを頼みに行くのを、大統領の昼食のタイミングに合わせたらいいと思わない？　それで料理が安全に運ばれるのを確認できるわ」

「見え透いてるわよ」

「かもしれない。でも、カプとクーパーは信用できないもの。どうしても安全確認はしておかなきゃ」

「止めてもむだね」

ヘンリーは眉を上げ、わたしたちの会話を聞いていた。でもわたしが説明しかけると、片手を上げて制した。

「たぶん、わたしは知らないほうがいいだろう」

形式ばらない昼食会の場合、キャンベル大統領はたいていホワイトハウス・メスで行なう。メスはウェスト・ウィングにある海軍運営の食堂だ。でも、きょうの昼食会の場所は、同じウェスト・ウィングでもプレジデンツ・ダイニング・ルームで、料理はわたしたちの厨房から運ばせる。ということは、会の趣旨がなんであれ、プライバシーを保つのが必要なほど重要なのだ。

わたしといっしょにウェスト・ウィングに向かうあいだ、給仕長のジャクソンはほとんど何もしゃべらなかった。まっすぐ前方を見て、料理がのったカートを押すだけだ。でもそれでかまわない。わたしは計画どおりにうまくいくかどうかで、胸がどきどきしていた。

ウェスト・ウィングに入って、曲がりくねった廊下を進む。そしてダイニング・ルームへ上がるエレベータの前に到着すると、ジャクソンが顎を振った。

「シークレット・サービスのオフィスはあっちだよ、この階の」

「知ってる」

ジャクソンは少し間をおき、こういった。

「クレイグ・サンダーソンと話すためだけに来たわけではない、ということだね？」カバーをかけた料理や付け合わせをちらりと見おろす。「料理が心配、ということか」

わたしはうなずいた。

「きみという人を知らなかったら、本気で腹をたてるところだ」

「ジャクソン、わたしは一秒だって……」

彼が手を上げたところで、エレベータの扉が開いた。カートを押していたジャクソンは、降りるときに直進できるよう、バックして中に入る。扉が閉まり、彼はいった。

「オリーがわたしを怪しんでいるとは思わないよ」カートを指さす。「新品の塩。新品のコショウ。消毒したての銀食器。ここにあるものはすべて、まっさらだ」

食事会では、調味料を含め、ゲスト一人ひとりに専用のものが供される。ほかのゲストの前に腕をのばして何かを取るなどという、失礼なことがあってはいけないからだ。わたしはうなずいた。

「ええ、わかってるわ」

彼は鼻をひくひくさせた。「クーパーが気になるんじゃないか？」

鋭い指摘にびっくりして、わたしはもう一度うなずいた。

エレベータの扉が開いた。わたしたちは降りて絨緞《じゅうたん》の廊下を進む。カートにのせたものが静かに音を立てた。

「このカートから一瞬たりとも目を離さないと約束するよ」ジャクソンは厳かにゆっくりと、首を縦に振った。

「ありがとう、ジャクソン」

わたしたちは声をおとして話していた。ウェスト・ウィングに来ると、いつも畏怖の念に包まれる。ここはアメリカの政治の中心であり、一つひとつの決断にいかに多くの時間と労力が費やされるかを、わたしは肌で感じていた。機密事項にかかわる人たちの責任の重さがどれほどのものかを、彼らの姿から感じることができるのだ。ここにいる人たちは最大限の最善の決断を下すことに、日々全力を傾けている。

プレジデンツ・ダイニング・ルームの前で足を止めた。左手にはルーズベルト・ルームがあり、前方の右手がオーバル・オフィスだ。ホワイトハウスの職員になって何年か経つけれど、ここに来るとかならず鳥肌がたつ。行き交う大勢の職員の邪魔にならないよう、ジャクソンはカートを押して無人のルーズベルト・ルームに入った。ここならダイニング・ルームの真向かいだし、オーバル・オフィスにも近い。窓はひとつもなく、中央の長テーブルにはゆったりすわれる椅子が十六脚並ぶ。部屋の名付け親はニクソン大統領で、セオドア・ルーズベルトとフランクリン・D・ルーズベルトに敬意を表したものだ。それぞれの肖像画も飾られていて、共和党のセオドア・ルーズベルト大統領は第一合衆国義勇騎兵隊《ラフ・ライダーズ》をイメージした騎馬姿で描かれ、従来、この絵は暖炉の上に、民主党のフランクリン・D・ルーズベルト大統領の肖像画は南側の壁にかけられていた。

しかし、キャンベル大統領はどちらの大統領も心から尊敬していたので、長年変わることがなかった肖像画の場所を入れ替えるよう指示した。そのほうが、ふたりのルーズベルトがより対等になるだろう。

「きみがいてくれると助かるよ」ジャクソンがいった。「手を貸してもらえるからね」給仕係はほかにもいるけど、彼のいわんとするところはわかった。かかわる人間が少ないほうが、よけいな心配をせずにすむ。たとえ過剰防衛といわれようと、わたしもジャクソンも、万にひとつの可能性もあってはいけないと考えているのだ。

「すぐにもどるから」ジャクソンはそういうと、向かいのプレジデンツ・ダイニング・ルームに行った。料理を出すためにテーブルの準備をするのだろう。わたしはルーズベルト・ルームの入口のそば、カートの前に立って待つ。ほどなくして、廊下を行き来する職員をよけながら、ジャクソンがもどってきた。

「では、給仕しようか」

通常、給仕係は一度に一皿しか出さない。とくに公式晩餐会などでは、ゲスト一人ひとりに専属の給仕がつき、まったく同じタイミングで料理を出して、その光景は壮観といってもいいほどだ。でもきょうの昼食会は非公式なので、ジャクソンはラズベリー・ビネグレットソースをかけたサラダをまず大統領にだけ出し、つぎにあとふたり分のサラダを取りにもどってきた。

　彼が給仕をするあいだ、わたしはルーズベルト・ルームの入口に立ち、カートはわたしの後ろにある。ウェスト・ウィングの心臓部で行き交う人の会話に耳をすますと、大きなニュースのことは話していても、ミンクス関連はまったくなかった。そこへ、ジャクソンがもどってきた。

「少ししたらあっちへ行って確認するが、何もなければすぐメイン・ディッシュを出すよ。いまのところ、静かなものだ。きみの特製サラダを頬張っているときに、こむずかしい話をしようとは思わないさ」

　わたしは首をすくめた。

「どんな話を盗み聞きしたかったんだ？」

「え？　べつにそんなつもりはないわ」

「その言葉を信じよう」彼はにやっとした。そしてすぐ、友人と雑談をするようなくだけた調子になった。「どっちが気になるのか、それだけでも教えてくれないか？」

「だったら……クーパーじゃなくて、通称カプのほうよ」たぶん嫌悪感があらわだったのだろう、ジャクソンの眉がぴくりと上がった。「じつはね」顔をしかめていう。「母がその人とデートしたの」

　こんな状況でなかったら、わたしは彼の表情に思わず笑っていただろう。

「それはそれは……」

「カプはミンクス家とも親しいの。クーパーともつながりがあるようだし」

ジャクソンはダイニング・ルームに目をやった。「ちょっと行ってくるよ」

彼は給仕をつづけながら、実況中継のごとく、ダイニング・ルームでの会話を教えてくれた。

「いまは中国の暗殺事件のことを話しているよ」彼は首をかしげた。「クーパーなら大統領に呼ばれるのもわかるんだが、もうひとりのほうはどうしてかな。どんな経歴の人物なんだろう」

わたしはリスが電話でいったことについて考えた。夕食会が始まるまえに、カプがミンクスに毒を盛ったりできるだろうか？　そこでミンクスの奥さん、ルースはカプを嫌っていることを思い出した。カプに何かを感じていたから？　こればかりは知る由もない。

ジャクソンが目を輝かせながらもどってきた。

「スクープがあるよ」周囲をざっと見まわしてから声をおとす。「給仕中にキャンベル大統領に電話があって、かけてきたのは検死官だった」

背筋が凍りついた。固唾《かたず》を呑んでつぎの言葉を待つ。

ジャクソンは小声でつづけた。「大統領は検死官から聞いた話をゲストのふたりにも伝えたよ」

「それで？」喉がからからで、まともに話せそうにない。「内容は？」

ジャクソンは眉根を寄せた。「きみは気に入らないと思う」

首が飛ぶ光景が頭に浮かんだ。わたしの首、バッキーの首、シアンの首――。足が震えた。

「教えてちょうだい」

「ミンクスの死因がわかったらしい」

息を止める。

「毒だったんだ」

ああ、神さま……。

「ボツリヌス菌、とか？」

ジャクソンは首を振った。「そこまではわからない。大統領は電話をしながらメモをとっていたが、わたしには見えなくてね。電話を切るとすぐ、そのメモをふたりに見せていた。わたしがいるあいだは詳しいことを話さなかったが、〝毒〟という言葉は何回か口にしたよ」

ボツリヌス菌でないことを祈った。そんなはずはない。厨房では細心の注意を払い、それがわたしの責任だった。ボツリヌス菌のはずがない。そんなこと、ありえない。

「確かめなきゃ」わたしはつぶやいた。

ジャクソンもわたしと同じようにうろたえている。

「どうやって確かめるんだ？」

「結果はたぶん発表しないでしょう？」

「たぶんね。大統領たちは〝関係者以外極秘〟といっていたから。何かが――具体的にはわからなかったが――何かが確認されるまでは、口をつぐむようだ。大統領はわたしの前でも話そうとしなかった。給仕は透明人間のはずなんだけどね」ジャクソンの顔がゆがむ。「本来なら、きみにもここまで漏らすべきではないんだ」

「心配しないで。誰にもいわないから」わたしはしばらく目を閉じた。「つまり、厨房にまた嫌疑がかかるのよね？」

「それはわたしにはわからないよ。ただ、マスコミに公表することはない、というのだけはわかる。だから……」人差し指を口に当てる。「いいね？」

「もしボツリヌス菌だったら……」

ジャクソンは顔をしかめた。「きみのためにも、そうでないことを祈る」

わたしはうなずいた。ボツリヌス菌かどうかはいずれわかるだろうけど、それまで待つのがつらい。でも、ほかにどうしようもなかった。ジャクソンはまた、料理を運んでいった。

しばらくして、彼がもどってきた。

つづいてクーパーが入ってくる。

NSA高官の思いがけない登場に、わたしは立ちすくんだ。

「やあ、パラスさん」彼は明るくいった。「また会えてうれしいよ」

状況がのみこめず、わたしはとまどいながらも礼儀正しく挨拶を返した。

「この部屋で――」ジャクソンがいった。「私用電話をなさりたいそうだ」彼はわたしを外の廊下に出し、自分も料理がなくなったカートを押して出てきた。

すでに電話をかけはじめていたクーパーは、上の空でわたしたちに「すまないね」といった。

ジャクソンは廊下に出るとダイニング・ルームを指さした。

「さあ、行こうか」

「行くって、どこへ？」

彼は人差し指を唇に当て、小声でわたしをせかした。

「大統領は秘書に呼ばれて出ていったよ。いまがチャンスだ。オリー、それを生かして……」

最後までいわれなくてもわかった。

わたしはプレジデンツ・ダイニング・ルームに入り、あとから入ってきたジャクソンが、部屋にひとりだけ残ったカプのお皿を下げていく。カプはテーブルで頬杖をついていた。

「こんにちは、カポストゥロスさん」わたしは挨拶した。

彼はすぐに顔を上げた。

「やあ、オリー」書類ケースを閉じながら立ち上がる。「こんなところで会えるとはうれしいな」

わたしはつくり笑いを浮かべ、テーブルを片づけるのを手伝いながら、雑談めかして話しつづけた。

「わたしもです。たまたま通りかかったんですよ。そうしたら給仕長がいて――」ドアの外を手で示す。「せっかくなのでご挨拶をしようと思って」

「寄ってくれてうれしいよ」でも顔つきは、ぜんぜんうれしそうではない。

てきぱきと片づけて、テーブルにはコーヒーカップとお砂糖、ミルクだけが残された。あとは三つの書類ケース。どれも閉じられている。残念。

「お母さんはお元気かな？」彼がいった。

「はい、元気です。先日のディナーはほんとうに楽しかったようです」

「それはよかった」

わたしは勇気を奮いおこした。

「それにしても、ここで偶然お目にかかれるなんて驚きました」

「ああ、きみが驚くのも無理はない」テーブルに視線をおとす。仕事にもどりたくて仕方がないようだ。「ともかく会えてうれしかったよ」

ぴんときた。早く出ていけといっているのだ。

「お邪魔しました」そこでふと思いついたかのようにいってみる。「お帰りになるまえに厨房に寄ってくださったら、なかをご案内しますよ」

カプは書類から顔を上げた。目にはかすかな警戒心。

「それはご親切に。では、お言葉に甘えるかもしれない」

彼のほうも、わたしのことを知りたがっている？　そうだといい、と思った。彼の狙いをさぐるチャンスが生まれるからだ。

ジャクソンは仕事を終えた。そして、わたしも。

椅子にすわったカプを残して部屋を出るとき、わたしは精一杯の〝歓迎します〟スマイルを彼に向けた。

「厨房に寄ってくださるのを心からお待ちしています」


頭は毒物のことでいっぱいで、シークレット・サービスに卵の件を頼みにいくのをあやうく忘れるところだった。わたしひとりでカートもないから、閣議室の横の階段をおりていく。ありがたいことに、クレイグはオフィスにいた。彼と話すのは気が進まなかったけど、そうもいっていられない。外の部屋でいったん待たされたものの、アシスタントはすぐにもどってきて、どうぞお入りくださいといった。

「数分だけいいかしら?」わたしはクレイグに声をかけた。

彼もたまにでいいから笑顔を見せれば、もっとすてきになるのに、と思う。クレイグはペンを走らせていた書類からゆっくりと目を上げ、さらにゆっくりと訊いた。

「用件は?」

にこやかな笑顔を顔に貼りつけ、「ふたつあるの」と答える。

彼はぴくりと眉を上げ、デスクマットの縁とぴったり平行になるようにペンを置いた。

「まずひとつめは?」

「卵を厨房に運ぶよう、手配してほしいの。アメリカ卵業協会の人が準備してくれているから、彼女と連絡をとってもらいたいのだけど」

彼はうなずき、新しい紙を一枚取り出して、そこにメモした。

「連絡先は？」

わたしはブランディの名前と電話番号、メール・アドレス、卵を保管した倉庫の場所を伝えた。彼はそれを書きとめていく。

「さっそくとりかかろう。で、ふたつめは？」

ふたつめはむずかしい。「マッケンジー護衛官のことなの」

クレイグは完全に無表情になった。何度かまばたきをして、話の続きを待つ。

「あなたには知らせておいたほうがいいと思って。マッケンジー護衛官とわたしは……」言葉が出てこない。唇を噛み、もう一度挑戦する。「あなたはもう、何も心配する必要はないわ」

クレイグはまた、ゆっくりとまばたきした。

「PPDの護衛官に関し、具体的に何をいいたいのかな？　彼が何か不適切な行動をし、それを報告しに来たのか？」

「違うわよ」これがほかの人だったら、わたしは冗談として受けとめただろう。だけどクレイグは、どんなときでも徹底してまじめだった。いま、部屋の外にはアシスタントがいるから、わたしは声が大きくなりそうなのを懸命にこらえ、彼のデスクに近づいてからつづけた。「トムとわたしは別れたの」彼が無反応なので、もう一度はっきりといった。「わたしたちはもう何の関係もないの。あなたの望みどおりになったのよ」

彼は不可解な顔をした。「どうしてわたしに報告する？」

わかっているくせに。わたしは一歩デスクに近づいた。

「あなたはわたしの行動に関して、マッケンジー護衛官に、もう責任を負わせられないということ」そしていちばんつらい言葉をつづける。「彼はわたしの生活の一部じゃなくなったのよ」

クレイグが何かいうのを待たず、わたしは踵《きびす》を返すと早足で部屋を出ていった。そのまま歩をゆるめることなくひたすら歩いて、安息の地――厨房にたどりつく。

「オリー、大丈夫？」シアンが訊いた。

わたしはうなずき、「ええ、任務完了よ」といった。

シアンもヘンリーも、大丈夫ではないだろう、という顔でわたしを見ている。でもふたりとも、それ以上は訊いてこなかった。やらなくてはいけない仕事が山のようにあるのだ。

22

「ミスター・トラブルが来たわよ」シアンがささやく。

チャイブを刻みながら、わたしは顔を上げた。

「こちらが厨房のスタッフです」サージェントはいい、腕をぐるっとまわしてわたしたちを示した。「レジデンスのなかでも、どうしてここにいらっしゃりたいのか、正直とまどっておりますが。ひょっとして、料理がご趣味とか？」

サージェントより頭ひとつ背が高いカプは厨房には入らず、入口で立ち止まっている。彼はサージェントの質問を無視して、わたしに目を向けた。

「お邪魔でなければいいが、オリー」

「とんでもありません」わたしはエプロンで手を拭き、彼のほうへ行った。

サージェントは困惑し、会話の主導権をとりもどそうと、わたしをにらみつけた。

「きみとカポストゥロスさんが知り合いだとは意外だな」

わたしが返事をしかけたところで、カプがいった。

「パラスさんとわたしには、共通の友人がいてね。それもすばらしい友人だ。そうだろう？」

ずいぶんな言い方だと思ったけど、カプよりむしろサージェントを意識して「ええ」と答える。「とてもいい友人です」

サージェントは鼻を鳴らした。

「ミズ・パラス、きみへの質問リストがある。これは大統領ご本人の意向だ。わたしたちは料理という、信仰や主義、信念と深く結びつくデリケートな仕事に携わっているからね。カポストゥロスさんが厨房を見学したいとおっしゃったとき、大統領はわたしに同行するよう提案された。そうすれば一石二鳥だからだろう」

うなじがざわっとしたけど、サージェントが厨房に干渉するのはいまに始まったことではない。とはいえ、カプの前でそういうことをするのはいささか奇妙な気もした。

「はい、それでは質問をどうぞ」

わたしは作業中のヘンリーとカプを見比べた。背の高さはほぼ同じで、年齢もさほど違わない。だけど、やさしいおじさんという雰囲気のヘンリーに対し、カプはシニア版メンズ・ファッション雑誌の表紙を飾ってもおかしくない。するとヘンリーが、厨房の案内役をかってでた。でもカプは断わり、サージェントに先に進めるよううながした。

そこでサージェントは書類ケースを広げ、ペンをかちりと鳴らした。カプの黒い目が、傍目にもわかるほど険しくなる。彼は式事室の室長にレーザー光線のような視線を向けた。

「ここではふだん――」サージェントがわたしに訊いた。「大統領やゲストの食事をつくるに当たって、どんなことに気をつけているかね？」

「それはもう、いろいろです」わたしは答えた。「一概にこうとはいえません。お知りになりたい事項があれば、具体的にいってもらえますか？」

「いや、いや」サージェントは笑ったけど、笑顔はただの見せかけだ。「曖昧な点をはっきりさせたいだけでね」書類をめくる。「たとえば……トリュフを出したことはあるかな？」

「はい」

彼は答えを書き留めた。そのようすは、真偽の程度を測っているようにも見える。わたしには、嘘をつく必要なんてまったくないのだけど？

「フォアグラは？」

「大統領はお嫌いです。だから、出したことはありません」

「キャビアは？」

「あります」

「フグは？」

「ありません」わたしはその質問にびっくりした。サージェントはわたしの反応をじっと観察している。

「フグを出したことは一度もないと？」

「もちろんです。とても危険ですから」

彼は気どった笑みを浮かべてうなずきながら、答えをメモした。

その後も質問はつづき、リストにあった十種類ほどの食材の、使用経験の有無を訊かれた。

その大半は一度か二度は使ったことがあったけど、フグは一度もない。皮や内臓に猛毒をもつものもいるからだ。この厨房が、そんな危険を冒すわけがなかった。

わたしはサージェントとカプをまじまじと見た。

「どうした？」と、カプが訊き、

「いえ、なんでもありません」と、わたしは嘘をついた。

「ほんとうに？」

「はい。あしたの準備がいろいろあって、し忘れたことがないか考えていただけです」

サージェントは鼻に皺を寄せ、書類ケースを閉じた。

「とりあえず、きょうのところは終了だ。わたしはもう帰ってもよいかな」引き止められるのを期待しているようだった。でも、誰もそんなことはしない。

「カポストゥロスさん、お会いできて光栄でした」サージェントは軽く頭を下げた。そしてわたしたちのことは無視し、ふりかえることもなく厨房から出ていった。

「誰が雇ったんだい、あの……紳士を？」カプがわたしたちをふりむいた。

シアンが笑って答える。「わたしたちもよくわかっていないんです」

彼はシアンとヘンリーに笑顔を向けた。

「あなたたちのボスを少々お借りするよ」

わたしの胃が〝いやだ〟といって、よじれた。

何の話かわからないけど、たぶん母に関することで、わたしが聞きたい話ではない。覚悟を決め、カプについて厨房を出ると、彼はセンターホールまで行った。

「きみを心配させたくないんだよ、オリー」彼は切り出した。

「べつに心配なんかしていません。母は賢明で強いレディですから」

「たしかにすばらしい女性だ。そしてお嬢さんは、お母さんにそっくりだね」

あからさまなお世辞をいわれると、歯がむずむずする。わたしは歯を食いしばった。

「ところで、何かお話でも？」

「わたしがここへ来たことを、黙っていてくれたらありがたいのだが」

それはまた、奇妙な要求に思える。

「厨房にいらしたことをですか？」

「いや、ホワイトハウスに来たことをだ」

「わたしが誰に話すというんです？」

「たとえば、ご家族とか」あのレーザー光線のような目つきでわたしを見る。「ハワード・リスとか」

「えっ？」わたしは驚いて、つい笑った。「まったく関係ありませんよ、あの不愉快な――」

「彼はきみに接触したんじゃないか？」

一瞬、絶句した。「どうしてご存じなんです？　コンサルタントというのは、どのような分野の？」

「わたしがホワイトハウスに来たことは秘密にしてほしい、いいね？」

訳がわからなかった。「でも、ここであなたを見た人はほかにもいますよ」片手の指を折りながら、ひとりずつ名前をあげていった。「ヘンリーに、シアンに、ジャクソンに、それからピーター・エヴェレット・サージェント三世。ウェスト・ウィングにいた人たちはいうまでもありません」

「ほかの職員のことは心配していない。彼らはハワード・リスのレーダーに引っ掛かっていないからね」ゆがんだ微笑。「これはきみとわたしだけの秘密だよ。わかったね？」

彼が立ち去るとすぐ、わたしはコンピュータに直行した。

「あの人がお母さんのボーイフレンドなの？」

シアンに訊かれ、彼女がいるところでインターネット検索しないほうがいいかも、と思った。

「母がこの町にいるあいだだけね」

背後でヘンリーのうめき声がして、わたしたちはふりむいた。

「彼はここにどっぷり浸かってるな」と、ヘンリー。

「どういう意味？」

ヘンリーはグリーン・オニオンを刻む手を止め、顔を上げてわたしたちを見た。

「そういう顔をしている」

「顔？」

元ボスは小さなナイフを振りながらいった。

「たぶん、彼をそんなに簡単に追い払うことはできんぞ」

「あ、そう……」

シアンがわたしの肩を叩いた。

「彼、とってもハンサムじゃない？」

「連続殺人犯のテッド・バンディもハンサムだったわ」

シアンは笑いながら厨房の反対側へ行った。これで気にせずインターネットで調べることができる。サージェントの質問はいつもの型どおりのものではなく――おまけに、すぐそばにカプがいて――いかにも怪しかった。わたしはブラウザにまず「フグ」と入力し、エンターキーを押した。

予想どおりだ。

テトロドトキシン。極めて致死性が高い。摂取量がわずかでも、二十分ほどで死に至ることもあるという。昼食会のときにカプとクーパーが話していた毒は、ほぼ間違いなくこれだ。フグは珍味だといわれるけど、危険すぎてわたしは食べたことがなかった。ましてや、大統領に出すなんて考えられない。でも、わたしの推測が当たっていたら、ミンクスを死に至らしめたのはこの毒だろう。

コンピュータをログオフし、冷静になろうと目を閉じて、しばらくそのまますわっていた。フグ中毒は深刻だ。わたしたちが疑われても仕方ないだろう。この事実が明らかになれば、マスコミは群れをなして押し寄せるに決まっている。それにどう対処したらよいのか、見当もつかなかった。

テトロドトキシンのことが一日じゅう頭から離れず、そのうちシークレット・サービスが厨房を埋めつくし、わたしたちは追い出されるかも、とまで考えた。でも、そうはならなかった。その代わり、クレイグが手配してくれた卵がどっさり届けられた。復活祭用の料理の準備は順調で、シアン、ヘンリー、そしてわたしは、月曜の卵転がしに向けて作業を進めた。

ホワイトハウスを出たのは、夜もかなり遅くなってからだった。ありがたいことに、地下鉄はまだ走っている。わたしはマクファーソン・スクエア駅に向かった。頭がすっきりするかもと思い、できるだけきびきび歩く。東門《イースト・ゲート》を出てから携帯電話を取り出すと、意外なことに着信が二件あった。一件はトムからで、「時間ができたら電話してくれ」とのこと。メッセージはそれだけで、時刻はおよそ二時間まえだった。

もう一件はハワード・リスだ。いわずもがな。わたしの新しい相棒、リスさん。カプがいくら隠そうとしても、リスはおそらく検死報告をかぎつけ、あしたの朝刊にいち早く載せたいのだろう――ホワイトハウスの厨房がどれくらいの頻度で大統領にフグを出していたのかを。ところが、彼のメッセージは違った。『オリヴィア。今朝話したふたりの男は、大統領と会ったはずだ。そして昼食会後、彼らは〝亡きNSA高官のオフィス〟にまっすぐ向かった。どうだ、興味を引かれただろう？』そこでしばし沈黙。まるでわたしに理解する時間を与えてやるといわんばかりだ。『ふたりはオフィスで何をさがしていたと思う？』

彼のコラムの見出し同様、人を煽《あお》るような言い方だ。ほんとにこの人は救いがたい。リスの着信は無視し、勇気を奮ってトムに電話をした。彼はすぐに応答したけど、前置きもなくいきなりこう訊いた。

「ぼくたちが別れたことを、どうしてクレイグに話した？」

「彼がそういったの？」

「どうしてそんなことをしたんだ、オリー？」

「わたしに関して、あなたに責任を負わせることはできないといいたかったの」

トムは不愉快まるだしの言い方をした。

「ぼくが自分で対処できると思わなかったのか？」

「あなたにそんなことをさせたくなかったから」

短い沈黙。

「つまり、きみは独自に調査を行なっているわけだ」

わたしは首を横に振った。彼には見えないだろうけど。

「厨房の汚名をそそぎたいだけよ」

「ともかくいますぐやめろ。きみへの疑いは晴れたんだから」

「でもバッキーは？」

彼は答えなかった。

「ちょっと訊いてもいい？」

「なんだ？」

「ミンクスの死因ははっきりしたんでしょう?」

彼は言葉を濁した。「それに関しては、またべつの機会に話そう」

「テトロドトキシンで間違いない?」

「どこで聞いた?」仰天して、ほとんど叫び声だ。「どうして知ってる? 具体的な物質名まではまだ誰も知らないはず……」声がしぼんで消えた。でも怒りは十分伝わってくる。

マクファーソン・スクエア駅に着いたけど、電波が途切れると困るので階段は下りなかった。

「ちょっと耳にしただけよ」

トムは腹立ちを隠そうともしなかった。

「きみって人は、嗅ぎまわらないと気がすまないんだな」

返事をする間もなく彼はつづけた。

「これは携帯電話だ。もう何もしゃべるな」ため息の音。「いまどこにいる?」

「地下鉄の駅よ。これから帰るところ」

「マクファーソン・スクエアだな?」

「階段の上」

「そこで待っててくれ」彼は電話を切った。

ただ突っ立ってトムを待つのは気が重かった。しかも彼は、とても腹をたてている。あたりは暗く、駅の外にひとりでいるのは、みずからトラブルを招くようなものだ。それでも彼は、五分くらいで来てくれた。公用車のセダンで、彼はキーを解除し、乗るようにいった。

「あのね」わたしは座席にすわりきらないうちに話しはじめた。「わたしはホワイトハウスで仕事をしているの。デリケートなことを見聞きするのは日常茶飯事よ」

ドアが閉まるなり、車は走り出した。

「そして見聞きしたことを、いつも携帯電話で話すのか？」

「誰もわたしの電話を盗聴なんかしないわ」

「確信をもてるか？」

わたしは首をすくめた。

トムは口を引き結ぶ。

「ぼくの携帯電話が盗聴されるとは思わないんだね？」

「あなたのは安全だと思ってたけど」

「きみもぼくもホワイトハウスで仕事をしている。安全なものなんて何ひとつないんだよ」

「それにしても……ミンクスの死因がフグの毒なら、どうして厨房の疑いが晴れたの？　わたしたちへの嫌疑が濃くなるならわかるけど」

「テトロドトキシンは、フグに限らないからね」

「知ってるけど、それで厨房への疑いが晴れることにはならないわ」

車はどこへ向かっているのだろう？　気まぐれに道を曲がっているように見えるから、トムも行き先を決めていないのかもしれない。

「きみは疑われたままでいいのか？」

「もちろんいやよ。ただ、よくわからないだけ」

駐車スペースがあった。停まっているのは数台だけで、トムはそこに車を入れエンジンを切った。

「どうしてわからなくてはいけない？　どうして目の前の事実だけを受け入れない？」

「つじつまが合わないから」

トムはずいぶん長いあいだ正面を、フロントガラスの向こうの通りを見つめていた。通りはがらんとし、近くの高速道路を走る車の音がかすかに聞こえる。照明を受けたワシントン記念塔が遠くにぼんやり見えて、ここがだいたいどのあたりなのかは見当がついた。もし車から降ろされたら、歩いて帰らなくてはいけない。

トムの横顔を見つめ、そんなことにはならないと思った。誤解や意見の食い違いがいくらあっても、トムは正義の人だ。

「いいかい、オリー」変わらず前を見たまま、トムはいった。「これから話すことは機密情報ではない。だが、きわめてそれに近い。きみの疑問の答えにならないかもしれないが、もし聞きたいなら……気を引き締めて聞いてくれ」わたしに顔を向ける。「それで満足してほしい。そして今後、シークレット・サービスの仕事によけいな干渉をしないでほしい。せめて今回くらいはね」

わたしはいいかえそうとした。今回はほんとうに、何もしていないのだから。だけど彼の目を見て、何もいえなくなった。

「あくまで仮定の話だが」トムはいった。「現場仕事の経験がある捜査官なら――」

「ミンクスがそうだったのね？」

彼は人差し指をわたしの唇に当てた。距離を置こうと心を決めても、こうして触れられて感じるのは、これまでと変わらない温もりだった。

「現場仕事の経験がある捜査官なら」彼はくりかえした。「自分に危害を加えようとする敵を排除するための手段を手に入れた可能性がある。あくまで可能性であって、かならず手に入れるとはかぎらない」

「排除って……殺害のこと？」

彼はうなずいた。

日曜の夕食会のゲストのうち、そういう現場経験がありそうなのはＮＳＡのミンクスとクーパーのふたりだけだ。

「わかったわ」

「テトロドトキシンは」学校の講義のような口調でトムはつづけた。「フグだけでなく、ヒョウモンダコやその他数種の生物から抽出でき、少量で人の命を奪うことができる。しかし日常には存在しない物質だから、検死官も検査対象とは考えなかった。少なくとも当初はね、残念なことに」

「気持ちはわかるわ」

彼は目を伏せ、もっと違った言い方をすればよかったと思った。

「捜査経験者なら、そのての物質を所持していてもおかしくはない」

「ということは、クーパーが怪しいと考えているの？　彼がミンクスの食事にフグ毒を混ぜたって？」

トムは目を細めた。無言だったけど、わたしの質問が不満だったのはわかる。

「仮定として挙げた捜査官に話をもどすと――」彼はいった。

つまりミンクスのことだ。

「その捜査官が、自分の命は狙われていると信じこんだ場合――」

「どうして狙われるの？」

「それは機密事項だ」

わたしはうなずき、トムは話をつづけた。

「また、大きな圧力下にあった場合――」わたしに鋭い視線を向ける。「外部からの強力な圧力だ。たとえば、敵対する国の政府とかね」

わたしはまた、うなずいた。

「そういう状況に置かれた捜査官なら自衛の策をとる、と考えていい」

「じゃあ、どうして彼は死んだの？」

トムは首をすくめた。「それがわかったら、百万ドルの賞金がもらえるよ」

「自殺の可能性は？」

「それも含めて調査中だ」

わたしはトムの目をじっと見つめた。

「無難な答えね。きっと、まだほかに何かあるんでしょう？」

彼は唇を舐め、首をすくめた。

「世界じゅうの捜査官は——アメリカにかぎらず——同様の殺害手段を手もとに置く、としかいえない。仮定として挙げた捜査官は、べつの国の工作員に暗殺された可能性もある」

「中国ね、いちばんありそうなのは。でしょう？」

トムは座席の背にもたれかかった。彼がこんなに近くに、すぐそばにいることを強く感じた。

「ぼくの話はこれくらいだ」

「さっきの電話のようすだと、死因がテトロドトキシンだと判明したことは、ニュースでは流れないのね？」

トムは首を振った。「公表するわけにはいかない。いまのところはね。知っているのは大統領と、信頼できる相談相手ふたり、それから——」

ふたりというのは、クーパーとカプのことかしら？

「大統領護衛部隊《PPD》のぼくたちだけだ。念のためにいっておくが、シェフにはこの情報にかかわってほしくない」

「たまたま耳にすることが多いだけよ」

「だろうね」わたしの言葉を信じていないのは明らかだ。「とにかく、誰にも話さないでくれ、いいね？　当面、ミンクスの遺族にも伝える予定はない。彼が狙われたのか、あるいは自分で命を絶ったのかがはっきりするまでは、この情報をいっさい漏らすわけにはいかないんだ」

車のなかが静まりかえった。

まだわからないことがひとつある。「フグ毒の出所が厨房ではないと、どうして断定できるの？」

トムは座席ですわり直した。「これも仮定の話だけど、いいかな？」

その言葉、トムはあと何回いうかしら？

「もちろんよ」

「毒物は政府によって厳重に管理されている。当然だけどね」外の暗闇に目を凝らす。「それでも手抜かりがなくはない。そして在庫を調べるまで、手抜かりに気づかないこともある」

「NSAがテトロドトキシンの不足に気づいたのね？」

トムの顎がひくついた。「間違った場所に保管されているだけかもしれない」

ようやく筋が見えてきた。「だから、検死官はその毒について調べようと思った」

トムは答えなかった。答える必要はなかった。「誰かがくすねたのか、事務処理上のミスなのか、確認すべき点は多い。それに、管理能力不足という看過できない問題もね」わたしをふりむく。「何が起きたかを解明し、今後二度とこんなことが起きないよう、すでに適切な処置はとられている」

「さすがね」ほかになんといえばよいかわからなかった。「これは現実の話なのよね？」

トムはわたしを見るだけだ。

「諜報活動は現実にあるとは思うけど、毒殺までするなんて……」身震いした。「いやな話だわ」

「必要悪だ」

「そう？」

また沈黙がつづいた。

「トムは、あしたの復活祭はどうするの？」

彼は首をすくめた。「家族と過ごす」

「わたしは家でディナーをつくるわ」せめてもの和解案でいってみる。「四人分。もし、あなたさえよければ」

トムの顔から感情は読みとれなかった。

「オリー……」声がわずかにかすれている。「ぼくたちには冷却期間が必要だと思う」

胸が苦しい。

「ちょっと訊いてもいいかい？」トムはわたしの目をまっすぐに見た。

ごくっと唾をのみ、うなずく。

彼は音が聞こえるほど大きく息を吸いこんだ。

「きのうきみは、ぼくといると自分自身になれないといった。本心からそう思うのかい？」

口の中がからからになった。答えたくない。でも彼の目を見れば、嘘はつけないと思った。

「ええ」

トムは苦しげな顔でうなずき、腕時計に目をやった。

「地下鉄はもう走ってないな。家まで送るよ」

「ありがとう」

それからはたわいない話をした。そしてアパートに到着したところでわたしはいった。

「ごめんなさい」

彼は無言で前方を見つめ、十秒くらいたってから頭を振った。

「いや、あやまるのはぼくのほうだ」

23

前の晩、大統領一家はいくつか式典に出席し、きょうは昼の正餐以外に公式の行事はない。厨房もおちついて、大統領の朝食をつくりおえたら、復活祭の食事の準備にとりかかることにしていた。そしてシアンとわたしが朝食の盛りつけを終えたころ、ヘンリーが現われた。

「ハッピー・イースター！」わたしが朝の挨拶をすると、ヘンリーは柄にもなくむっつりしていった。

「ハワード・リスを知っているかい？」

「知りたくなかったけど知ってるわ」

「ここに来る途中、声をかけられたよ」ヘンリーはエプロンをつけ、予定表をチェックした。「あの男はホワイトハウスのストーカーだな。わたしを見つけると、どうしてまたここで仕事をしているのかを知りたがった」

「ほんとにおせっかいね」

ヘンリーの頬がピンクに染まる。「わたしもそういいたかったが、ああいう連中は、〝こっちは秘密情報をもってるんだぞ〟と思わせたがる。だからわたしは、月曜の大イベントの手伝いができるのはたいへんうれしい、といっておいた」

リス相手に、それだけですんだとは思えなかった。

ヘンリーは左右の眉が一本につながるほど顔をしかめた。

「オリーのことも訊かれたよ。とくにフィル・クーパーとの関係を」

「彼がそんなことを？」

ヘンリーはうなずいた。「クーパーには何か下心があると、リスは信じているようだ。ミンクスを殺したとまではいわなかったが、そう疑っているのはいやでも感じたよ。あいつは何をしでかすかわからんやつだ」

「同感だわ。いったいどこから情報を仕入れているのかしら」ずっと気になっていたことを口にした。「バッキーが停職になったのを、コラムで触れないのは少し変だと思わない？」

「知らないいんじゃないの？」と、シアン。「新聞にも載っていないし。ポールが部外秘にしたのよ、きっと」

「全部の情報がそうだったらよかったのに」

「ハワード・リスは」と、ヘンリー。「クーパーを失脚させる気らしい」

「彼がそういったの？」

「それに近いことをね。〝この国には、クーパーが引き起こしたごたごたの尻拭いをする余裕はもうない〟といったんだよ」

わたしは首を横に振った。「リスの話はもうよしましょう。ほかの人の話もね。きょうは大統領一家に復活祭の正餐を用意してから、あしたのイベント準備の仕上げをするだけだから、早く終わらせれば、それだけ早く家族のもとへ帰れるわ。さあ、わたしたちの大統領のために、最高の料理をつくりましょう！」

ヘンリーがほほえんだ。

「期待どおりのエグゼクティブ・シェフになってくれたな、オリー」

そして翌日の月曜日、わたしはいつもより早く目覚めた。やることがたくさんあって、ゆっくり寝ていられなかったのだ。卵転がしはこれが初めてではないけれど、今回は心配なことも多い。スタッフは足りないし、世間からはいまだに疑いの目で見られている。それでも最大級の愉快で楽しいお祭りにするべく、手を抜くことはできない。母も祖母もその雰囲気を感じてか、わたしに合わせて起き、出かけるときは玄関まで来て、がんばってね、といってくれた。

「ホワイトハウスへの行き方は覚えたわね？」確認するのはこれで十回めだろうか。

母はため息をついた。「覚えたわよ。また訊かれるまえにいっておくけど、チケットも確かに持っていますからね。迷わずに行けるから安心しなさい。見逃したくないもの」

この時刻には地下鉄もまだ動いていないので、きょうは車で出勤だ。運転しながら、未知の可能性を秘めた暗い空を堪能しようとする。わたしは早朝の時間帯が大好きだった。空気は新鮮で、世界はこれから始まる新しいものに満ちている。でもきょうにかぎっては、気になることがいろいろあって、あまり堪能することができなかった。

厨房に入っても、ほとんどおしゃべりはしなかった。大統領一家の朝食を用意しおわるとすぐ、イベントの準備にとりかかる。頭のなかにあるのは、トムのこと。それからバッキーのこと。そして、すべての準備を時間どおりに終わらせることだ。毎年行なわれる卵転がしは、ワシントンDCの一大イベントだった。土曜の朝、大勢の人がチケットを求め、長い時間を辛抱強く待っていたことが思い出された。みんなこの日を心から楽しみにしているのだ。

きょうはさまざまな催しが予定され、食べものの屋台も出る。卵を実際に転がす競争以外にも、子ども向けのバンドがヒット曲を演奏し、名のある政治家が子どもたちに本の読み聞かせをし、ガーデン・ツアーが開催され、そしてもちろん、イースター・バニーをはじめ、おなじみのキャラクターがやってくる。

午前八時には準備完了。

「さあ、行きましょう」

ヘンリーは、ゆで卵をサウス・ローンに運ぶという手ごわい仕事にとりかかった。給仕係が何人も手伝いに来てくれたけど、卵の破損を最小限に抑え、イベント開始までに所定の場所に置かなくてはいけない。わたしたちは全部で約一万五千個の卵をゆで、その大半に色をつけていた。残りの白い卵はテーブルに置き、集まった子どもたちがそれに思い思いの絵を描く。

卵転がしには、色づけしたほうを使う。芝生に競争用レーンをつくり、子どもたちが大きなスプーンを使って卵を転がし、速さを競うのだ。そのスプーンはマーガレット・シューマッハのチームが用意して、ボランティアがレースの進行を手伝う。いっしょに走ったり、時間を測ったり、勝者の名前を読み上げたりするのだが、きょうにかぎっては全員が勝者だ。

わたしたちはそこまでやらなくてよいので、卵が厨房から運び出されると、ほっとひと息ついた。大きな責任を果たし、大切な卵をマーガレットの手に託すことができて、何より安堵する。重要任務その一は完了だ。

そしてそこで、バッキーのことを考えた。彼は卵の準備だけでなく、運搬にも力を尽くし、おかげで準備は滞りなく進んだ。あれこれ文句の多い人だけど、やはり仕事の成果をここでしっかり見てほしかった。バッキーがいないのは、とてもさびしい。

わたしはレモネードのディスペンサーをうめき声をもらしながら台車にのせた。飲みものと軽食は、終日提供される。冷たいものを冷たく、温かいものを温かくしておくのは最大の難問のひとつだ。そしてもうひとつの大きな難問は、在庫だった。不足が出ないよう、十分な数を用意しておかなくてはいけない。ヘンリーと給仕係は、卵を積んだ三台めと四台めのカートを押してホワイトハウスの裏からサウス・ローンに向かい、わたしはシアンともう一度メニューをおさらいした。ふたりはこれまで屋内と屋外を行ったり来たりし、ビュッフェ・テーブルの料理の定期補充を確認しあった。参加者たちにはお腹いっぱい食べてもらわねば。

最後に厨房にもどるとき、外に出てきたシアンと鉢合わせした。

「全部、順調よ」と、わたしはいった。「それでちょうどいま、あなたに頼みにいくところだったの」

ふたりでいっしょに、イースト・ウィングの真南にある待機所に向かった。空は雲ひとつなく、朝露も消えはじめている。もう少し暖かいといいのだけれど、天気予報によれば、気温は南から上昇するらしい。わたしは両腕をこすった。あと二、三度くらい上がってくれますように。

公式のイースター・バニーは、リボンを飾った巨大なバスケットを持っているので、簡単に見分けがついた。それに加え、ほかにも十体以上の着ぐるみウサギが会場内を歩きまわる。もちろん、その大半はふつうのウサギではない。毛の色がピンクや青、紫のウサギの正体は、じつはシークレット・サービスの護衛官なのだ。シアンとわたしは、何人かがマップ・ルームで着ぐるみを着るところを目撃していた。なかにはガジー兄弟もいて、片方が巨大なウサギ姿でどしんどしんと重々しくわたしの横を通っていった。明るい色の分厚い毛皮の下に防弾チョッキもつけているから、かなり暑いだろう。かぶり物を取らないかぎり、額の汗を拭うことすらできない。任務とはいえ、かわいそうに思った。

「鷲は舞い降りた（任務完了、うまくいったの意）」ヘンリーがわたしたちのところに来ていった。「鷲の卵は舞い降りた、というべきかな？」

芝生の上には、約六メートルの間隔でふたつの長いビュッフェ・テーブルが用意されている。これはそれぞれシアンとヘンリーが担当し、わたしはふたつのテーブルを往復しながら料理が行きわたっているかを確認、必要に応じ交代で休憩をとってもらうという段取りだ。長い一日になりそうだったけど、三人とも卵転がしは何度も経験し、いつもおおいに楽しんだ。子どもたちが笑顔で大騒ぎしていれば、見ているほうも笑顔になる。

ふたつのテーブルは、まったく同じようにセットされていた。料理はチーズ・スティック、ベジ・バーガー、フルーツ、バーベキュー・チキンにホットドッグなど、シンプルなものばかりだ。といっても、できるだけ多くの人の食事制限・要望に対応し、かつ大勢の味覚を満足させるシンプルな料理というのは、つくる側にとって、かなりハードルは高い。

「あ、始まったわよ」シアンがいった。

人の波が押し寄せてきて、数分もしないうちに芝生は人でいっぱいになった。卵転がしに慣れた人たちはまっすぐサウス・ポルチコに向かう。ファースト・レディがトルーマン・バルコニーに姿を見せるのを待つのだ。

わたしもほんの少しでいいから、あのバルコニーに立ってみたかった。あそこから見下ろす光景は、きっとまたひと味違うだろう。エリプスとサウス・ローン全体に大小さまざまなテントが設置され、子どもバンドが演奏したり、政治家たちが絵本の読み聞かせをしたりする。また、卵の色づけ体験ができるテントもあれば、厚紙でウサギの耳をつくるテントもあった。瑞々しい緑の芝生を背景に、咲きほこる花々と吹き流しと風船が映え、ともかく美しくて楽しいお祭りなのだ。

そして例年、大勢のボランティアが協力してくれる。大半は地元の中高生だけど、なかにはアメリカ卵業協会の人たちもいた。全員が白いエプロンをつけてにこにこしているから、ボランティアかどうかは簡単に見分けがつく。太陽が昇り、わたしのむき出しの腕も温まってきた。だけどそれでもまだ、どこかおちつかない寒さを感じる。

わたしとシアンがビュッフェの仕上げをしていると、バンドが陽気な音楽を演奏しはじめた。これは〈イースター・パレード〉だ。顔を上げると、ファースト・レディが二匹の大きな黄色いウサギを伴ってトルーマン・バルコニーに現われた。

ホワイトハウスの職員たちは、見物に来た市民が知らないことを知っていた。あの黄色いウサギたちはみな役者なのだ。そしてもちろん、公式のイースター・バニーを除き、ほかのウサギたちは変装したシークレット・サービスの護衛官だった。彼らはみんなウサギらしく振る舞って子どもたちと遊び交流をはかるけど、何か問題が発生したら、ピンク、青、紫のウサギたちはすかさず任務につく。

バルコニーの二匹のウサギがバンドを指揮する真似をし、下の地上にいる家族連れはそれを見上げて軽快な音楽に耳を傾け、さわやかな春の一日を満喫する。そうして演奏が終わると、キャンベル夫人はマイクの前に進み出た。短い歓迎の挨拶をし、卵転がし競争の参加者たちに、大統領が笛を吹いたらレースが始まりますよ、と伝える。

この瞬間から、わたしたちは大忙しになった。次つぎチキンを焼き、目を上げてショーを楽しむ暇などほとんどない。それでも、たまに手を休める時間ができてまわりを見ると、小さな子たちがゆらゆら揺れるウサギの耳をつけて走りまわり、父親や母親がそのようすを幸せそうにながめていた。ビュッフェ・テーブルの近くで童謡を演奏しているのは、子どもたちのバンドだ。わたしは頭のなかでいろんなことを考えながらも、気づくといつのまにか曲に合わせてハミングしていた。

もうじき、海兵隊の音楽隊が演奏を始めるだろう。母と祖母が聴いたら、感動するにちがいない。

そこで腕時計を見る。たぶん、もう到着しているはずだ。人出がおちつき、とりたてて気になる問題もないことを確認すると、わたしはヘンリーに、母たちをさがしにいきたいので、そのあいだここを見ていてほしいと頼んだ。

「すぐにもどるから」

彼はスパチュラを振りながら、「ゆっくりしておいで」といってくれた。

南のゆるい斜面を下っていく。あちらもこちらも見物客であふれんばかりだ。母たちには、わたしはイースト・ウィングの近くにいるといってあったから、たぶん母たちもこのあたりに——と思っていると声が聞こえた。

「オリー！」

ふりかえると、祖母が手を振っていた。この青空のように晴れやかな笑顔だ。わたしはそちらへ向かい、祖母はこちらへやってくる。わたしが「お母さんは？」と訊こうとしたら、祖母に腕をつかまれた。

「誰にばったり会ったと思う？」

「さあ？」

「オリー！」カプの声だった。彼と母が、ベビーカーを押す親たちの一団をよけてやってきた。「じつに楽しいね」

わたしは自動音声のように答えた。

「楽しんでいただけてよかったです」そして心をおちつけて訊く。「どうしてここへ？　お孫さんが参加しているとか？」

カプは笑った。「孫はいないよ。きょうはちょっと所用があってね」よくわからない答えだ。「知り合いがいると便利だな。思いがけないお祭りに参加できる。それにしても、またきみに会えてうれしいよ」からめていた母の腕を自分のほうへぎゅっと引き寄せる。「きょうはうれしい驚きばかりだ」

祖母がわたしをつついた。でも何をいわせたいのか、させたいのかわからない。

「お母さん、あとでわたしが案内するから」祖母をふりむき、「ナナもね」という。それから無礼な女と思われないよう、カプに説明した。「母も祖母も、ホワイトハウスはきょうが初めてなんです」

「では存分に楽しんで――」カプの目がきらりと光った。視線の先を追うと、フィル・クーパーと奥さんが、ミンクス親子と話していた。理由はさておき、カプがその光景を気に入らないのは、顔つきからいやでもわかる。「ではわたしは失礼させてもらおう」彼はそれだけいうと、そそくさと去っていった。

「どうしたんだろうね」祖母がつぶやく。

クーパー夫妻とミンクス親子は楽しげにおしゃべりしていた。だけどクーパーがルース・ミンクスに顔を寄せて何かささやくと、彼女はびくっとあとずさった。からだの反応はおおかた正直だ。動揺し、彼から離れたいと思うほどの何をいわれたのだろう。そしてカプが近づいていくと、四人の会話はぴたりとやみ、わたしは興味をそそられた。お仲間に入れてもらったら、もっと何かわかるかも――。

「さあ、ご挨拶に行きましょう」わたしは母と祖母を連れて五人のところへ行った。

「ルース、元気そうだね。ジョエルも」カプはジョエルと握手し、ルースは小声であたりさわりのない返事をした。

カプはクーパーにも手を差し出し、自己紹介をした。クーパーも手をのばして握手する。ふたりとも、まるで初対面のように振る舞っていた。いったいどういうこと？

カプがわたしにちらりと視線を向けた。それで先日、ホワイトハウスに来たことは口外するな、といわれたことを思い出す。なんだか訳がわからなかった。ワシントンＤＣは町とは呼べないほど狭いから、どこかで出くわしたって不思議でもなんでもないのだ。それにふたりとも、ミンクスのお通夜には来ていたし……。彼らの奇妙な振る舞いに好奇心をかきたてられて、うなじがざわっとした。

「オリー、また会えてうれしいわ」ルース・ミンクスがわたしの肩に手を置いた。「とても楽しいわね。ジョエルもわたしも、少しでも気が晴れることをさがしていて、きょうは来てよかったわ。ね、ジョエル？」

ジョエルは母親の肩に腕をまわし、「うん、とても楽しいよ」というと、わたしをふりむいた。「母には気分転換をさせたかったんです。ひとりで家にこもりきりでしたから」

「あらっ」ルースの声が大きくなった。「フレドリクソン上院議員だわ。ご挨拶に行きなさい、ジョエル」

彼はかぶりを振った。「きょうは母さんといっしょにいるよ」

母親は息子に顔を近づけささやいた。「ここまで来たのは、人脈づくりのためでしょ。だから、さ、行きなさい。上院の議席は、力を貸してくれる人がいてこそよ」息子のからだを押す。「ほら、早く」

ジョエルはしぶしぶ従った。

「人出もおちついてきたようだし、みなさん、少し腹ごしらえでも？」カプがいった。「ビュッフェはなかなかおいしそうだ」

「ええ、そうしましょう」母と祖母が賛成し、驚いたことに、クーパー夫妻とルースも同意した。

「わたしは厨房の職員ですので、みなさんとごいっしょできませんが」と、わたしはいった。

「どうか、料理を楽しんでください」

走ってヘンリーのところにもどり、遅くなったことを詫びると、彼は手を振って受け流した。

くのが聞こえた。

「問題なくやっているよ。これでも一応――」ウィンクする。「経験者だから」

「ヘンリーはね」シアンがいった。「また現場を仕切るのを楽しんでるの。だから気にしないで、ご家族とのんびりしたらいいわ。ここは大丈夫だから」

母と祖母は右手のビュッフェの列で、ルース・ミンクスとクーパーの奥さんの後ろに並んでいた、カプとクーパーは左手の列だ。ふたりの後ろを通りすぎるとき、クーパーがささやくのが聞こえた。

「ルースには、ゴールは近いと伝えたよ」

カプの声は緊張している。「消えたものについては、話してないだろうね？」

「もちろんだ。彼女はまだ、内部の人間の仕業だと思っている」

「疑っていないんだな？」

クーパーは笑いをこらえた。「き、きみを疑ってるよ」

カプは声をおとしたままだ。「わたしを軽蔑しているからね。その理由もわかっている。もし、ジョエルが政界に――」そこでわたしに気づいた。「やあ、オリー、何かあったのかな？」

「こちらからお尋ねしようと思っていたところです。何かご不便なことはありませんか？」

カプはとまどっているようだ。わたしに立ち聞きされたかどうかがはっきりしないからだろう。ルース・ミンクスは何を〝疑っていない〟のか？　カプは死因がテトロドトキシンであることを彼女に知られたくないとか？

わたしの突然の登場にも、クーパーは平然としていた。にっこり笑い、わたしに顔を寄せて小声でいう。

「感謝してるよ、パラスさん。わたしたちがこのままホワイトハウスに来たことを黙っていてくれて」周囲に視線を走らせる。「少なくとも、ホワイトハウスの外部の人間に」

「よくわからないのですが、どうして――」

「うん、感謝するよ」カプがさえぎった。

そのとき、母と祖母がすわる場所をさがしてこちらにやってきて、わたしはふたりに声をかけた。

「それを食べ終わったら見学ツアーね」

いっしょに腰をおろすのはよくないので、わたしはぶらぶらと卵転がし競争のほうに行った。この光景をながめれば、家族で楽しめる年に一度のお祭りが、アメリカで大人気なのもよくわかる。わたしはボランティア数人と話してから、ビュッフェ・テーブルにもどった。するとルース・ミンクスがわたしを待っていたかのように話しかけてきた。

「どうしてカプはあなたのお母さまと親しげに並んですわっているの？」

わたし自身、あまりうれしい光景ではないけれど、首をすくめてからルースに答える。

「ふたりで出かけたことがあるんです」

彼女は唇を噛んだ。

「わたしはね、彼を信用していないの。あなたも彼を信用しないほうがいいわよ」

「どうしてですか？」

ルースは意味ありげな目でわたしを見た。「見かけどおりの人間じゃないからよ」

思わず一歩、彼女に近づいて尋ねる。「それはどういう？」

「ここだけの話にしてね。わたしは知らないことになっているから」質問をさえぎるように一気につづける。「主人はカプの正体に気づいたのよ。あの人はアメリカの——」楽しげな人びとに顔を向ける。「秘密を中国に売っているの」

心臓がぎゅっと縮まり、それからばくばくしはじめた。ルースがわたしの腕をつかむ。

「カプは主人が亡くなってから、さも親友だった振りをしているだけなのよ。だけどカールは……主人は、あの男の本性を見抜いたの」

「証拠はあるんですか？」

彼女は握る手に力を込めた。「ないわ、もちろんないわよ。わたしが証拠を握っていれば、とっくに訴えているわ」むっつりした顔で遠くを見やる。視線の先では、息子のジョエルがイリノイ州の上院議員と話していた。「でもね、カールは証拠をつかんでいたわ。わたしにはっきりそういったもの。カプの不正を暴く寸前だったのに……」ごくりと唾をのみ、また周囲を見まわす。「だからカプは、主人を殺させたの。実行したのはクーパーよ」

「どうしてそんな話をわたしに？」

「あなたの力を借りたいから。ハワード・リスが、あなたを信用しているから」

リスが？　と、そこで気づいた。彼のいう信用できる情報源とはルースのことだったのだ。

「オリー！」五、六メートル先から祖母がわたしを呼んだ。「こっちは準備オーケイだよ」

わたしは手を振った。「すぐ行くわ！」ルースの話を頭のなかでなんとか整理しようとする。「リスはこの件に、どの程度かかわっているんです？」

「すべて知っているわ。カプとクーパーの関係を突き止めたのは彼よ。リスはこの件をずっと追っていて、わたしに最新情報を教えてくれるの。だからわたしも協力してるわ、たいしたことはできないけれど。彼を信用しているのよ。そして彼は、あなたを信用している」

わたしは首を横に振った。

「わたしは彼を信用していません」

「たとえそうでも、わたしたちはあなたの力を借りたいの。ふたりの背信行為を明らかにしたいのよ、これ以上、犠牲者が出ないうちに」

祖母がまた、わたしの名を呼んだ。

「すみません、そろそろ失礼します」わたしは少しあとずさった。

彼女の目が細くなる。「あなたは自分の祖国がどうなってもいいの？」

わたしはむっとした。「とんでもありません」少しばかり語気を強める。「でも、あなたの情報の出所がリスである以上、協力することはできません」

彼女はショックだったらしい。でも、すぐ気をとりなおしていった。

「あなたは気づいているかしら」間をおかずに。「カプはクーパーを殺す気よ」

こんな会話はいやだった。わたしがもう一度失礼しますといいかけると、彼女はすかさずつづけた。「あのふたりが、きょうが初対面だなんて、まさか本気で信じちゃいないでしょうね？」

びっくりした。彼女は知っていたのだ。わたしはその場に釘づけになった。

「クーパーとカプはお互い知らないふりをしているだけよ」人差し指を自分の胸に突きつける。「このわたしのためにね。クーパーが主人を殺したの。そしてカプは後始末をしなくてはならない。クーパーを殺して口を封じるのよ」

わたしは祖母と母に手を振った。ふたりは辛抱強くわたしを待ち、その横でカプは怪訝な顔でこちらを見ている。ルースをふりむき、わたしは訊いた。

「何をすればいいんです？」

24

ルースが答えようと口を開いたそのとき、カプが母と祖母を連れてきた。

「見学ツアーはまだかい？」祖母が元気にいった。「おまえも忙しいだろうけど」

わたしは母たちを、何をおいてもチャイナ・ルームと厨房に連れていき、それからホワイトハウスのあちこちを案内するつもりだった。でもいまここで、わたしはまた、あともう少しだけ待ってちょうだい、と頼んでいた。

「ごめんね。急ぎの用なの」

「何があったの？」と、母。

ルースはしかし、「わたしは失礼するわね」というと、カプに鋭い一瞥《いちべつ》を投げかけてから背を向け、歩き去った。

カプは離れていくルースをじっと見つめる。

「彼女とずいぶん話しこんでいたな」

わたしはうなずいた。

「お疲れのようですよ、久しぶりの外出でこのにぎやかさですから」

「ほかには?」

「どうしてそんなことを?」

カプの表情は読めない。「いや、ただ訊いてみただけだ」

どうでもいいことを? あなたにはそうでも、わたしの頭のなかはどうでもよくないことでいっぱいなんです――。ルースの主張は爆弾にほかならなかった。事実と憶測をきちんと選り分けなくてはいけない。

「少し待っててね」わたしは母たちにそういうと、巨大なピンクのウサギのところへ急いだ。ウサギは身をかがめて子どもの頭を撫でている。わたしはウサギが姿勢をもどしたところでそばに寄った。なかに入っているのが誰なのかは、ほぼ見当がついている。

「ガジー護衛官?」周囲の子どもたちに聞こえないよう小声で話しかけた。

巨大な頭がわたしをふりむき、見下ろした。毛に覆われたまん丸な笑顔が目の前まで迫ってきて、わたしの視界をふさぐ。大きな目は細かい網状で、その奥をのぞいてみたけど暗くて何も見えなかった。ウサギの頭がゆっくりと上下する。これは肯定のうなずきだろう。ウサギは子どもたちと言葉をかわしてはいけない決まりだけど、わたしの話は聞いてくれるはず。

「助けてほしいの」わたしはささやいた。

ウサギは子どもたちにピンクの手のひらを向け、さようならを告げるように左右に振った。そして少し離れたところまで、わたしの近くをぶらぶら歩く。そのあいだ、わたしはできるだけのことを説明した。

「この先のテーブルに、ひとりの男性がいるの。この先どうなるかわからないけど、ともかく彼から目を離さないほうがいいわ」

ウサギのガジーは、大きな頭をわたしに近づけた。長い耳の片方がわたしの頰をかすめる。声は何とか聞きとれた。

「わたしに何をしろと?」

もっとはっきりいわなくてはと思い、巨大な顔をつかんでつま先立った。間違ってもウサギの頭がはずれて落ちませんように、近くで綱引きをする子どもたちの喚声に声がかき消されませんようにと願いつつ——。

「その男性から目を離さないでちょうだい。もっと何かわかったら、大急ぎで知らせるから」

大きな頭がまた上下し、ウサギはテーブルの端までわたしのあとをついてきた。

「ウサギが会いに来てくれたわよ!」わたしははしゃいだ声を上げた。

母と祖母がこちらを見たけど、悲しくなるほど興味を示さなかった。大きなテーブルの上は散らかり、椅子はすわっていた人が急に駆け出したかのように傾いたりひっくり返ったりしている。カプは折りたたみ椅子にごく浅く腰かけて、周囲に目を走らせていた。あれならいつでも逃げ出せそうだ。

「こちらは——」あわてて名前を考える。「ウサギのファジーよ。彼が会場を案内して、庭園も見せてくれるわ」

母が椅子の上でもぞもぞっとした。「あなたの時間があくまで待ってもかまわないのよ」

祖母はピンクのウサギの大きな手をやさしく叩いた。「気を悪くしないでね、ファジー」

ファジー・ガジーはその場から動かない。母と祖母が腰を上げるのを待っているのだろう。だけどその気がないとわかると、コットンの長い尻尾をつけた大きなお尻を手近な椅子にのせてすわった。そのすぐ隣がカプだ。ピンクのウサギは目の前のテーブルを無言でぽんぽん叩くと、そこにピンクの手を重ねて置いた。

「ありがとう」わたしはウサギにいった。「すぐにもどってくるわね」

「オリー」カプが立ち上がりかけた。「何か手伝おうか？」

「いいえ、ひとりで大丈夫」彼がもっと何かいわないうちに小走りでその場を去る。

母と祖母をカプのそばに残していくのには、少し抵抗があった。カプは見かけどおりの人間ではないとルースはいい、わたしもそう思う。初めて会ったときから、そんな感じがしていたのだ。だけどこれほど大勢の人がいて、子どもたちが走りまわり、ファジー・ガジーがテーブルにいてくれる。これ以上安全な場所は、ほかに思いつかなかった。

三十メートルほど先にルースがいた。木にもたれかかり、クーパー夫妻と話している。まいったな、また時間をとられてしまう。

「ミンクスさん」声をかけると、ルースはこちらを向いて手を振った。彼女がクーパーというなんて、ちょっと驚きだ。カプの企みを彼に警告するつもりとか？

わたしはゆっくり歩き、気軽な調子でいった。

「たくさん召し上がりました？　料理はいかがでした？」

クーパーの奥さんのフランシーンはにっこりして、どの料理もおいしかったといってくれた。クーパーは気もそぞろに同じことをいう。ルースが眉を上げ、わたしに目配せした。それはどういう意味？

「もしお時間があれば、ミンクスさん」わたしは彼女にいった。「先ほどのお話の続きをうかがいたいのですが」

「ごめんなさい、あとにしてもらえる？　あまり気分がよくなくて」

フィル・クーパーはすぐに気遣いを見せた。

「すわりますか？　何か持ってきましょうか？」

彼女はその言葉にびくっとした。「いいえ、少しめまいがするだけよ」声が震えている。

「最近はあまり食べていないから……この何日かは食欲がなくて。どうか、お気遣いなく。すぐにおさまりますから」

親子の絆に引っぱられでもしたように、ジョエルがどこからともなく現われた。

「母さん、具合が悪いのかい？」

ルースは息子にほほえんだ。

「心配しないで。でも、車を呼んでもらえる？　家に帰りたいわ」

ジョエルは母親のいうとおりにはせず、近くの折りたたみ椅子をつかむと、母親をむりやりすわらせた。

「わたしはもう大丈夫ですから」彼女はクーパー夫妻を追い払うようにいった。声に力強さがもどる。「どうか、お気になさらずに。ジョエルが来てくれましたし」クーパー夫妻は後ろ髪をひかれるように去っていった。

ボランティアのひとりがやってきて、何かできることはないかと尋ねた。ルースはもう平気だとくりかえしたものの、時すでに遅しといっていい。ここはホワイトハウスなのだ。何事も軽々しく放置されることはなく、過大なまでに深刻に扱われてしまう。このちょっとした出来事、状況が違えばすぐに忘れ去られるような出来事が、彼女と話したいというわたしの望みを断ち切った。

会場にいた救急隊員が〝念のため〟にやってきて、わたしはルースとジョエルに別れの挨拶をした。こうなったらテーブルへもどり、母たちをカプから引き離さなくては。

芝生を早足で横切っていると、フィル・クーパーとフランシーンがこちらへやってきた。

「ルースは大丈夫ですか？」フィルが訊いた。

「ええ、もう心配いらないでしょう」わたしは歩をゆるめながら答えた。「救急隊員が来てくれて、息子さんも付き添っていますから」

フィルはうなずき、フランシーンがつぶやく。

「五分まえにはなんともなかったのにね。急にどうしちゃったのかしら」

わたしはふりかえって、もう一度ルースを見た。急に……具合が悪くなった？　夫のカール・ミンクスみたいに？

　まさか。

「わたしが来るまえ、ミンクスさんは何をしていました？」自分が動揺しているのがわかる。ルースはフィル・クーパーが夫を殺したと断定したのだ。わたしは訊かずにはいられなかった。「彼女は何か食べましたか？」

　フィル・クーパーは怪訝な顔でわたしを見た。

「全員が何かしら食べたよ」明らかにとまどっている。「料理はどれもおいしかった」

「彼女は唇がぴりぴりするとか、何か不満をいっていませんでした？」

　クーパーは水のボトルのキャップをはずし、ごくごくと飲んでから答えた。

「いや、そんなことは何も――」わたしの質問の意図を理解したのだろう、彼の顔から表情が消えた。救急隊員と話すルースに目をやる。「まさかきみは、彼女がおかしなものを食べたと考えているんじゃないだろうな」

　テトロドトキシンに関してわたしなりに調べたところによると、まずは唇や舌がしびれ、その後に麻痺症状が現われて、それはあっという間に全身へ広がるらしい。ただちに、かつ継続的に心肺蘇生《CPR》を行なわないかぎり、死に至る。

「彼女はめまいがするといっていました。カール・ミンクスはどうでした？」

　クーパーは指を唇にあてて考えた。「いや、カールはそうじゃなかった。だが……」そういってあたりを見まわす。

「だが……なんです？」

背後からカプが現われ、わたしとクーパーのあいだに立った。

「何かあったのか？」彼はそういうと、自分にぴたりと張りついているピンクの大ウサギをふりかえった。「わたしから離れなさい。子どもを楽しませてやれ」

クーパーの顔は血の気が引いて真っ青だ。

「またやったのかもしれない。あっちへ行こう」

カプとクーパーはルース・ミンクスのところへ向かった。わたしが後ろからついていっても、ふりかえりすらしない。ピンクのウサギも早足でついてきた。ルースはいま、救急隊員と息子とボランティア数人に囲まれ、椅子ではなく芝生の上にすわっている。もう大丈夫だからジョエルといっしょに帰らせてほしい、という声が聞こえた。

「具合はよくなったみたいね」わたしはつぶやいた。

いっしょについてきたフランシーン・クーパーは何か気になるようで、かわいらしい顔をしかめた。

「ほんの十分まえには動きまわっていたのに。じつをいうと、不思議に思ったの。夫が亡くなって悲しんでいる女性が、あんなふうに食べものや飲みものを配ってまわるなんて」

それは規則に触れるかも、と思った。見物客は営業活動であれ何であれ、純粋に余暇を楽しむ以外の行為をしてはいけない決まりになっているのだ。

「彼女は息子さんのために料理を運んでいたんでしょ？」そこをはっきりさせたくて訊いた。

「そうじゃないの」と、フランシーン。「じつはね、なんだか不思議だったのよ……。フィルとわたしがそろそろ帰ろうとしていたら、彼女が水のボトルを持ってきてくれたの。喉が渇いているみたいだから、といって」実演してみせるように、手にしたボトルのキャップをはずし、ごくごくと水を飲んだ。

フランシーンはルースのことを話すのに〝不思議〟という言葉を二回も使った。うなじがざわっとする。考えがひとつにまとまりはじめた。わたしはフランシーンに失礼しますというと、小走りでルースを囲む小さな集団のほうへ向かった。フランシーンもわたしについてくる。

「いえ、ほんとうに」ルースは思ったよりしっかりした口調で話していた。「もう大丈夫ですから」まわりの者たちには目もくれず、ジョエルの腕をつかんで立ち上がる。「ジョエル、帰りましょう。ね、お願い。車を呼んで」

ジョエルはいわれたとおりすぐ駆けていき、ルースもその場を去ろうとした。わたしは彼女を引きとめようと思った。ともかく、そうしなくてはいけないと感じた。彼女は答えを知っている。一刻の猶予も許されない。

「ルース」わたしは声をかけた。「ちょっと待って」

彼女は返事もせずに歩きつづけた。それもずいぶん早足で。

追いかけようとしたら、フィル・クーパーに腕をつかまれた。水のボトルが、彼の手からわたしの足もとにぽろりと落ちた。見ると汗をかき、顔は真っ青だ。彼は口に指先を当てた。

「唇の……」声がくぐもる。「感覚がない」視線がさまよった。

クーパーはわたしの腕を放し、カプの腕をつかんだ。

「中国じゃない……」膝ががくんと折れ、地面に倒れこむ。「彼女だ」

とっさに理解した。

わたしはクーパーの横にしゃがむと、ルースが歩いていった方向を指さし、「彼女を止めて！」とカプにいった。そして救急隊員に「すぐに手当てを！」と叫ぶ。

救急隊員は大声で仲間を呼びながらわたしの横に来た。

「どうしました？」

「テトロドトキシンよ。カール・ミンクスを殺した毒」

ふたりめの救急隊員がそれを無線で伝え、クーパーの横に膝をついた。

「すぐ呼吸困難になるわ」わたしは彼にいった。「人工呼吸してちょうだい。彼を死なせないで！」

わたしは立ち上がると、カプを追って走りだした。ふりかえると、フランシーンは夫の治療をする救急隊の横に立ちつくし、からだを震わせ泣いている。彼女につきそっていたかったけど、いまはカプを追いかけなければ。彼はこの先で走るのをやめ、きょろきょろしている。おそらくルースを見失ったのだ。彼の後ろには、いつでも飛びかかれる体勢のファジー・ガジー。すると、もっと手前に母がいて、同じようにきょろきょろしていた。

ナナはどこかしら？　考えている暇はない。ともかくあそこへ。わたしは全速力で走った。

でも、たどりつくことはできなかった。

「オリー！」

呼ばれてふりかえる。

風船が飾られた無人のテントの向こうにルースがいた。からだの右半分はテントに隠れて見えないけど、もがきながら何かしているようだ。

「ここから逃がしてちょうだい」

わたしは最初に頭に浮かんだことをいった。

「あなたは自分の夫を殺したのね？　どうしてそんなことを？」

「ここから逃がして。あなたならできるはずよ」

白いテントの陰に何かあるのだろう、彼女はそれに引っぱられ、よろっとした。

「いますぐよ！」歯をくいしばる。「早く！」

この先では、カプが周囲を見まわしている。わたしは彼を呼ぼうとした。

「だめ！」

ルースはそういうと、テントの陰にあったものを引っぱり出した。

わたしは悲鳴をあげかけ、あわてて両手で口を押さえた。もし誰かに気づかれたら……。

祖母はルースの手をほどこうともがいていた。しかしルースのほうが二十歳も若く、十倍も力がある。ルースは祖母をはがいじめにした。祖母の口には布が詰めこまれている。

「おとなしくしなさい」祖母の抵抗に疲れたようにルースはいった。そしてわたしにこうつづけた。

「ここから逃がしてちょうだい。でなきゃ、あなたのおばあさまにも毒を飲ませるわよ」

ルースの左手のなかにある小瓶が見えるような気がした。指の関節が白くなるほど握りしめている。祖母は細い脚でルースを蹴り、必死で声を出そうとするけど、ルースはからだをひねって腕に力を込め、もがく祖母を押さえこんだ。

「いうとおりにしなさい。あなたなら、ここから逃げ出す方法がわかるはずよ」

シークレット・サービスは、クーパーとカプに集中しているだろう。無人のテントのそばにいる女三人に気づくとは思えない。わたしは一歩、近づいていった。

「祖母を放して」

「死なせてもいいの？」

祖母がルースを蹴ったけど、ルースは顔をしかめただけだ。

喉もとまでこみあげる恐怖を抑えこみながら、わたしは懇願した。

「お願いよ。祖母を放して。あなたをここから逃がすわ。だから、ね、お願い」

「この人もいっしょよ」ルースはあたりをざっと見まわした。「老人を介抱しているといえば、誰も疑わないわ。わたしが無事に外に出るまで、つきあってもらいます」

口がいうことをきかず、頭が働かない。この状況をどうしたらいいのか、まともに考えることすらできない。

「ナナ……」

ルースは背後から回した両手で、祖母のみぞおちを力いっぱい叩いた。祖母は一瞬のけぞり、意識がなくなってがくりとうなだれる。

「ナナ！」わたしは叫び、駆け寄ろうとした。

「だめ！」ルースは祖母を抱える腕に力を込め、小瓶の蓋をあける仕草をした。「いますぐ、ここから逃がしなさい。でないと……」

「わかったから」恐怖で息をするのもつらい。「瓶の蓋はあけないで。お願いだから」

ルースは左右に目をやった。

「出口はどっち？」わたしが近づこうとすると、彼女は来るなと叫んだ。「どうも、あなたは信用できないわね」

そのとき、テントの向こうの木立から、紫色の大ウサギが現われた。ただし、頭はウサギではない。ガジー兄弟の片方が人差し指を口に当て、反対側の手を着ぐるみの横に差し入れた。

「信じてちょうだい」わたしは早口でいった。「大丈夫だから。あなたを逃がす方法はあるわ。どうすればいいのか、わたしにはわかってるから」

ルースはかぶりを振り、祖母のからだを放した。祖母はほとんど音もたてずに地面に倒れこむ。

「いいえ」ルースはいった。「あなたがわたしを逃がすとは思えなくなったわ。あなたは愛国主義者で……」視線が手のなかの小瓶へ、それから地面にうつぶせの祖母へ。「あなたがわたしを追いかけてこないようにしなきゃ」身をかがめ、小瓶を祖母の顔に近づける。

わたしは駆け出した。と同時に、ウサギのガジーが「やめろ！」と叫んだ。

ルースの顔がびくんと上がる。

彼女の手がほんの一瞬止まるだけで十分だった。わたしは思いきり体当たりすると、細い手首をつかんで力いっぱい祖母の顔から引き離した。わたしたちはからみあい、いっしょに地面に倒れこんだ。

彼女は悲鳴をあげながらも激しく抵抗した。顔をゆがめ、腕を引きぬこうとする。わたしの手からルースの細い手首がするりと抜けるのを感じ、小瓶が宙に放たれた。まるでスローモーションで見ているようだった――小瓶はルースの顔の上で、わたしの顔の下でくるくる回転し、わたしは口を、目を、ぎゅっと閉じた。小瓶はルースの顔に落ち、ガラスが鈍い音をたてる。液体が彼女の頬と開いた口のなかに（そして目にも）流れていった。わたしはすぐさま手を離し、跳びのいた。顔をさわると、ありがたいことに濡れてはいない。ああ、神さま、ありがとう。ルースは立ち上がって唾を吐いた。大声で助けを求め、目をこする。

わたしは祖母のもとへ走り、肩をつかんだ。

「ナナ？」

すると祖母は目をしばたたいて、わたしを見上げた。

「もう大丈夫かい？」

祖母の近くに毒は飛び散っていなかった。ほっとして、思わず大きなため息が漏れる。

「もう大丈夫かい?」祖母がくりかえした。

「ええ、大丈夫よ。ナナは? 怪我はしていない?」

「手を貸しておくれ」祖母は立ち上がろうとした。

「救急隊が来るまで、そのまま動かないほうがいいわ」

祖母は地面に片腕をついた。

「手を貸しなさい」今度は命令だった。「そんなに簡単に気を失ったりしないよ」

「え? 振りをしただけ?」

「力の抜けたからだは重くて、扱いにくいからね」祖母はよいしょと立ち上がった。「おまえにはアシスタントが必要だと思ったから。かわいい孫の力になれて、おばあちゃん《ナナ》はうれしいよ」

ウサギのガジーは、着ぐるみから取り出した手錠をすでにルースにかけていた。

「気をつけてね」わたしは彼にそういうと、小瓶を指さした。ルースは芝生にすわりこみ、うなだれて泣きじゃくっている。「それはテトロドトキシンだと思うわ」

頭だけ人間のウサギは無線に向かって何かを話し、ルースの横に膝をついた。

救急隊員がやってきてわたしたちをとりかこみ、彼らをかきわけてジョエルが現われた。

「母さん?」集まった人びとをさっと見まわしてから、母親のそばにかがみこむ。「どうしたんだい? 誰がこんなことを?」

ルースは苦しそうに息をしながら、これは陰謀だと顔をひきつらせて訴えた。わたしは見ていられなかった。祖母にも見せたくはなかった。祖母のからだに手を添え、ふたりで人だかりから離れていく。

「建物のなかに入ろうね」シークレット・サービスがあわただしく動きまわるなか、わたしたちはゆっくりとホワイトハウスに向かった。

「どうしたの？」母が駆け寄ってきた。

「あとで話すわ。カプはどこ？」

母はわたしたちがいた方向を指さした。

「クーパーさんに付き添ってるわ。いったい何があったの？」

祖母が母の手を取った。「ねえ、コリン、わたしとオリーが突き止めたんだよ、ミンクスを殺した犯人を」そしてわたしを見上げる。「なんでそんなことをしたのか、さっぱりわからないけどね。オリーは知っているのかい？」

わたしは首を横に振った。ぼんやり見当はついたけど、まだ口に出していうことはできない。

「ほらね、コリン。いつもいってるとおりだろう？　オリーはわたしにそっくりだよ」祖母は手をのばし、わたしの頬をやさしく叩いた。「子は親に、おばあちゃんに似るもんだ」

25

クレイグ・サンダーソンがわたしの椅子のまわりを歩くのはこれで三度めだ。イースト・ウィングの小部屋――先週、ジャック・ブルースター副部隊長の取り調べを受けたのと同じ部屋――は、寒かった。両手を膝のあいだにはさんで温めても、からだが震えてしまう。クレイグは薄い笑みを浮かべてわたしを見下ろした。ここにいるもうひとりの人物と、楽しみを分かち合いたいようだ。もうひとりとは、あのスナイアバー護衛官だ。でもスナイアバーは、まっすぐ前を見つめたままで、まったくの無表情。

クレイグは話を再開した。

「きみは現場で救急隊員に、クーパーはテトロドトキシンを摂取したといった」

これは質問ではないから、わたしは答えなかった。

彼は顎を撫で、さも考えこんだようすでわたしのまわりを歩きつづける。

「不思議でならないんだよ、どうしてきみがカール・ミンクスの死因となった毒の種類を知っているのか」

これも質問ではない。わたしは口の内側を噛んだ。

「きみに感謝していないわけではないんだよ。クーパーは集中治療室にいるが、命に別状はない」立ち止まってわたしを見下ろす。「彼はきみの介入を心底ありがたく思っているだろう。きみの洞察力にもね。彼がどんな毒物を摂取したかが、なぜわかった？　いやいや、そういえばきみは、ホワイトハウスのシェフとして大統領一家の食事をつくり、その余暇に世界を救っているんだったな」不快げにわたしをにらみつける。「覆面捜査官さながらね。まったく、思い込みもいいところだ」

わたしと彼のあいだに冷たい静寂が流れた。わたしは壁を見つめる。

クレイグは咳払いをした。「ミズ・パラス、きみはわざわざわたしに教えてくれた。マッケンジー捜査官とはもう……きみの言葉を借りれば〝何の関係もない〟と」

わたしは彼を見上げた。

クレイグは眉をぴくりとさせ、「その理由は？」と訊いた。

「理由は話したとおりよ。あなたは彼に、わたしの行動の責任を負わせることはできない、ということ」

彼は舌打ちのような音をたてた。

「何かしら？」

クレイグは大げさなため息をついてからいった。「今回は残念な展開になったというしかないが、いずれにせよ、目的は手段を正当化しない」

「どういう意味？」

クレイグの笑顔は、まるでしかめ面だ。

「クーパーは命を救ってくれたきみに恩義を感じるだろうが、きみが毒について知っていたのは、マッケンジー護衛官が規則に反して極秘情報を漏らした結果としか考えられないんだよ」

わたしは飛び上がりそうになった。「彼は何もいわなかったわ」

「ほう、では自分で推測したのか？」

「まあ、そんなところよ。自力で突き止めたの」

クレイグはわたしの答えをおもしろいと思ったらしい。スナイアバーに目を向けたけど、彼はまっすぐ前方を見つづけている。

「では、あれほど正体がわからなかったものを、どのようにして、それも正確に突き止めることができた？」

わたしは唇を噛んだ。カプの名前を出すわけにはいかない。きのうの夜遅く、わたしは最低限の機密情報を知らされた。カプはやはり、見かけどおりの人物ではなかった。CIAの秘密諜報員として、彼はクーパーとともにカール・ミンクスの背信行為をさぐっていたのだ。長年中国に機密情報を売っていたのは、じつはミンクスだった。クーパーとカプがその裏切りを暴く寸前で、ミンクスは死んだ。それもホワイトハウスのなかで。

「いろいろ耳にするのよ。それにわたしはこの頭で、一足す一は二だろうと、推論することもできるの」そこで背筋をのばす。「なかなか便利な才能でしょ？」

「一足す一は二か。料理の才能に加えて、算数まで得意らしい」クレイグは目を細め、唇を引き結んだ。「マッケンジーをＰＰＤから免職する立派な理由があるんだよ」

わたしは息が止まった。「それはおかしいわ」

「現実にはおかしいどころか、きわめて正当だ」また唇を引き結ぶ。「きみが算数の計算の仕方をいわない限りは」

わたしは黙っていた。話の先が見えるまでは何もいわない。

「たとえば、きみが毒物をどうやって推測したのかを具体的に話せば――」声に力がこもる。「きみが全面的に協力すれば、マッケンジー護衛官も制服部隊に異動せずにすむかもしれない」

きのう、このクレイグがいないところで機密情報を知らされて、クーパーもカプも最初からミンクスを疑っていたことを知った。とはいえ、ミンクスの死は予想外だったらしい。ましてやルースが夫の料理に毒を盛るなんて――。

もちろん、これに関しては、いっさい口外しないと誓約させられた。それに毒物の種類については、たしかにトムと話をしたけど……。懸命に職務に励んで大統領護衛官になったトムを、クレイグは異動させる気らしい。

「トムは間違ったことは何ひとつしていないわ」わたしはきっぱりといった。「それだけは断言できる。機密保持違反なんてしていません」思わずため息がもれた。「彼がそんなことをするわけないじゃないの」

「それでは納得できないね。彼以外に誰が、きみにテトロドトキシンのことを教えられたというんだ？」

そうだ、推測した理由を話せばいいのよね。

「ホワイトハウスのある人から聞いたの」

クレイグはまた眉をつり上げた。「誰から？」

わたしは大きく息を吸いこんだ。「きっかけは、ピーター・エヴェレット・サージェント三世よ」

「式事室の室長の？」眉間に皺が寄る。「どうして彼がそんなことを知っている？」

わたしは首をすくめた。「彼が厨房に来て、フグのことを訊いたの、大統領の食事に使ったことがあるかって。そんなことを訊かれたら、いやでも想像がつくわ。一足す一は二だから」

「なかなかの推測だ、ミズ・パラス。しかし――」

ドアが開き、クレイグの上司ジャック・ブルースターが入ってきた。その後ろにガジー兄弟のひとりとトムがいる。

「席をはずしてもらえるかな、ミズ・パラス」ブルースターは身振りで、外に出ろといった。

わたしは立ち上がり、トムと目を合わせようとしたけど、彼は表情ひとつ変えない。そしてドアに向かいかけたわたしに、ブルースターがいった。「きみは解放だ」

わたしがその場に立ちつくしていると、目の前でドアが閉まった。

〝解放〟というのはたぶん、クビではなく、仕事をせず自由にしていいということだろう。来週後半までは、大きな行事は何もない。そのころにはバッキーも復職するし、いまはヘンリーもいるから、やるべき仕事は問題なくこなせるはずだ。厨房に行ってみんなに会いたかったけど、いまは家に帰ったほうがいいような気がした。

でも、何かがわたしをそうさせなかった。疲れすぎているから？　トムのことが心配だから？　理由はよくわからない。でも、わたしは廊下にあった椅子に腰をおろした。

きのうの話では、ルースは集中治療室にいるということだった。きょうはまだ、彼女については何も聞いていない。ただある程度、自供はしたらしい。それによると、彼女は夫のカールの背信行為をかなり以前から知っていたとのこと。カール・ミンクスは妻に、摘発への不安を語っていたのだ。そしてカプが自分を疑っているのも知っていて、彼を消す計画を立てていたらしい。

夫の背信が白日の下にさらされる日が近いと感じたルースは、日々悶々《もんもん》とした。彼女にとっては、夫が売国奴のそしりを受けることよりも、それが息子の政治生命に与える影響のほうがより重大で深刻だった。夫はその行為が原因でいずれ命を絶たれるにちがいないと考えたルースは、息子の人生だけは守りたい、息子を破滅させかねない事実が暴露されるのをなんとか防ぎたい、と悩みつづけた。そして夫からカプの殺害計画を打ち明けられたとき、息子のキャリアを救うのはいましかないと決断。夫が所持していたテトロドトキシンを使って彼を殺害した。カール・ミンクスは、自ら仕掛けた罠《わな》に陥ったのだ。

ジョエルに裏切り者の息子という汚名を着せたくない、というただそれだけのために。

カール・ミンクスのお通夜で、祖母は思い出写真に家族団らんのものがないといっていた。彼とルースの結婚生活には、いろいろな問題があったのかもしれない。でも、それをわたしたちが知ることはたぶんないだろう。

もの思いにふけっていたせいで、ドアの開く音が聞こえなかった。クレイグが姿を現わし、か弱い女性なら殺せるほどの鋭い視線をわたしに向けた。でも、わたしはひるまずに立ち上がる。

彼は足音高く廊下を歩き去った。

そのすぐあとに、ジャック・ブルースターがトムとにこやかに話しながら出てきて、わたしは脇にどいた。ブルースターがわたしに気づき、近づいてきてこういった。

「慎重を期すべき事項にきみが関与したことを大目に見るつもりはない。そのことは覚えておくように、ミズ・パラス」トムをふりかえり、握手をする。「それでは、またあとで」

ガジーとスナイアバーはブルースターの後ろについて歩きはじめたけど、スナイアバーは通りすぎるとき、わたしをふりむいてウィンクした。

「何があったの？」わたしはトムに訊いた。彼の瞳はこれまで見たことのないような光をたたえている。興奮と、そこはかとなき悲しみ。

「昇進したんだ」彼はクレイグが歩き去った廊下をながめた。「ぼくはクレイグの後任になった。彼は分署に異動だ」

声が出せるようになるのに、少し時間がかかった。「どうして?」

「高官が——名前は教えてもらえなかったが——きみを擁護したらしい。クレイグは、きみの解雇とぼくの異動を強く主張したんだが、それが裏目に出たようだ」

さっきわたしに質問したときの、クレイグの薄ら笑いを思い出す。

「よかったじゃない?」

トムはまた廊下の先をながめた。

「オリー、彼は自分の職務を全うしようとしただけなんだよ。大統領を守るためにね」

突然、自分がいやな人間に思えた。そう、クレイグはやるべきことをやろうとしただけなのだ。彼の降格をけっして〝よかった〟などといってはならない。

「ええ、あなたのいうとおりね。残念だわ」

トムはわたしをふりかえった。

「ぼくも残念だ。こんなかたちでの昇進は望んでいなかった。クレイグがきみの解雇を強く主張しなかったら……」彼は複雑な表情をした。「きみには上層部に友人がいるんだね。そして今回もまた、きみは勝利した」

「なのにどうして、気持ちは正反対なのかしら?」

「ぼくには答えられないよ。だけどぼくも、同じように感じている」

わたしたちは数秒、見つめあった。彼に笑顔はない。そしてもう行かなくては、とだけいうと、わたしをその場に残して去っていった。

彼の後ろ姿を見つめる。廊下の先に消えるまでずっと——。そしてわたしは、家路についた。

26

「どうだった？」アパートのドアの敷居をまたぐなり、母が訊いた。

「いろいろあってね」いまはまだ話せる気分ではなかった。

「仕事はつづけられるのかい？」と、祖母。

ウェントワースさんとスタンリーはキッチンにいて、期待をこめたまなざしでわたしを見た。わたしはふたりに挨拶をしてから答えた。

「クビにはならなかったわ。理由はよくわからないけど」

椅子を引っぱってきてみんなといっしょにすわると、祖母がわたしの手をやさしく叩いた。

「よくやったね、立派だよ」

テーブルの中央にクッキーがあり、わたしが腰をおろすとすぐ、母が湯気の立つコーヒーをカップについでくれた。わたしは時計に目をやる。

「まだお昼にもなっていないのね。何日もたったような気がするけど」

「どうしてあなたたちにだけ楽しいことが起こるの？」ウェントワースさんがいった。「おばあちゃまは何日かここにいるだけなのに、いろいろ刺激的なことを楽しんでるわ。わたしも一度でいいから冒険をしてみたいわよ」

わたしは首を横に振った。

「そんなに楽しいことじゃないですよ」

「朝刊は読んだ？」と、母。わたしが読んでいないのを察したのだろう、新聞を取り出して
リスのコラムの紙面を開いた。「さあ、どうぞ」


〈リスの深掘り〉は認めるべきものは認める

わたしは顔を上げた。「いやだ。またわたしのことが書いてあるの？」

「いいから読みなさい」母はほほえんだ。


昨日、ホワイトハウスのサウス・ローンで行なわれた華やかな祭典、毎年恒例の復活祭・卵転がしは、ふたつの悲しい出来事に見舞われた。


「リスに書く資格はないわ！」

「いいから読んで」母がもう一度いった。


ひとりどころか、ふたりもの参加者が体調を悪くし、近くの病院に搬送されたのだ。

そのひとり、NSAのフィル・クーパーは重度の心臓発作に見舞われたものの、現場の救命士によるすばやい処置のおかげで命に別状はないという。しかしもうひとり、最近亡くなったカール・ミンクスの妻ルース・ミンクスに、そこまでの幸運はなかった。胸部の大動脈瘤が破裂したとみられ、緊急手術の甲斐なく、不幸な結末を迎えた。ジョエル・ミンクスに心から追悼の意を表する。わずか一週間のうちに、父ばかりか母も失ったのだ。

さて、この出来事の中心にいたのが、またもやホワイトハウスのシェフ、オリヴィア・パラスだ。エレノア・ルーズベルトの言葉に『女性はティーバッグのようなもの。熱湯に浸けられて初めてその強さに気づく』というのがあるが、オリヴィア・パラスはティーバッグどころではない煮えたつ湯に浸かってしまうたちらしい（彼女にコメントを求めて何度か接触を試みたが、拒否された）。しかし今回、救命士に適切なアドバイスをしたことは評価され、的確な状況判断と冷静沈着さには敬意を表するべきだろう。

「信じられないわ」

祖母はくすくす笑った。「そりゃそうだろう。〝敬意〟以外はでっちあげなんだから」

わたしの家族と隣人たちは事実を知っている。ただし、それも一部でしかなく、ミンクスの背信行為については知らないし、ルースが夫を殺害したことは知っていても、動機までは知らない。そして、カプが秘密諜報員であることも。ただ母は、何かを感じとってはいるだろう。だけどともかく、全員無事でここにいる。心配事は何もなく、そのことだけはみんな十分知っている。わたしがホワイトハウスを追われずにすんだことも含めて。

わたしはコラムの続きを読んだ。


検死官がカール・ミンクスの死因を公表するまえにミンクス夫人が亡くなったのは、きわめて残念というほかない。公表されれば、夫の死がじつは自然死だったと知ることができたのだ。痛ましいことに彼女は、夫は殺害されたと信じてこの世を去った。彼女のことを思うと悲しいが、ジョエルのことを思えばよりいっそう悲しみが増す。この一週間は彼にとって、悪夢の最たるものだったろう。

そして本日、わたしは休暇をとることをここにお知らせする。短期ではなく長期休暇だ。また、すぐ休みに入るため、このコラムも本日をもって中断する。期間は無期限。わたしのような気難しい老人記者でさえ、この一週間は手に余った。ときにはリスも、深掘りする手を休めたほうがよいだろう。少なくとも、当分のあいだは。


つづく。


「へえ」わたしにいえたのは、その一言だけだった。

「これは取っておくわ」母が丁寧に新聞をたたむ。

「なんのために？」

祖母がにこにこしてわたしの手を叩いた。「お土産だよ、もちろん」

ウェントワースさんとスタンリーがまだキッチンのテーブルにいるときに、電話がかかってきた。スージーとスティーヴからで、ＦＢＩがバッキー同様、ふたりへの嫌疑も解いてくれたという。わたしは何もしていないとくりかえしたけど、スージーたちはありがとうと感謝してくれた。

お昼を過ぎてから母たちに、さあ出かけよう、きょうはどこへ行きたい？　と訊いたところ、少しはゆっくりしなさいといわれた。

「気の張ることがつづいたんだから、きょうくらいはのんびりしなさい」

母と祖母が本を読んだりテレビを見たりするそばで、わたしはカウチにすわりうつらうつらした。すると電話が鳴り、起き上がって受話器をとりかけ、心臓が止まりそうになった。

着信番号は２０２――。

この怒濤《どとう》の一週間は２０２の電話から始まったのだ。

どきどきしながら受話器をとった。

電話は秘書官のマーガレット・シューマッハからだった。

母と祖母は、それまでしていたことをやめて、じっとわたしを見ている。わたしはマーガレットの話を聞きながら何度か了解の返事をし、ふうっと大きく息を吐いてから受話器を置いた。

「何があったんだい？」祖母が訊いた。

「大丈夫？」母は立ち上がる。

この何日かで初めて、心が軽くなった。

「ホワイトハウスの見学ツアーをするって約束したでしょ？」

ふたりはうなずいた。

「出発はあしたのお昼に決まったわ」

ふたりの顔に安堵が広がる。

「あ、でも、おしゃれしてちょうだいね」

ふたりともが首をかしげた。

「どうして？」

「大統領ご夫妻が、わたしたちを昼食に招待してくれたの！」

卵は優等生

卵は厨房には欠かせない、基本的な食材のひとつです。ゆでても、炒めても焼いても、卵だけでおいしく食べられますし、オムレツやキッシュ、カスタード等では名脇役です。また、ミートローフにミートボール、コロッケをつくるときは、なくてはならない材料のつなぎ役を果たしてくれ、クッキー、ケーキ、パンケーキ、クレープ、スフレ等ではたんぱく質源として、オーヴンでこんがり仕上がるのに一役かいます。このように、卵はひときわすぐれた万能食材といえるでしょう。火の通りが早く栄養満点、消化がよくて、しかもおいしい——。文句のつけようがありません。

わたしの仕事は長丁場なので、長い一日が終わったあと、夕食ならぬ朝食をつくることもよくあります。夜遅く、あまり手をかけたくないときは、目玉焼きをサンドイッチにするだけで、ほっとひと息つけるのです。最近はこの習慣を、堂々と人に話せるようになりました。深夜に朝食ふうのものを食べるというささやかな秘密を打ち明けるたび、友人たちもみな、自分もそうだと告白してくれるからです。そしてこれは、仕事にも生かされるようになりました。というのも、ファースト・ファミリーも月に一度くらいは、夕食に朝食ふうの料理をリクエストし、これが〝大統領一家の食事ローテーション〟に加えられたからです。卵はほっとできる食材ですから、ホワイトハウスでも長く愛されているのでしょう。
みなさんにも試していただきたいレシピをいくつか、簡単なものから多少手の込んだものまで紹介します。卵は朝食やブランチだけの食材ではありません。どうかぜひ、夕食にも活用してみてください。わたしと同じくみなさんも、食べた人たちの満足げな顔を見ることができるはず。さあ、お試しあれ!

オリーより

- ●エッグ・ベネディクト
- ●ハーブ入りスクランブル・エッグ
- ●シナモン・フレンチトースト
- ●スコッチ・エッグ
- ●脂肪分抜き、チーズ抜き、卵黄抜きの食物繊維たっぷりオムレツ
- ●デビルド・エッグ
- ●アイオリ(ガーリック・マヨネーズ)
- ●ホウレンソウのキッシュ
- ●チョコレート・スフレ
- ●パスタ・プリマベーラ
- ●クルミ、メープルシロップ、ベリーをのせた温かいブリーチーズ

エッグ・ベネディクト

【材料】4人分

卵……8個
卵黄……4個分
クリーム……大さじ2
レモン汁……半個分(大さじ約1)
コーシャーソルトまたは
シーソルト……小さじ½
カイエン・ペッパーまたは
パプリカ……お好みで
バター……カップ1。スティックなら2本(溶かして温かいままで)
イングリッシュ・マフィン……4個
(ナイフではなくフォークで開いてバターを塗り、トーストしておく)
ヴァージニア・ハム……8枚
(温めておく。お好みでカナディアン・ベーコンでも。マフィンのサイズに合わせて切る)
刻んだパセリ……飾り用(お好みで)

【作り方】

1 中くらいのフライパンに水をたっぷり入れて塩を加え、ぐらぐらするまで沸騰させる。いったん火を弱め、静かに沸騰させておく。

2 小さなボウルに卵をひとつ、黄身をつぶさないよう気をつけて割り入れてから、フライパンのお湯にやさしく流しこむ。ほかの3つも同様に(ふつうは一度に卵4つ。多すぎると、きれい

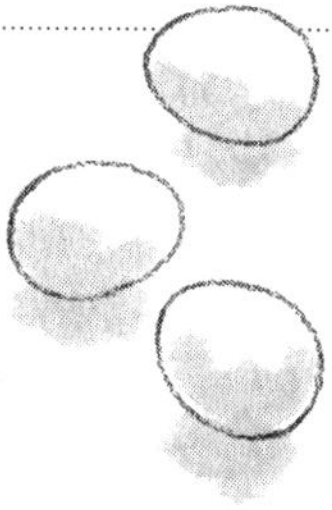

にゆでられない)。

❸ とろ火で3分ゆでる。白身は固まっても、黄身は半熟で。

❹ 穴あきスプーンで卵をお湯からすくいあげ、形が崩れないよう、温かいお皿にのせておく。あとの4つも同様に。

● オランデーズ・ソース

このレシピのように電気ミキサーを利用すれば、従来の二重鍋と泡立て器より神経を使わずにすみます。家庭でも簡単に、申し分のないオランデーズ・ソースができあがるでしょう。

【作り方】

❶ ミキサーに卵黄を入れ、クリーム、レモン汁、塩、カイエン・ペッパーまたはパプリカ(お好みで。入れると味が引き締まる)を少々加える。

❷ ミキサーは低速で回す。混ざったら、蓋ののぞき窓部分をはずし、低速でゆっくり回転させたまま、温めたバターをのぞき窓から少しずつそっと流し入れる。バターを入れ終わるころには、中のソースは滑らかにとろりとなっているはず(温めたバターが卵黄に熱を加え、ミキサーの回転によってレモン汁とバターが卵黄と混ざり、乳状になる)。

❸ 半分に開いてトーストしておいたイングリッシュ・マフィンに、温めたヴァージニア・ハムを1枚ずつのせる。ハムの上にゆでた卵をそっと置き、オランデーズ・ソースをかける。彩りにパプリカ、または刻んだパセリを散らす。温かいうちにテーブルへ。

このレシピは一見めんどくさそうですが、実際にやってみると簡単です。レストランでエッグ・ベネディクトが人気メニューなのは、家庭でつくるとうまくいかないことが多いからでしょう。とくにソースは、コンロの上で固まってしまいがち。いまは最新のミキサーのおかげで、20分とかからずに食卓に運べます。

ハーブ入り スクランブル・エッグ

【材料】2人分

卵……6個
オリーブオイル
……大さじ2（分けておく）
刻んだチャイブ……大さじ3
ニンニク……1片
（叩いて皮をむき、細かく刻む。＊参照）
生のタイムの葉……小さじ1
（乾燥させたものなら小さじ½）
生のホウレンソウ……カップ1
（洗って根元を切り、広げて水気を切る）
コーシャーソルトまたはシーソルト、コショウ……お好みで

【作り方】

1 ボウルに卵を割り入れる。フォークまたは泡立て器で、白身と黄身が完全には混ざらない程度にやさしくざっくりと溶く。混ざったら置いておく。

2 大きめのフライパンを中火にかける。オリーブオイル大さじ1を、フライパンの表面にゆっくりと馴染ませる。

3 刻んだチャイブ、ニンニク、タイム、ホウレンソウを入れる。ホウレンソウがしんなりし、ニンニクがやわらかくなるまで2、3分炒める。火が通ったら温かいお皿に移す。

4 同じフライパンにオリーブオイル大さじ1を入れ、全体に馴染ませる。

5 1の卵をフライパンに流し入れる。下面に軽く火が通ったら、外側を中心に向かって寄せて、まだ液状の部分を外に流す。3を加

え、ゆっくりとかき混ぜながら1、2分。卵全体に火が通り、卵とハーブ類がざっくりまとまるまで。

6 お好みで塩と挽きたてのコショウを振り、温めたお皿にのせる。温かいうちにテーブルへ。

＊生のニンニクを使うときは、まな板にニンニクを置き、その上に包丁の刃の広いほうを当て（まな板と平行になるように）、げんこつでがつんと叩きましょう。このとき、包丁の刃にはくれぐれも気をつけて！　キッチンでのけがは深刻になりがちです。これでニンニクは軽くつぶれ、簡単に薄皮をはがせます。あとは刻むだけでOK。

シナモン・フレンチトースト

【材料】4人分

卵……4個

ハーフ・アンド・ハーフ（＊）……カップ1

＊全乳とライト・クリーム（乳脂肪分18〜30％）を平量ずつ配合したもの

ブラウンシュガー……大さじ2

シナモン……大さじ1。食べるときに振りかける分も。

バニラ……小さじ1

フランスパンか、レーズンパン、または全粒粉のパン……小さめを1ローフ（スライスする）

バター……カップ½。スティックなら1本

メープルシロップ

粉砂糖

飾り用のフルーツ（お好みで）

アイスクリームまたはホイップクリーム（お好みで）

【作り方】

1 オーヴンを約90℃に予熱する。

2 底が平らな角型キャセロール皿

に卵を割り入れ、均一に黄色になるまで溶く。

❸ ハーフ・アンド・ハーフ、ブラウンシュガー、シナモン、バニラを加え、泡立つまでよく混ぜ合わせる。シナモンが浮きやすいので、つぎの❹でパンをつけるときは、そのまえに軽くかき混ぜること。

❹ スライスしたパンを❸につける。一度に1枚ずつ、両面とも。

❺ フライパンを中強火にかける。バター少量をひき、❸のパンをのせる。焼き色がつくまで、2分ほど。その上にバター少量をのせてひっくり返し、裏面も焼き色がつくまで焼いてから、温めたお皿に移す。作業をつづける場合は、冷めないようオーヴンに入れておく。

❻ パンをメープルシロップに軽くつけてから、粉砂糖とシナモンを振りかけ、飾り用のフルーツを添える。メープルシロップを添えてテーブルへ。

カロリーを気にしなければ、アイスクリームやホイップクリームを添えても。

スコッチ・エッグ

【材料】3人分

卵……6個

ブレックファスト生ソーセージ……約450グラム(解凍する)

香辛料入りパン粉……1カップ

【作り方】

❶ オーヴンを約180℃に予熱する。

❷ 固ゆで卵をつくる。生卵をソースパンの中央に置いて室温の水を卵の2~3センチくらい上まで入

れて中火にかけ、沸騰させる。沸騰したら火からおろし、15〜20分そのままにしておく。ソースパン、お湯、卵が、触れても火傷しない程度に冷めたら、お湯を捨てる。

❸ フライパンのなかで、卵を側面に当てるようにして転がす。こうすると殻が割れて、むきやすくなる。

❹ 生ソーセージを6等分し、丸めてから平らにならしてパテ状にする。パテを手のひらにのせ、むいた固ゆで卵を置いて、パテの厚さが均等になるよう、両手でやさしく包む。

❺ ❹をパン粉のなかでそっと転がす。一度にひとつずつ。

❻ クッキーシートまたは蓋なしのキャセロール皿に❺をのせ、ソーセージにしっかり火が通るまで約25分、オーヴンで焼く。

卵を縦半分に切り、切り口を上に向けて、パン粉とソーセージ、卵の白身、黄身の層がきれいに見えるようにお皿に並べる。温かいうちにテーブルへ。

脂肪分抜き、チーズ抜き、卵黄抜きの食物繊維たっぷりオムレツ

心臓の専門医の出番を増やしそうなレシピばかり紹介しているので、例外的なレシピもひとつ。

【材料】2人分

ブロッコリ……カップ½
（房の部分。洗ってから切る）
ホウレンソウ……1カップ
（洗ってから根元を切る）
マッシュルーム……カップ½
（薄くスライス）

プラムトマト……1個(刻む)
グリーンオニオン……1個
(薄く切って水にさらす)
無脂肪ハム……カップ¼
(さいの目に切る)
代用卵(*)……カップ1½
*鶏卵の代用品として販売されている、卵液状の食品。
塩、コショウ(お好みで)

【作り方】
1 テフロン加工のフライパンに焦げつき防止スプレーを吹きかけ、中火にかける。
2 野菜類とハムをフライパンに入れる。ホウレンソウがしんなりしてブロッコリがやわらかくなるまで、3～5分炒める。火が通ったら、温めたお皿に移しておく。
3 フライパンを軽くゆすいで乾かしてから、もう一度スプレーをかける。
4 代用卵をフライパンに流し入れ、フライパンを回して均一に広げる。卵液の下面が固まるまで、中火で2～3分。
5 卵をひっくり返し、反対側も焼く。焼けた卵の表面片側に2を置き、あとの半分で覆う。温めたお皿に、滑らせるようにして移す。
6 お好みで塩、コショウを。温かいうちにテーブルへ。

デビルド・エッグ

【材料】4人分
固ゆで卵……6個
ディジョンマスタード……大さじ3
小さめのタマネギ……半個
(細かく刻む)
白ワイン……大さじ1
マヨネーズ……大さじ2
パプリカ、刻んだチャイブ
……飾り用

【作り方】
1 卵を縦半分に切り、黄身をす

くいとって中くらいのボウルに移す。白身部分はトレーで冷蔵庫に入れておく。

2 黄身とディジョンマスタード、タマネギ、白ワイン、マヨネーズを手早く混ぜる。それを絞り器またはスプーンで白身の中央に盛る。

3 パプリカを振りかけ、刻んだチャイブをのせる。冷やしてからテーブルへ。

アイオリ（ガーリック・マヨネーズ）

【材料】

卵黄……3個

ニンニク……4片（皮をむき、細かく刻む）

ディジョンマスタード……大さじ1

オリーブオイル（エクストラバージンではないもの）……カップ¾

白ワインビネガー……小さじ1

コーシャーソルトまたはシーソルト……小さじ½

白コショウ……小さじ¼（なければ黒コショウでも。ただし、できあがったときに黒い斑点が見えるので、それがいやでなければ）

レモン汁……1個分

【作り方】

これも気軽に電気ミキサーでつくれます。

1 ミキサーで卵黄、ニンニク、ディジョンマスタードを混ぜる。混ざりきるまで、約1分。

2 ミキサーを低速で回転させたまま、蓋ののぞき窓をはずし、そこからオリーブオイルをごく少量ずつ流し入れていく。

❸ ❷がマヨネーズ状になってきたら（たいていは、オリーブオイルを半分ほど入れたところでそうなる）、いったんオイルを入れるのをやめ、ビネガー、塩、コショウを加えて混ぜる。

❹ 残りのオリーブオイルをごく少量ずつ流し入れる。そのあいだも、ミキサーは回しておく。

❺ 大さじ約2杯分を残したところでオイルを入れるのをやめ、レモン汁を加える。

❻ 塩・コショウで味をととのえる。必要なら残りのオリーブオイルも入れる。ソースはとろりとクリーミーでコクがあり、ニンニクの風味が利いているはず。

　生卵を使いたくない、という人でも大丈夫。その場合は、良質な市販のマヨネーズを1カップ用意してください。そこにオリーブオイルをカップ½、細かく刻んだニンニクを3片分、レモン1個分の果汁を入れて混ぜます。卵からつくったときとほぼ近いものができあがります。

ホウレンソウのキッシュ

【材料】6人分

バター……カップ½
ニンニク……3片
（皮をむいて細かく刻む）
小ぶりのタマネギ……1個
（みじん切り）
生のマッシュルーム
……0・5リットル
（きれいに洗って薄くスライス）
冷凍ホウレンソウ（パックのもの）
……約300グラム
（解凍して乾かす）

ハーブ入りフェタチーズ

……約100グラム(砕いておく)

良質のチェダーチーズ

……230グラム(削っておく)

コーシャーソルト

またはシーソルト……小さじ½

(お好みで)

黒コショウ(挽きたて)

……小さじ¼

深皿タイプのパイ生地

(焼いていないもの)……1個

卵……4個

ミルク……カップ1

【作り方】

1 オーヴンを200℃に予熱する。

2 中くらいのフライパンを中火にかけてバターを溶かし、ニンニクとタマネギを炒める。やさしく混ぜながら、タマネギの端がうっすら茶色になるまで、5分ほど。

3 マッシュルームを加え、3分ほど炒めて火からおろす。ホウレンソウ、フェタチーズ、半量のチェダーチーズ、塩・コショウを適宜加えたら、パイ生地に入れる。

4 中くらいのボウルで卵を溶く。ミルクを加えてよくなじませ、3に流し入れる。

5 具を入れたパイ生地をクッキーシートにのせる。

6 予熱したオーヴンの温度を190℃に下げ、20分ほど焼く。いったん取り出し、残りのチェダーチーズ半量をのせる。オーヴンにもどして30〜40分焼く。卵が固まり、中央がしっかりしたら出来上がり。

7 オーヴンから出して10分ほど置いておく。温かいうちにテーブルへ。

チョコレート・スフレ

スフレはご存じのとおり気まぐれ屋です。ちょっと何かが違ったり、誰かがオーヴンにうっかりぶつかったり、タイミングの悪いときに電話が鳴ると、くしゅっとしぼんでしまいます。ですから「見た目は悪くても、味は抜群」と割り切って、気楽に作りましょう。作り方も案外簡単ですから、そんなに心配しなくても大丈夫。たいていは見栄えよくできあがり、お客さまにも喜んでもらえること、請け合いです。

【材料】

無塩バター……大さじ3
（柔らかくしておく）
砂糖……カップ½
卵白……6個分
最高品質のダークチョコレート
……110グラム（砕く）
冷水……カップ½
ココアパウダー……カップ⅓
粉砂糖（飾り用）
ベリー類（飾り用。お好みで）

【作り方】

❶ オーヴンを180℃に予熱する。

❷ スフレ型6個の内側に、それぞれ大さじ½のバターを塗る。バターが固まるまで、冷蔵庫で3分ほど冷やす。

❸ 砂糖小さじ1を各型に入れ、振ったりひっくり返したりしながら、砂糖がバターを均一にきれいに覆うようにする。余った砂糖は払いのけ、不足の場合は加える。型を天板にセットする。

❹ 卵白をきれいなボウルに入れ（少しでも油けがあると、卵白が泡立たない）、泡立て器で中速から高速で混ぜる。残りの砂糖を少しずつ加えていく。卵白に艶が出て、すくいあげたときに軽く角が立つまで泡立てる。

❺ 金属製のボウルにチョコレートを入れて湯せんにかけ（沸騰したお湯）、チョコレートが溶けて滑らかに、つやつやしてくるまでかき混ぜる。

❻ 火からおろして水とココアパ

ウダーを加え、滑らかになるまで混ぜたら1分ほど冷ます。

7 6に4の卵白を約¾加え、包むようにやさしく混ぜ合わせる。これを残りの卵白に入れ、同じようにやさしく混ぜる。

8 スフレ型に7をスプーンで入れていく。刃がまっすぐのナイフを使い、型の縁と中身が水平になるようにならす。濡らした布巾で縁をきれいに拭う。

9 スフレが膨らむまで12~14分焼く。火はしっかり通すが、真ん中はまだしっとりしている程度に。

10 お好みで粉砂糖を振りかけ、ベリー類で飾る。すぐにテーブルへ。

パスタ・プリマベーラ

【材料】6人分

リボン型パスタ……170グラム
オリーブオイル……大さじ2
ニンニク……2片
（皮をむき、細かく刻む）
チキンのむね肉……2枚
（骨をとり、皮は残しておく。2・5センチ角のさいの目に切る）
アスパラガス……230グラム
（はかまをむき、洗って2・5センチ幅に切る）
チェリートマトまたはグレープトマト……230グラム
（洗って半分に切る）
ベビースクワッシュ……230グラム
（洗ってからヘタを取り、半分に切る）
生のバジル（葉の部分）……カップ¼（千切り）
コーシャーソルトまたはシーソルト（お好みで）
黒コショウ（お好みで）
パルミジャーノ・レッジャーノ（すりおろす）……カップ¼~½、またはお好みで

【作り方】4人分

❶ 大きな鍋に水を入れて塩を加え、沸騰させる。パスタをパッケージの表示どおりの時間ゆでる。

❷ パスタをゆでるあいだ、大きめのフライパンにオリーブオイルをひいて中火にかける。ニンニクとチキンを入れ、ニンニクが柔らかくなってチキンに焼き色がつくまで、5〜8分。

❸ そこに野菜類を加え、6〜8分ほど火を通す。歯ごたえが少し残るくらいに。

❹ バジルを入れて混ぜ、いったん取り出す。塩・コショウで味をととのえる。

❺ 湯を切ったパスタに❹を混ぜる。チーズを振りかけて温かいうちにテーブルへ。

クルミ、メープルシロップ、ベリーをのせた温かいブリーチーズ

見た目がすばらしく、見た目以上に味がすばらしい一品。しかも簡単につくれます。

【材料】4人分

小ぶりのブリーチーズ……丸型1個(室温)

クルミ……カップ1(殻をむいて砕く)

良質のメープルシロップ……カップ1

ベリー(どんな種類でもOK)……約1リットル(洗う)

【作り方】

❶ オーヴンを150℃に予熱する。

❷ チーズのリンド(表皮)を切り取ってからオーヴン対応のお皿にのせ、クルミとメープルシロップ½をかける。

❸ オーヴンのブロイル(上火)を高温にセットし、クルミがきつね色になってチーズが柔らかくなる

まで焼く。クルミは焦げやすいので、目を離さないこと。

4 オーヴンから取り出し、残りのメープルシロップをかける。チーズを囲むように、いろいろなベリーをたっぷり並べる。すぐにテーブルへ。

訳者あとがき

〈大統領の料理人〉シリーズも三作めとなり、今回は春の到来を感じるワシントンDCが舞台です。ここで〝ホワイトハウス〟と書かずにあえてDCとしたのは、主人公オリーが勤務先のホワイトハウスを出入り禁止になってしまったから。

というのも、大統領主催の夕食会に招かれたゲストのひとりが食事後に死亡してしまい、厨房の用意した料理が原因だったのでは、と疑われたためです。

主人公のつくった料理で人が亡くなる、というのはコージーミステリの定番ともいえる設定ですが、本シリーズのメイン舞台はなんといっても、アメリカ合衆国の政治の中心ホワイトハウスです。夕食会で亡くなったのは、強硬な対テロ捜査で知られる国家安全保障局《NSA》の高官でした。しかも死因がなかなか特定されなかったせいで、もしやテロ捜査にからむ陰謀がからんでいるのでは、という憶測も生まれます。

それにしても、この芽吹きの季節の出来事は、主人公オリーにとってひときわ大きな意味をもつことになりました。出勤停止でおちこむ一方、シカゴから出てきたお母さん、おばあちゃんと久々にゆっくり過ごすことができたので、ここまでなら、災い転じて福となる、といえなくもなかったのですが、高官急死事件の調査をきっかけに、トムとの仲がぎくしゃくし――。

オリーたち厨房スタッフが、自宅待機中にいちばん気をもむホワイトハウスのイベントは、復活祭卵転《イースター・エッグロール》がしです。これは復活祭の伝統的な行事で、ホワイトハウスが子どもたちを招いて初めて開催したのは一八一四年。メイン・イベントはもちろん卵転がしで、招待された子どもたちが柄の長い大きなスプーンで、装飾したゆで卵を芝生の上で転がして速さを競います。

現在ではこのほかにも、大統領やファースト・レディが子どもたちに絵本の読み聞かせをしたり、さまざまなゲーム、イベントが催され、着ぐるみのウサギさんたちも闊歩する、にぎやかで楽しい一大イベントとなっています。

ちなみに二〇一六年は三月二十八日に開催され（第一三八回）、ホワイトハウスのサウスローンには、なんと三万五千人が集まる予定とのこと。

さて、今回の巻末レシピは〝卵〟がテーマです。主役だったり脇役だったり、卵のいろいろな使い方をあらためて実感できる楽しいレシピ集になっています。では、つぎの第四巻のレシピは？　となると、もちろんストーリーにかかわってくるのですが……。

現実のアメリカ合衆国では、二〇一六年末に大統領選挙が行なわれ、一七年一月には新しい大統領が誕生します。一方、〈大統領の料理人〉シリーズでも（第四巻の邦訳は十二月刊行予定）、どうやら時期を同じくして（？）大統領が替わるもよう。

〝一家の主〟が替わることでホワイトハウスに、そして厨房に、どんな変化がもたらされるでしょうか。また、オリーの〝恋〟の行く末も気になるところです。どうか、ご期待ください！

二〇一六年三月

コージーブックス

大統領《だいとうりょう》の料理人《りょうりにん》③
春《はる》のイースターは卵《たまご》が問題《もんだい》

著者　ジュリー・ハイジー
訳者　赤尾秀子《あかおひでこ》

2016年　4月20日　初版第1刷発行

発行人　　　成瀬雅人
発行所　　　株式会社　原書房
〒160-0022 東京都新宿区新宿 1-25-13
電話・代表　03-3354-0685
振替・00150-6-151594
http://www.harashobo.co.jp
ブックデザイン　atmosphere ltd.
印刷所　　　中央精版印刷株式会社

落丁・乱丁本はお取り替えいたします。
定価は、カバーに表示してあります。
 ISBN978-4-562-06051-1 Printed in Japan